# 人民出版社藏名家书信

## THE COLLECTED LETTERS OF CELEBRITIES BY PEOPLE'S PUBLISHING HOUSE

人民出版社 编

人民出版社

# 出版说明

1921年9月，中国共产党中央局负责宣传工作的李达同志在上海创办了我们党的第一家出版社，取名为人民出版社。1950年12月，人民出版社在北京重建，毛泽东主席亲笔题写了社名。

作为党和国家重要的政治及哲学社会科学综合出版机构，人民出版社始终坚持“为人民出好书”的理念，出版了一大批马克思主义经典著作、党和国家重要文献以及哲学社会科学领域名家大师的扛鼎之作，为我国的出版事业作出了自己的贡献。

饮水思源，人民出版社的辉煌历史是作者和出版人用智慧和心血共同创造出来的！在出版过程中，我们秉持“认真作好出版工作”的要求，精心策划，细致编校，努力向作者学习，有时千虑一得，或被采纳。往来鸿雁，记录下作者对我们的信任与托付。

在人民出版社建社一百周年之际，我社从珍藏的书稿档案中，精选110位名家致我社的书信，结集成册。这些泛黄的手札，不仅极具书法艺术之美，而且有助于读者了解作者的学术思想以及名著的出版过程，在当代学术史、出版史上具有其独特的价值。

为便于读者阅读，我们根据有关资料，简要介绍了书信作者及书信的基本情况。所收信札，均按作者出生年月先后排序。

人民出版社

2021年8月

# 目录

# 吴玉章

（一八七八—一九六六）时任中国人民大学校长。这是吴玉章关于《历史文集》一书写的信。

全国人民代表大会常务委員会办公厅便箋

李新同志：

前次你说人民出版社想把我的"历史文集"的封面用马恩列斯及毛主席的著作同样的颜色出版。

我认为这样作不妥当。因为那些文章都是旧的和一些研究试作的东西，既不成熟，又无多大价值，万不敢和历史上最伟大的人物著作并列。就是那本我的"辛亥革命"的回忆录虽好些，但也不能和他们相比拟。因此，我请你通知出版社另外设计。我们还是以谦虚谨慎为宜。此致敬礼！

吴玉章 四月十三日

# 李剑农

（一八八〇—一九六三）时任武汉大学教授。

这是李剑农关于《宋元明经济史稿》一书的来信。

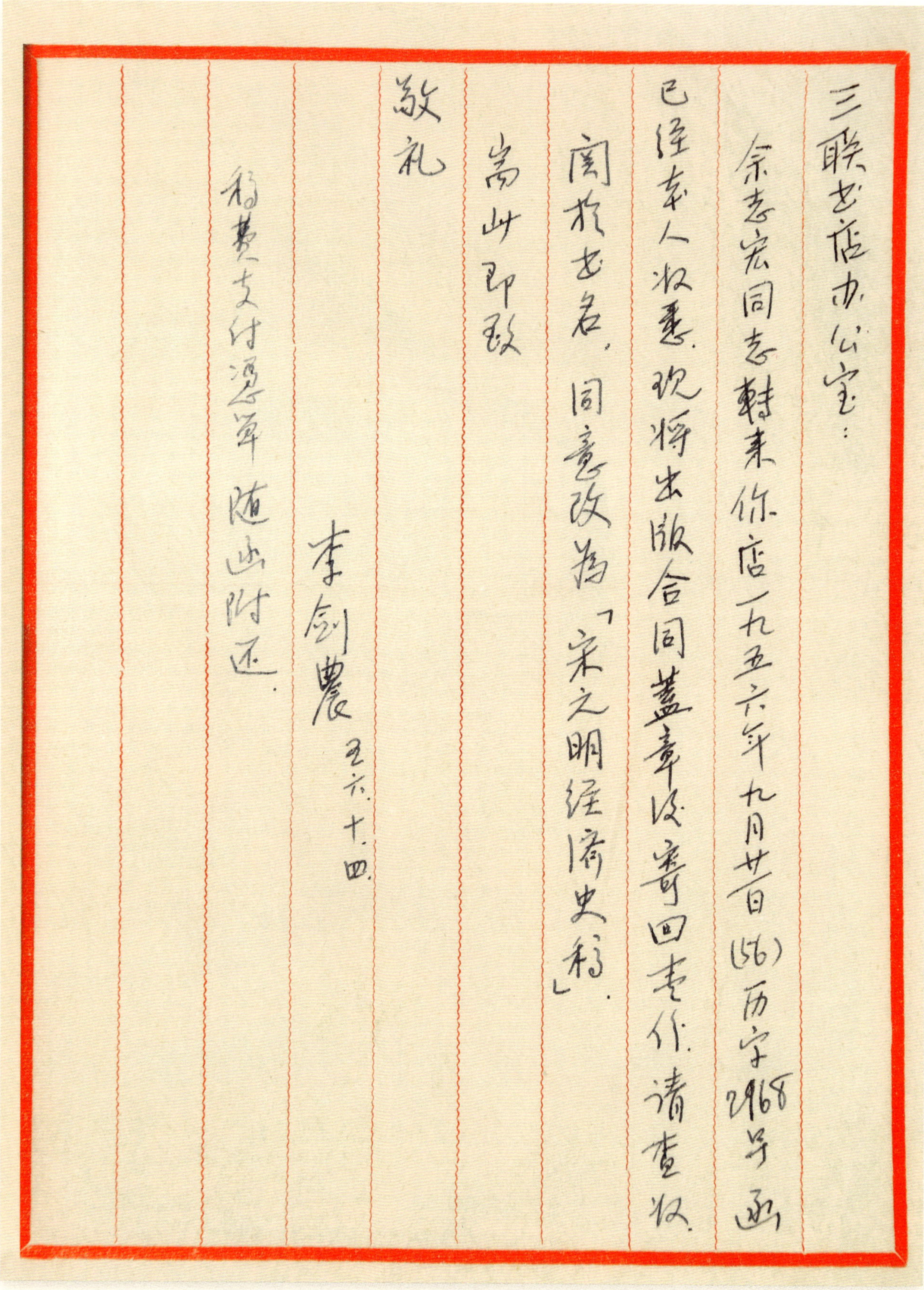

三联书店办公室：

余志宏同志转来你店一九五六年九月廿日（56）历字2868号函已经本人收悉。现将出版合同盖章后寄回，请查收。关于书名，同意改为「宋元明经济史稿」。耑此即致

敬礼

李剑農 五六.十.四

稿费支付通知单随函附还。

# 章士钊

（一八八一—一九七三）时任中央文史研究馆馆长。

这是章士钊关于《逻辑指要》一书的来信。

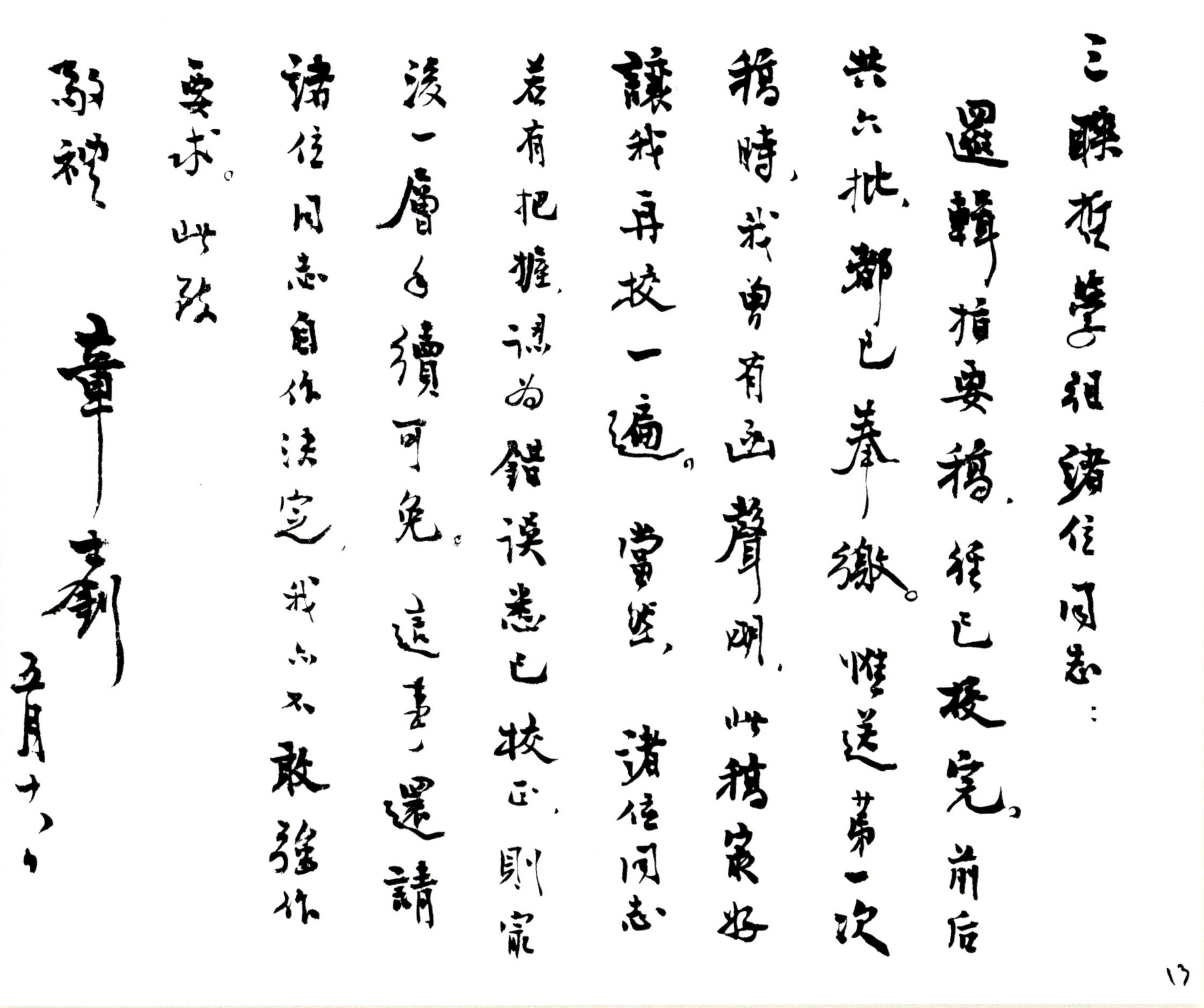

三聯哲學組諸位同志：

邏輯指要稿，經已校完，前后共六批，都已奉繳。惟送第一次稿時，我曾有函聲明，此稿最好讓我再校一遍。當然，諸位同志若有把握，認為錯誤悉已校正，則最後一層手續可免。這書還請諸位同志自作決定，我亦不敢強作要求。此致

敬禮

章士釗

五月十八

13

# 林伯渠

（一八八六—一九六〇）　时任中央人民政府委员会秘书长。
这是林伯渠为《李大钊文集》一书题诗。

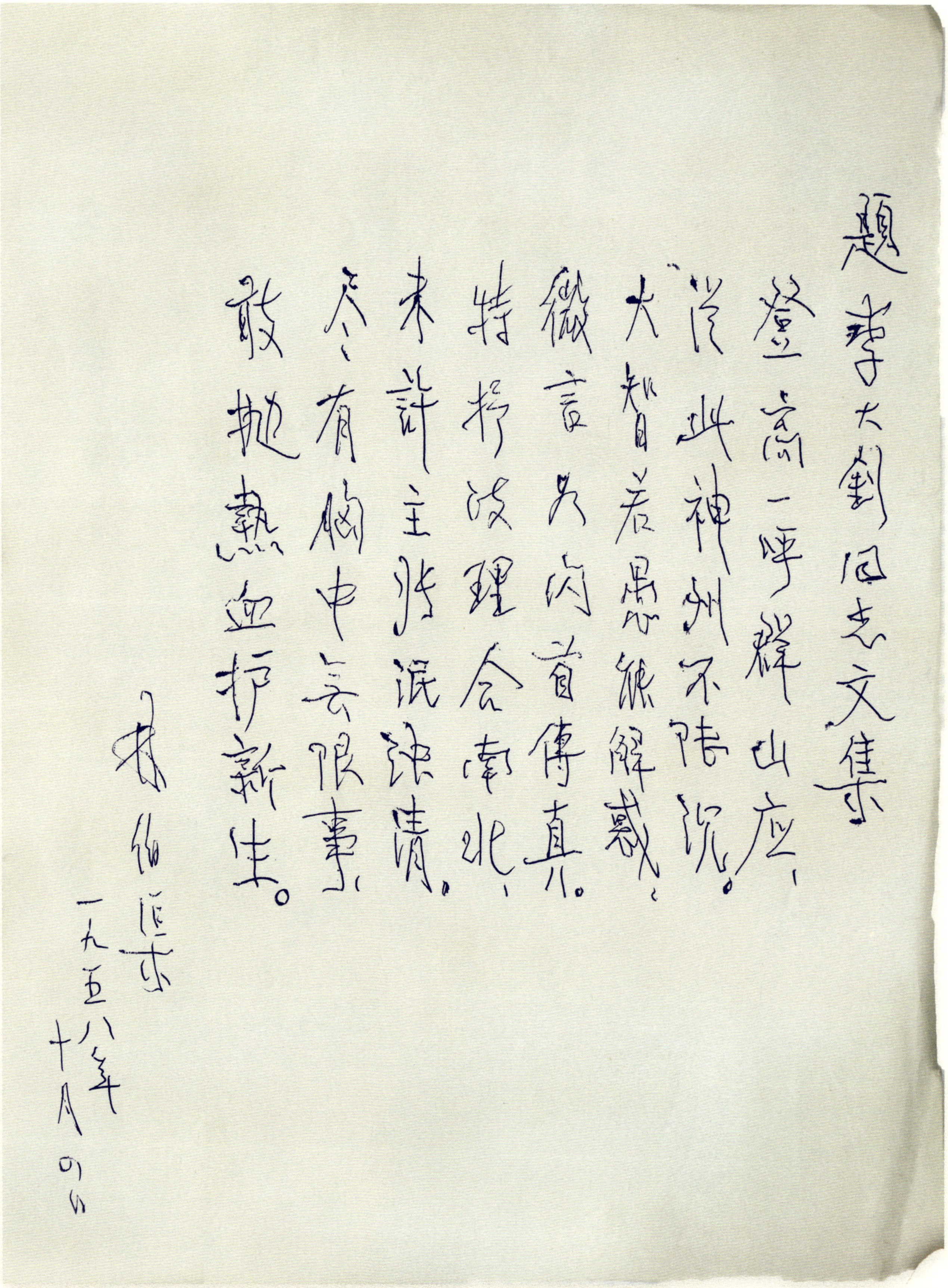

题李大钊同志文集

登高一呼群山应，
从此神州不陆沉。
大智若愚能解惑，
微言大义首传真。
特抒政理会南北，
未许主张混浊清。
今有胸中无限事，
敢抛热血护新生。

林伯渠
一九五八年十月四日

# 欧阳予倩

（一八八九—一九六二） 时任中央戏剧学院院长。

这是欧阳予倩关于《谭嗣同全集》一书的来信。

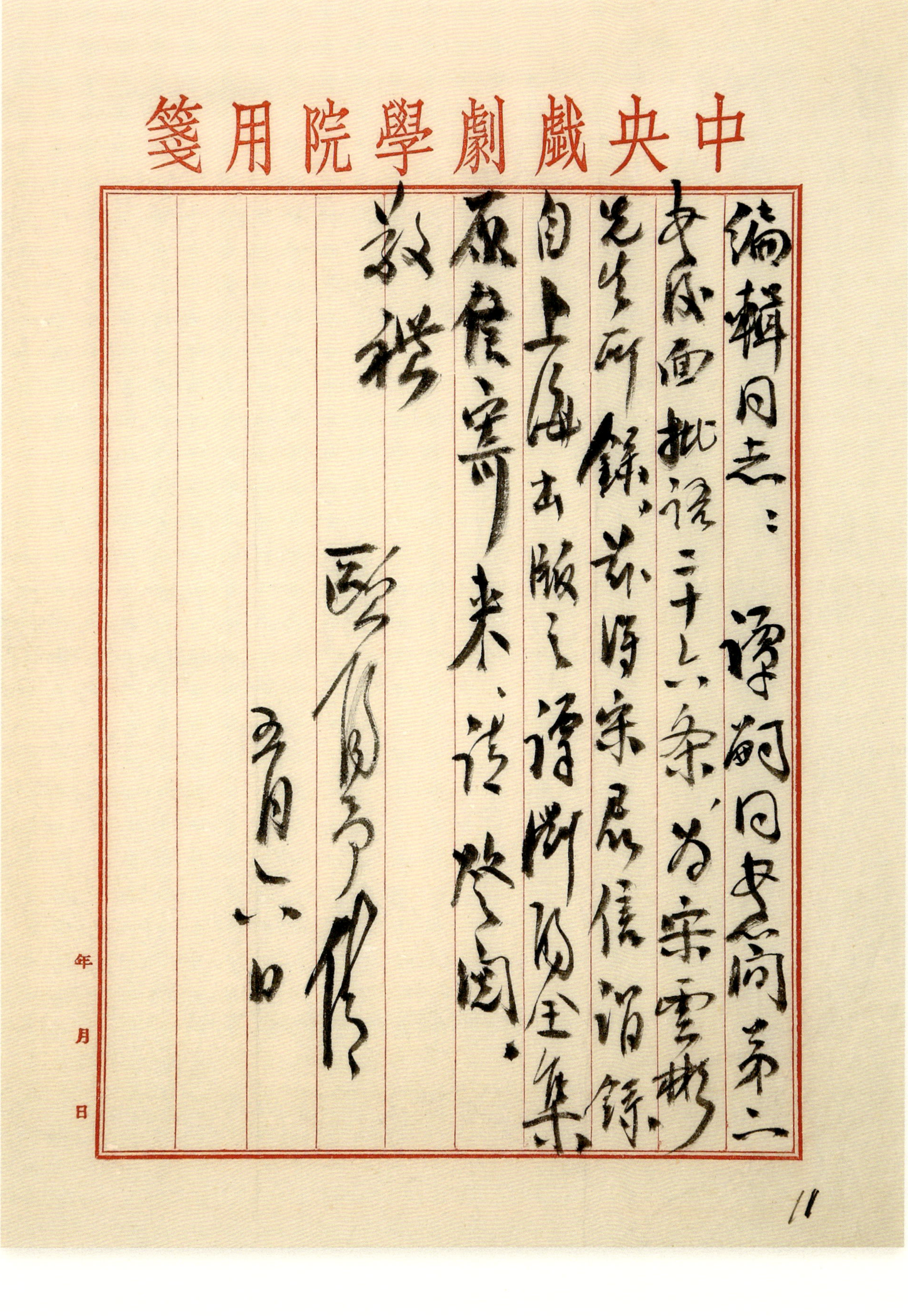

中央戲劇學院用箋

編輯同志：

譚嗣同安徽第二文卷面批語二十六條，為宋雲彬先生所錄，茲將宋君信暨錄自上海出版之譚嗣同全集原件寄來，請 察閱。

敬禮

歐陽予倩

五月八日

年 月 日

11

# 陈寅恪

（一八九〇—一九六九）时任中山大学教授。

这是陈寅恪关于《唐代政治史述论稿》一书的来信。

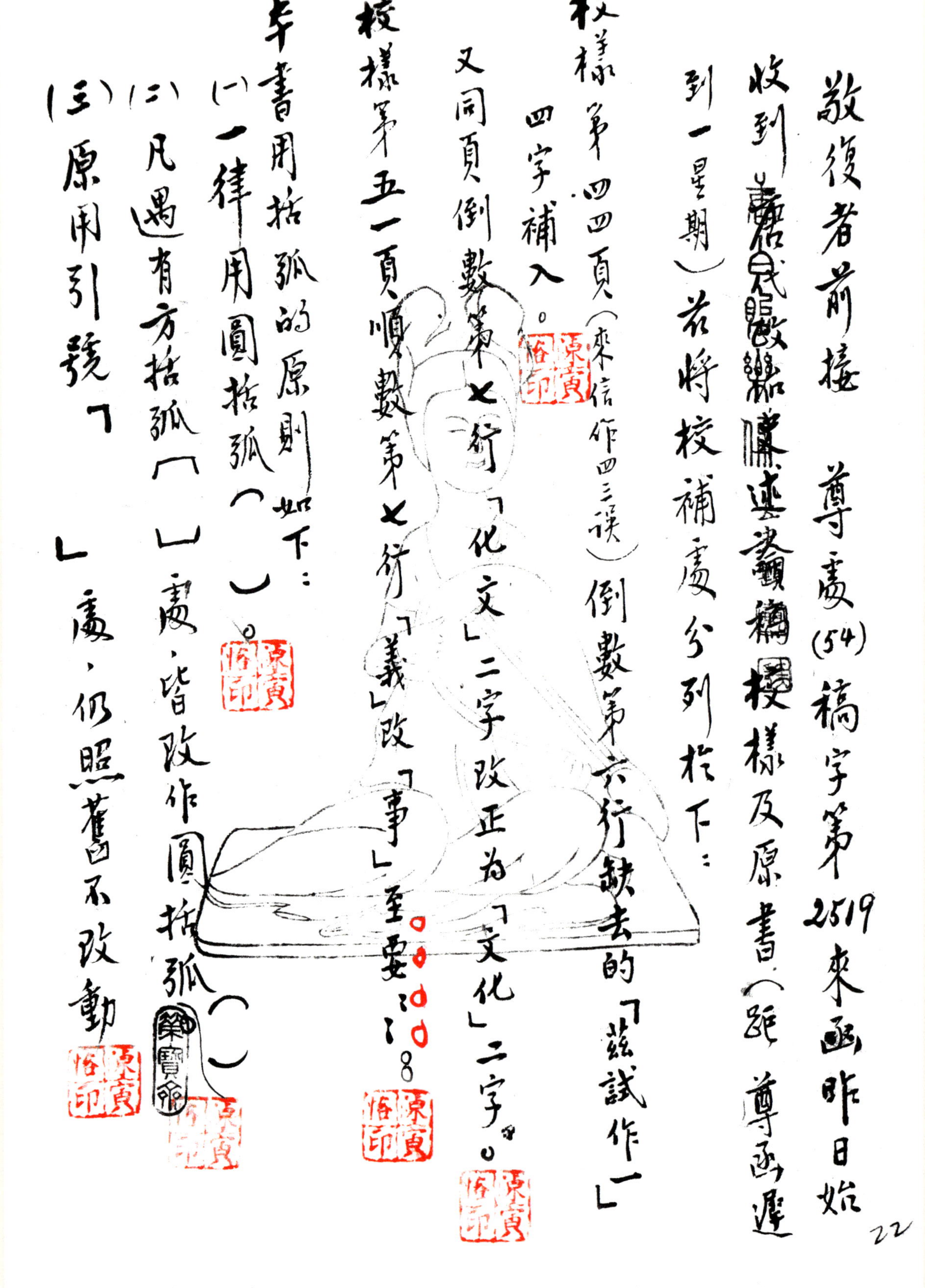

敬復者前接

尊處(54)稿字第2519來函昨日始

收到(寄唐代政治史述論稿校樣及原書(距 尊函遲

到一星期)茲將校補處分列於下:

校樣第四四頁(來信作四三誤)倒數第六行缺去的「茲試作一」

四字補入。

又同頁倒數第七行「化文」二字改正為「文化」二字。

校樣第五一頁順數第七行「義」改「事」至要!!

本書用括弧的原則如下:

(一)一律用圓括弧( )。

(二)凡遇有方括弧「」處,皆改作圓括弧( )

(三)原用引號「」處,仍照舊不改動

22

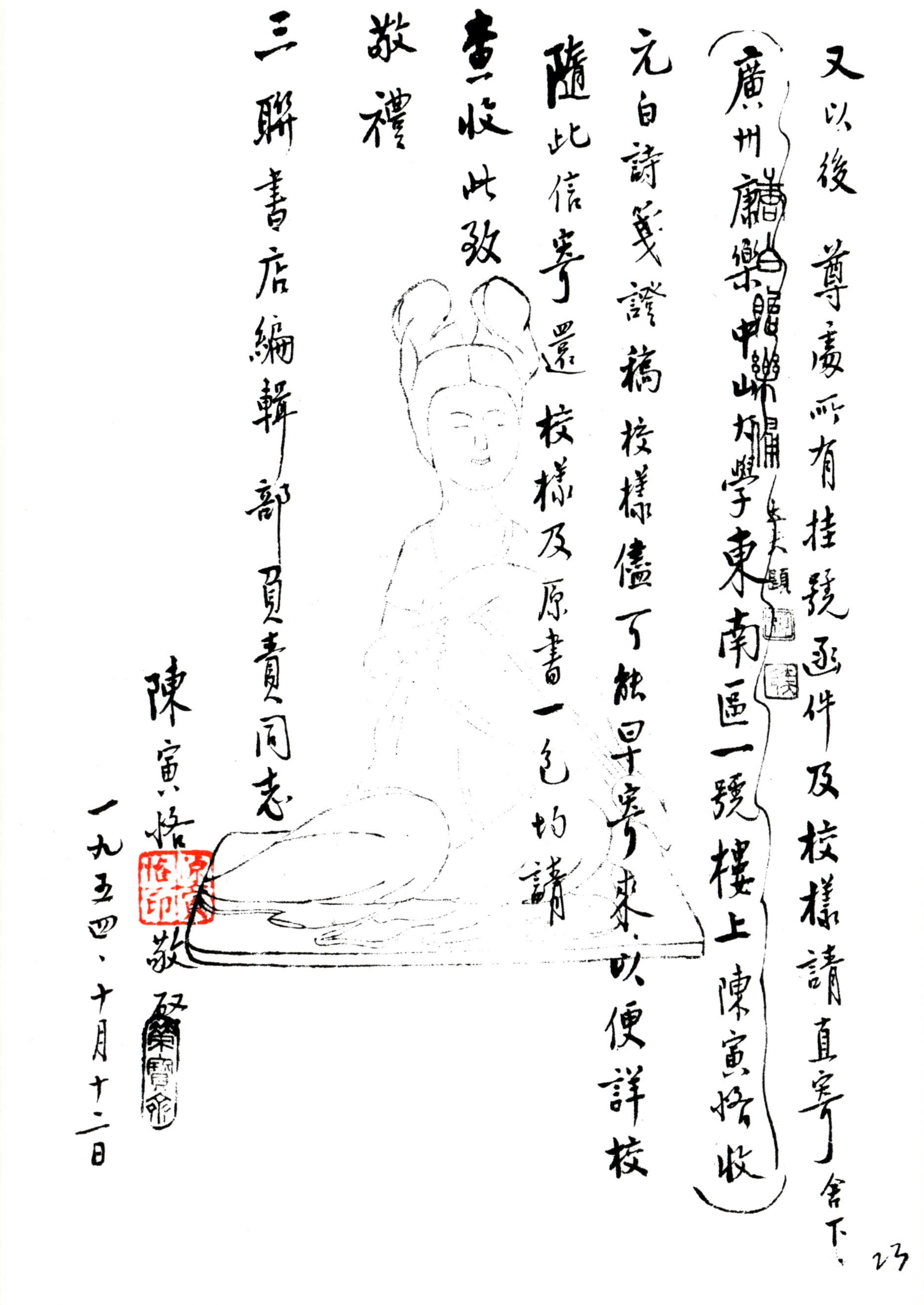
又以後　尊處所有掛號函件及校樣請直寄舍下

（廣州康樂中山大學東南區一號樓上陳寅恪收）

元白詩箋證稿校樣儘可能早寄來，以便詳校

隨此信寄還校樣及原書一包均請

查收此致

敬禮

三聯書店編輯部負責同志

陳寅恪敬啓

一九五四、十月十二日

23

## 李达

（一八九〇—一九六六）　时任湖南大学校长。
这是李达关于《〈矛盾论〉解说》一书的来信。



人民出版社編輯委員會
秘書室負責同志：

九月廿日編作字第〇六四〇號來函誦悉。

拙著"矛盾論解說"初稿，需要大加修改和補充，因為有好几段只是複述原文，不能称是解說；有些地方的說明太不充分、不通俗；此外又还有些欠妥當的地方。関於這些方面，我準備就我自己所已覺察到的部分，加以補充和修改。

年　月　日

但是我自己所没有觉察到的缺点，一定不少，希望编委会同志们将审查意见示知，以便改正。

其次，关于我一九五三年内所要写的「唯物辩证法」，目前还不能拟出提纲来。我只是计划着要写这么一本比较通俗的哲学书，作为中级的青年干部的参考。你社五二年下半年选题计划中有「辩证唯物论解说」的题目，如果已有人预约担任，那就很好，我可以採取另外的一個写法，或者另写别的東西。

年　月　日

我是在工作中抽暇寫稿的，很難約定在一定期限內寫完一部稿子。例如我現在寫着的《矛盾論解說》，原預定在九月內寫完，但因為新任務插上三部到來而推遲了，現在要在十一月內才能完稿（包括補充和修改）。至於我擬寫的《唯物辯證法》，在五三年內一定可以寫成，這是可以奉告的。覆頌

敬禮。

李達

52年10月12日

另快郵寄上拙稿《矛盾論解說》稿七十二頁。

# 许德珩

（一八九〇—一九九〇）时任九三学社中央委员会主席。这是许德珩关于《五四回忆》一稿的来信。

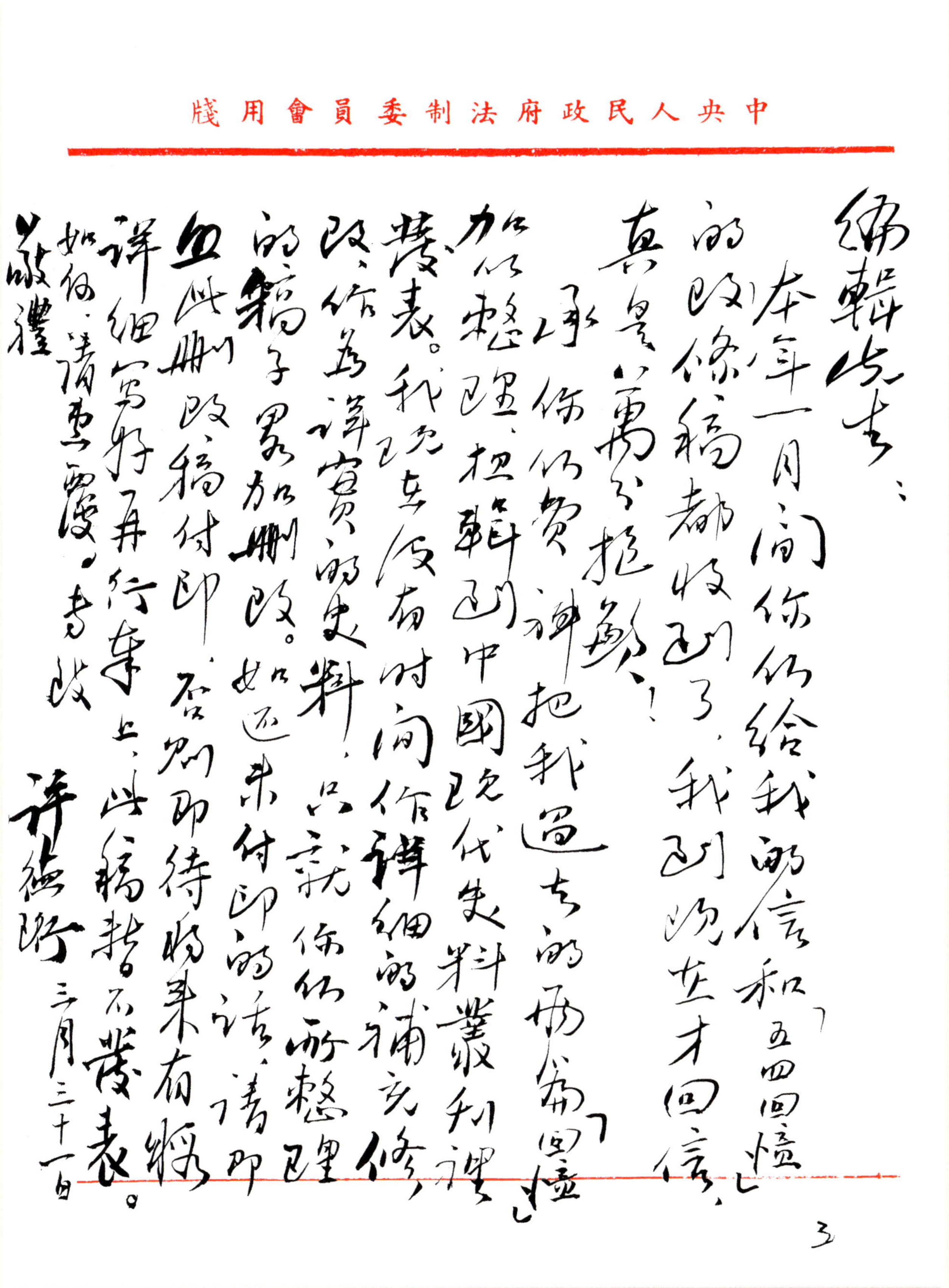
中央人民政府法制委員會用箋

編輯先生：

本年一月間你們給我的信和「五四回憶」的改稿都收到了，我到現在才回信，真是萬分抱歉！

承你們詳細把我過去所寫「回憶」加以整理，想編到中國現代史料叢刊裡發表。我現在沒有時間作詳細的補充修改，作為詳實的史料，只就你們所整理的稿子略加刪改。如還未付印的話，請即照此刪改稿付印，否則即待將來有機會詳細寫好再行奉上，此稿暫不發表。

如何，請惠覆。專此

敬禮

許德珩

三月三十一日

3

## 郭沫若

（一八九二——一九七八） 时任中国科学院院长。

这是郭沫若关于《中国古代社会研究》一书的来信。

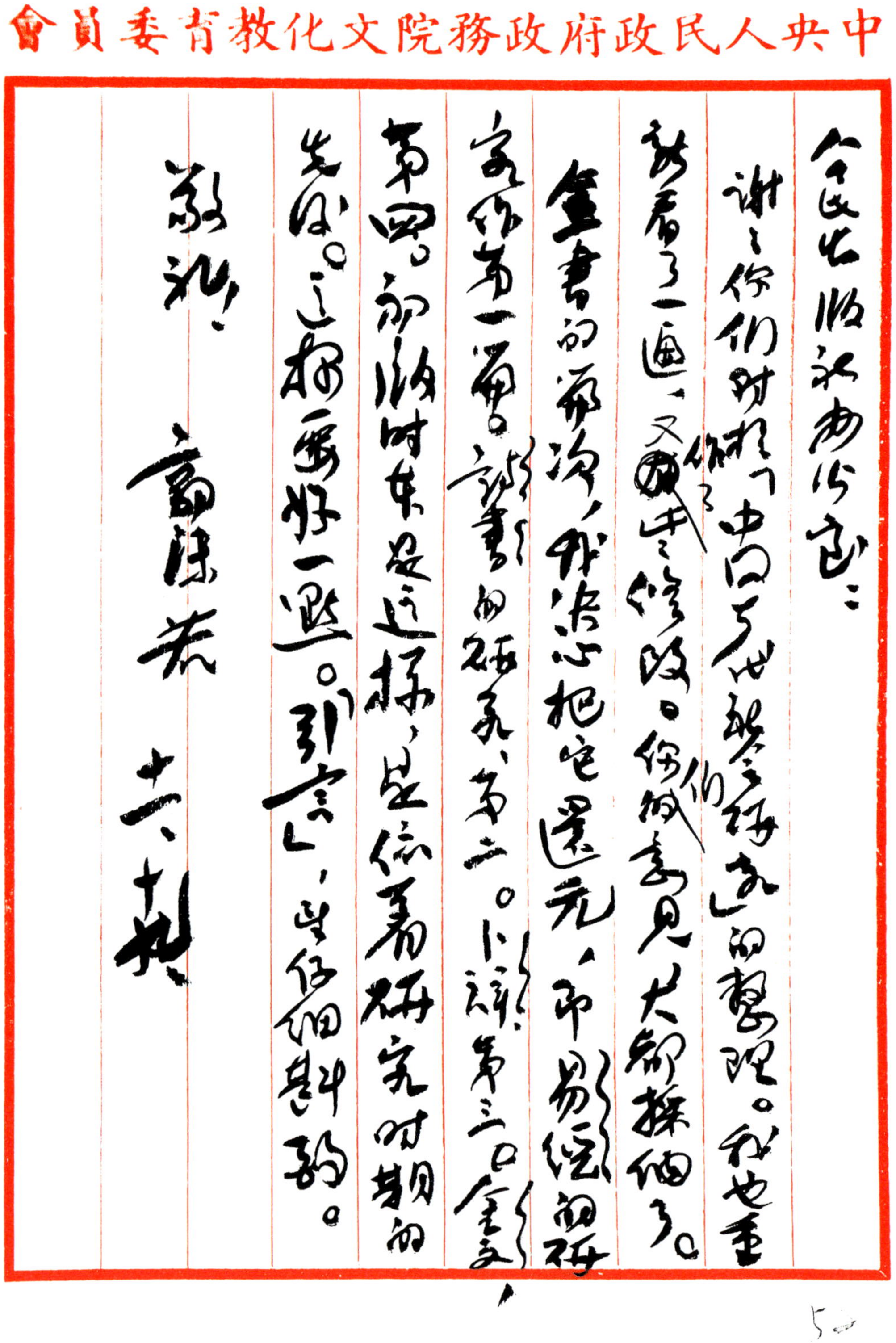

中央人民政府政务院文化教育委员会

人民出版社负责同志：

谢谢你们对于『中国古代社会研究』的整理。我也重新看了一遍，又作了些修改。你们的意见大部採纳了。

全书的篇次，我决心把它还原，而以易经的研究作第一篇，诗书的研究第二，卜辞第三，金文第四。前版时未及这样，是依着研究时期的先后。这样要好一些。『引言』，要仔细斟酌。

敬礼！

郭沫若

十一、十九

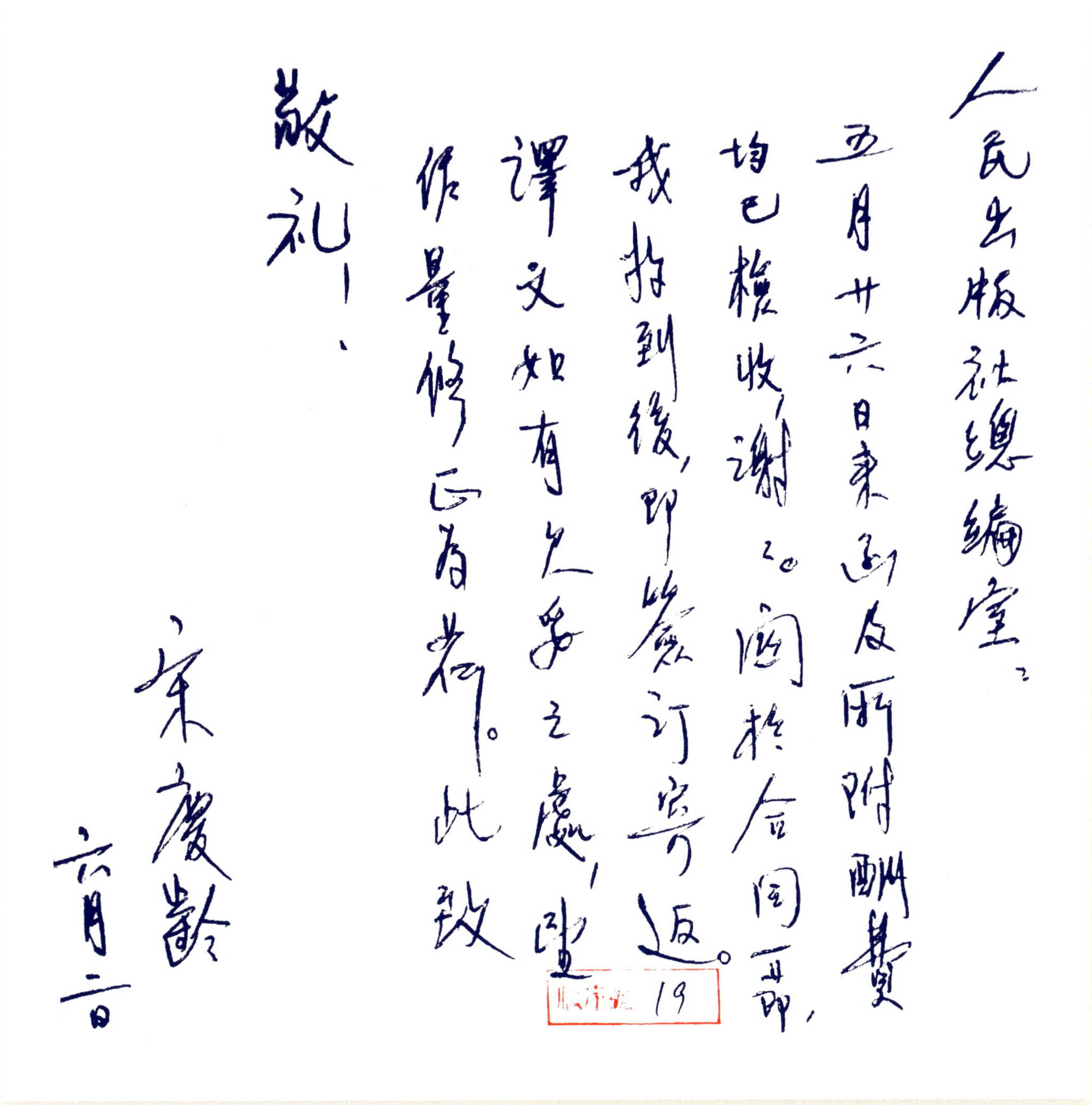
人民出版社總編室：

五月廿六日來函及所附酬費均已檢收，謝謝。關於合同一節，我接到後，即將簽訂寄返。譯文如有欠妥之處，望作量修正爲荷。此致

敬禮！

宋慶齡

六月一日

# 宋庆龄

（一八九三—一九八一）时任中华人民共和国中央人民政府副主席。

这是宋庆龄关于《新中国向前迈进——东北旅行印象记》一书的来信。

# 汤用彤

（一八九三—一九六四）时任北京大学副校长。这是汤用彤关于《魏晋玄学论稿》一书的来信。

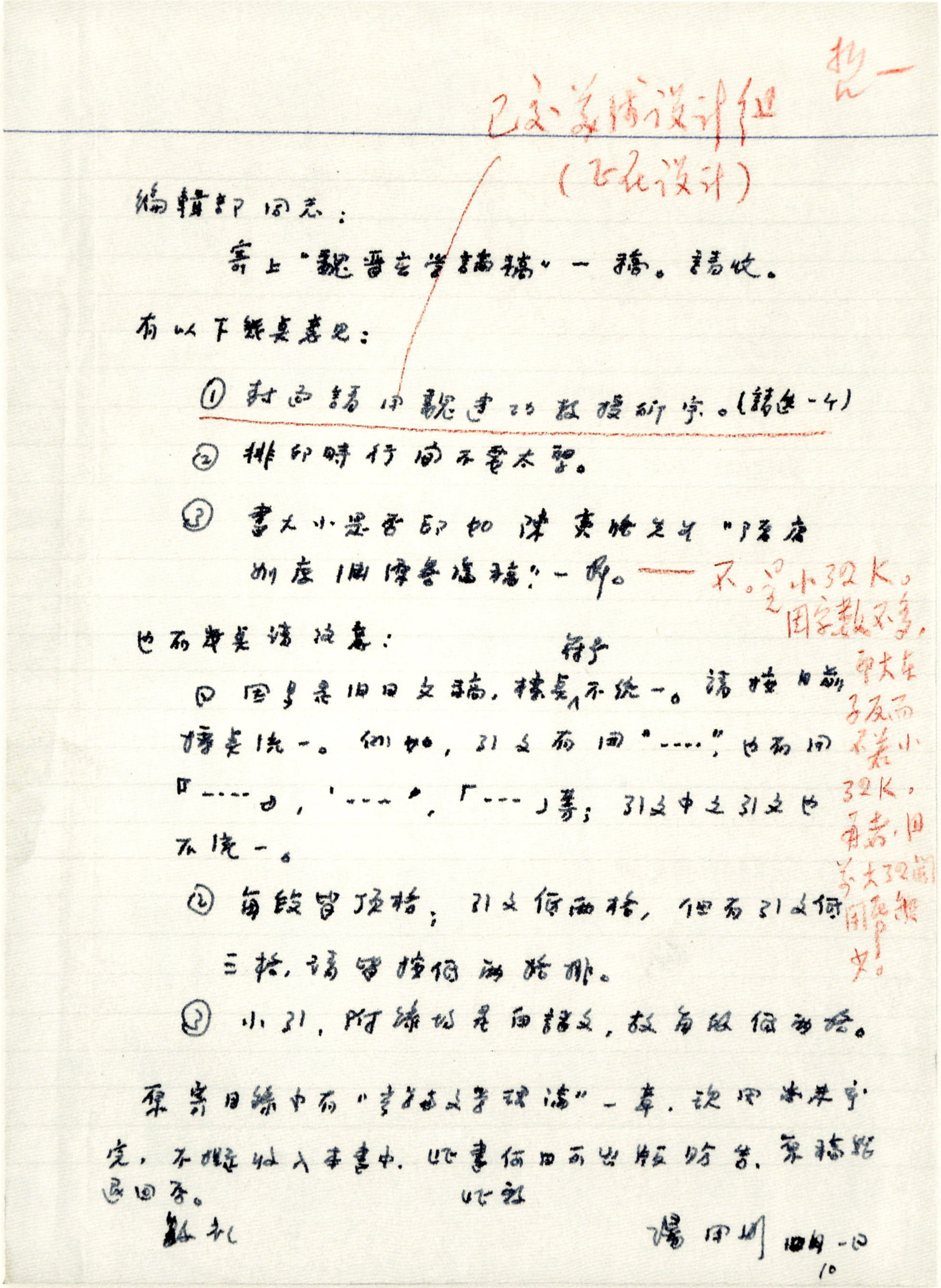

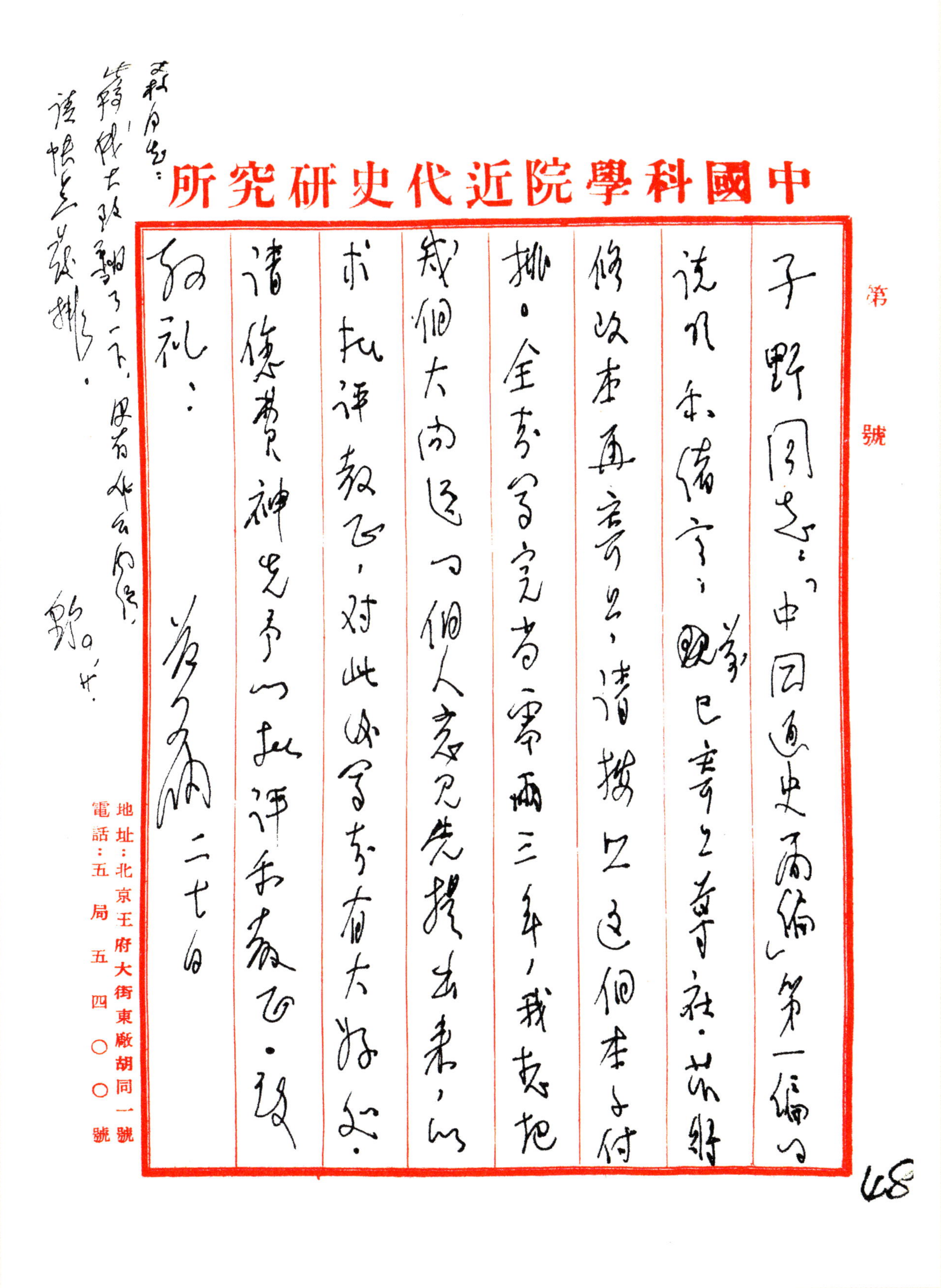
中國科學院近代史研究所

第 號

子野同志：《中國通史簡編》第一編的讀者來信，蒙已寄上尊社。茲將修改本再寄出，請按照這個本子付排。全書寫完當需兩三年，我想把我們大的這一個人意見先提出來，以求批評教正，對此書寫當有大好處。請隨意費神先予以批評和教正。致

敬禮！

范文瀾 二十七日

地址：北京王府大街東廠胡同一號
電話：五局五四〇〇號

蘇同志：請你先翻了一下，如有什么問題，請提出意見。

彭 10.廿.

# 范文澜

（一八九三—一九六九） 时任中国科学院近代史研究所所长。

这是范文澜关于《中国通史简编》一书的来信。

# 傅作义

（一八九五—一九七四）时任中央人民政府水利部部长。

这是傅作义关于《水利事业的成就是毛主席思想的胜利》一稿的来信。

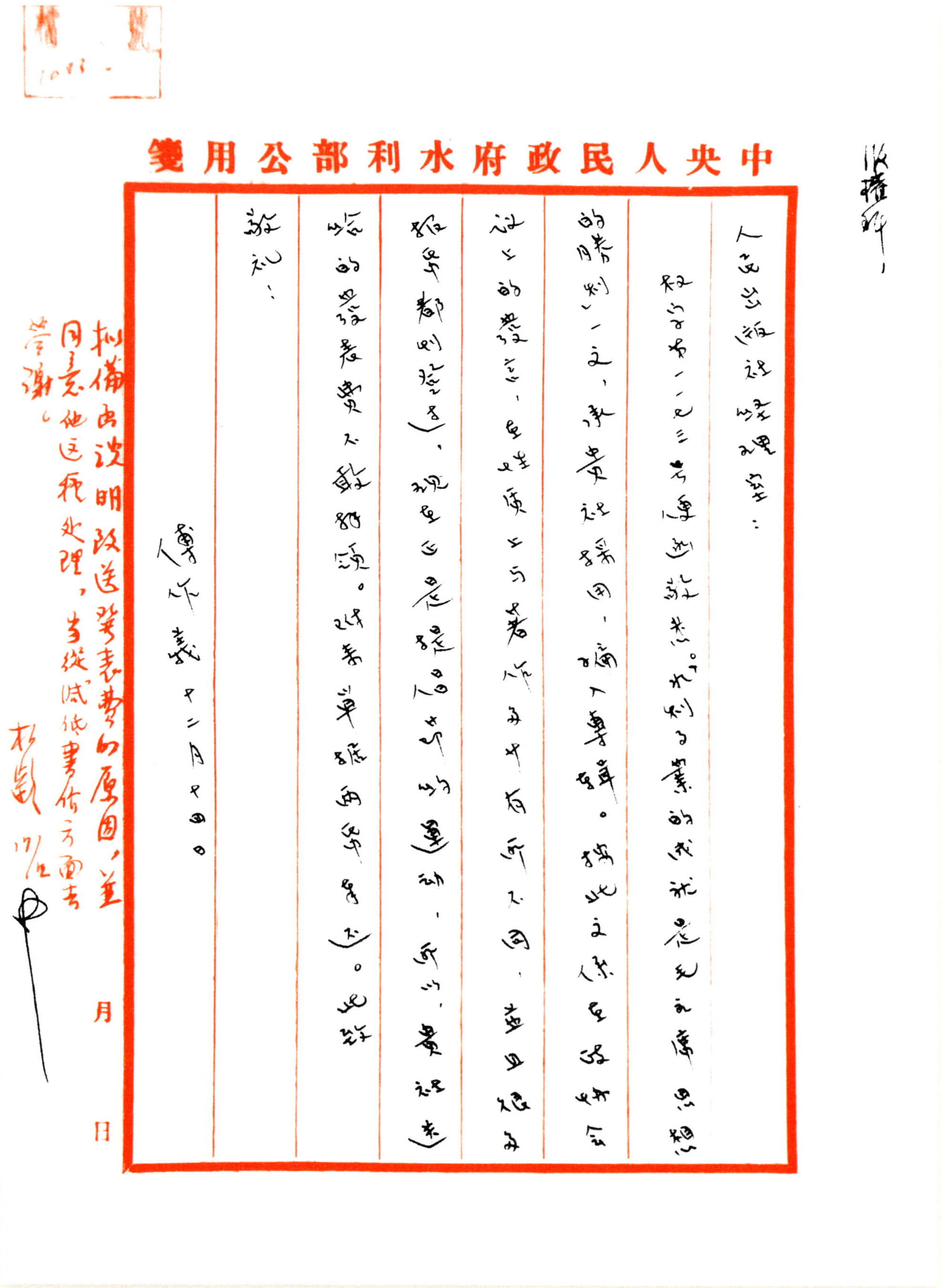

中央人民政府水利部公用箋

人民出版社经理室：

拙写的一九五三年"水利事业的成就是毛主席思想的胜利"一文，承贵社采用，编入专辑。按此文系在政协会议上的发言，在性质上与著作多少有所不同，并且很多报界都刊登了），现在正是提倡人民节约的运动，所以贵社未给的发表费不敢领受。附来单据两份寄还。此致

敬礼！

傅作义 十二月十四日

拟备函说明改送发表费的原因，并同意他这种处理，当从减低书价方面去尝试。

17/12

（一八九五—一九八四）时任中国科学院哲学研究所副所长。
这是金岳霖关于《苏联大百科全书》古希腊哲学部分翻译的来信。

北京大學

人民出版社負責同志：

關於蘇聯大百科全書古希腊哲学部分，我系西方哲学史组已译就多條，亦另抄奉其名称字数以及译者表一份，请於考虑后，即示订约办法。

再表上所列各条译稿，一月以内，即可交稿。惟關於其校閱問題，須请你社自行设法，因為在校内找適當校閱的人，困难之至。

還有列寧所著關於黑格尔哲学史的哲学筆

順序號 1 1

北京大學

紀，已由我系方書春同志譯成，並經賀麟宗白
華二位同志校閲（譯稿的字數約三萬字）此譯稿擬
請你社出版。至於以何種形式出版，附錄在已經與
你社訂約之黑格爾哲學史第一卷之内，或者另行
出單行本。此點希請慕洪改示覆 此致
敬禮！

金岳霖
六月二十三日

2

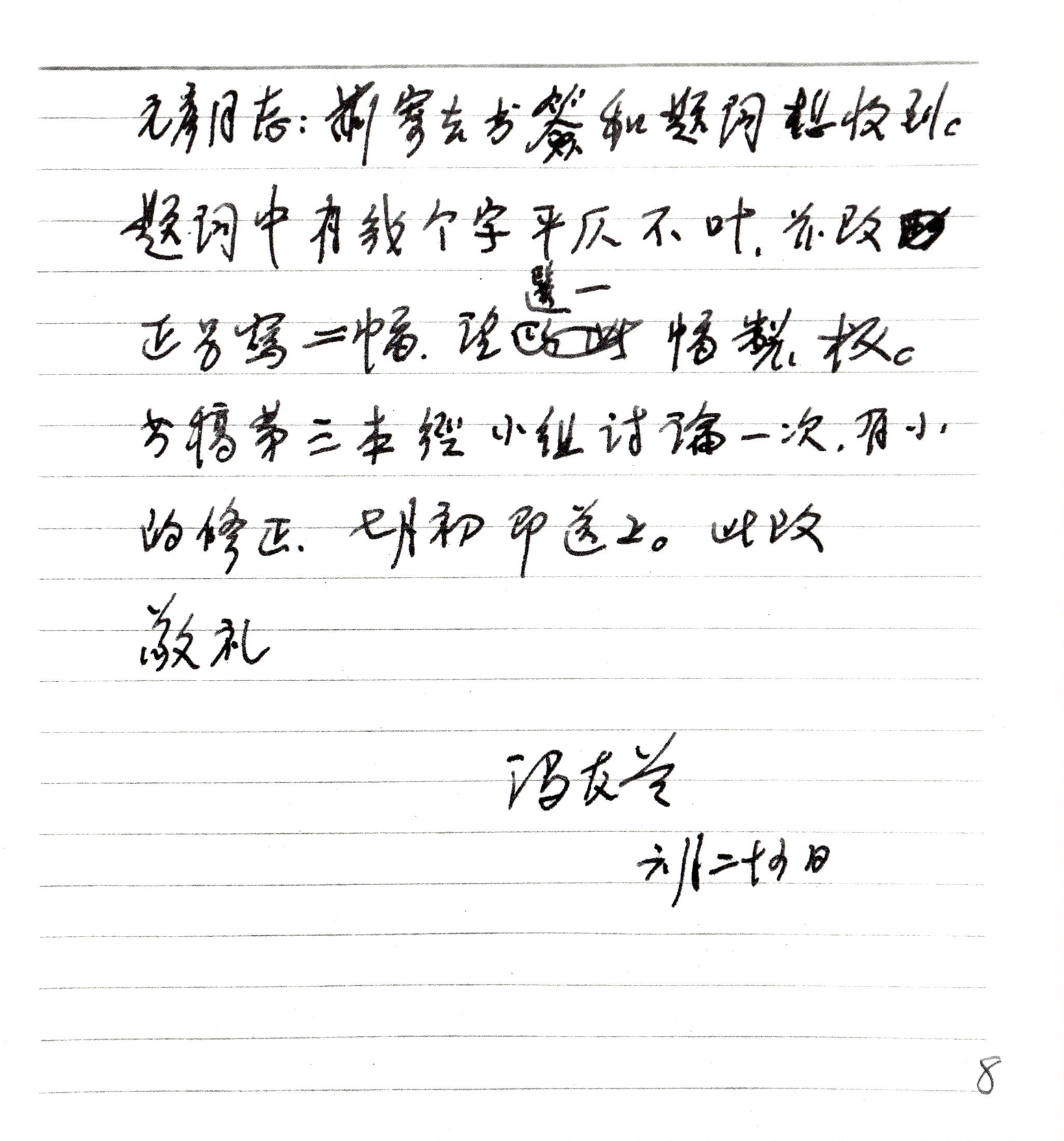
尧章同志：前寄去书签和题词想收到。题词中有几个字平仄不叶，兹改正另写二幅，请选一幅制版。书稿第三本经小组讨论一次，有小的修正，七月初即送上。此致

敬礼

冯友兰

六月二十四日

8

## 冯友兰

（一八九五—一九九〇） 时任北京大学教授。

这是冯友兰关于《中国哲学史新编》一书的来信及题词。

# 题词

望道便觉天地宽南针廿载
溯延安小技雕虫润洪业新
编亦需代旧刊始悟颜回叹
孔子不为寿陵学邯郸此关
换骨脱胎事莫作寻常著
述看

一九六二年六月　冯友兰

# 李维汉

（一八九六—一九八四） 时任全国政协副主席。
这是李维汉关于《回忆蔡和森》一书的来信。

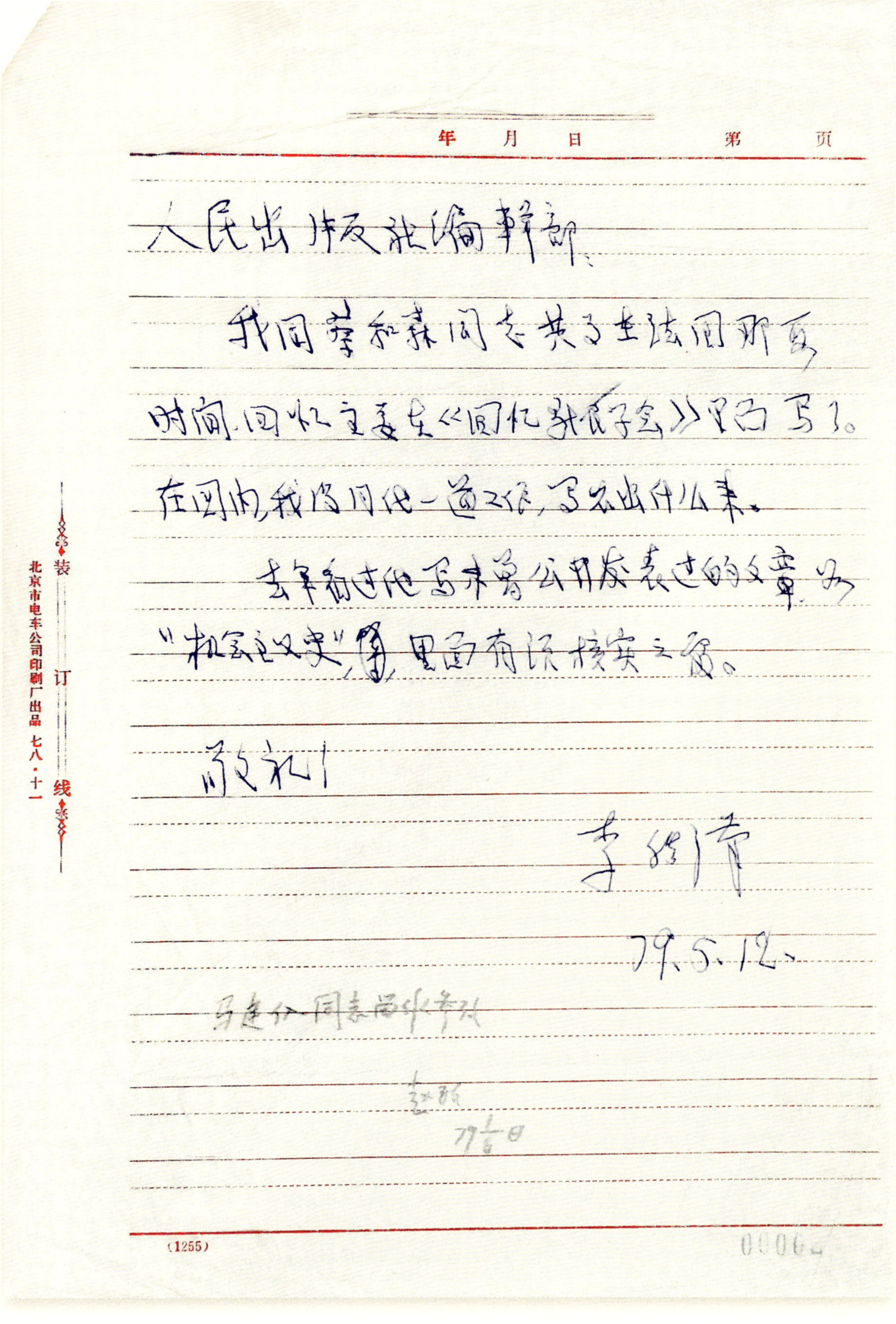

年　月　日　　第　页

人民出版社编辑部：

我同蔡和森同志共事生活同那段时间，回忆主要在《回忆新民学会》里已写了。

在国内，我们同他一道工作，写不出什么来。

去年看过他写未曾公开发表过的文章，从"机会主义史"看，里面有须核实之处。

敬礼！

李维汉

79.5.12.

马达仁同志阅处参考

赵（?）

7月?日

北京市电车公司印刷厂出品 七八·十一

装 订 线

(1255)

00006

# 何思源

（一八九六—一九八二）　时任全国政协委员。

这是何思源关于《保罗·郎之万》一书的来信。

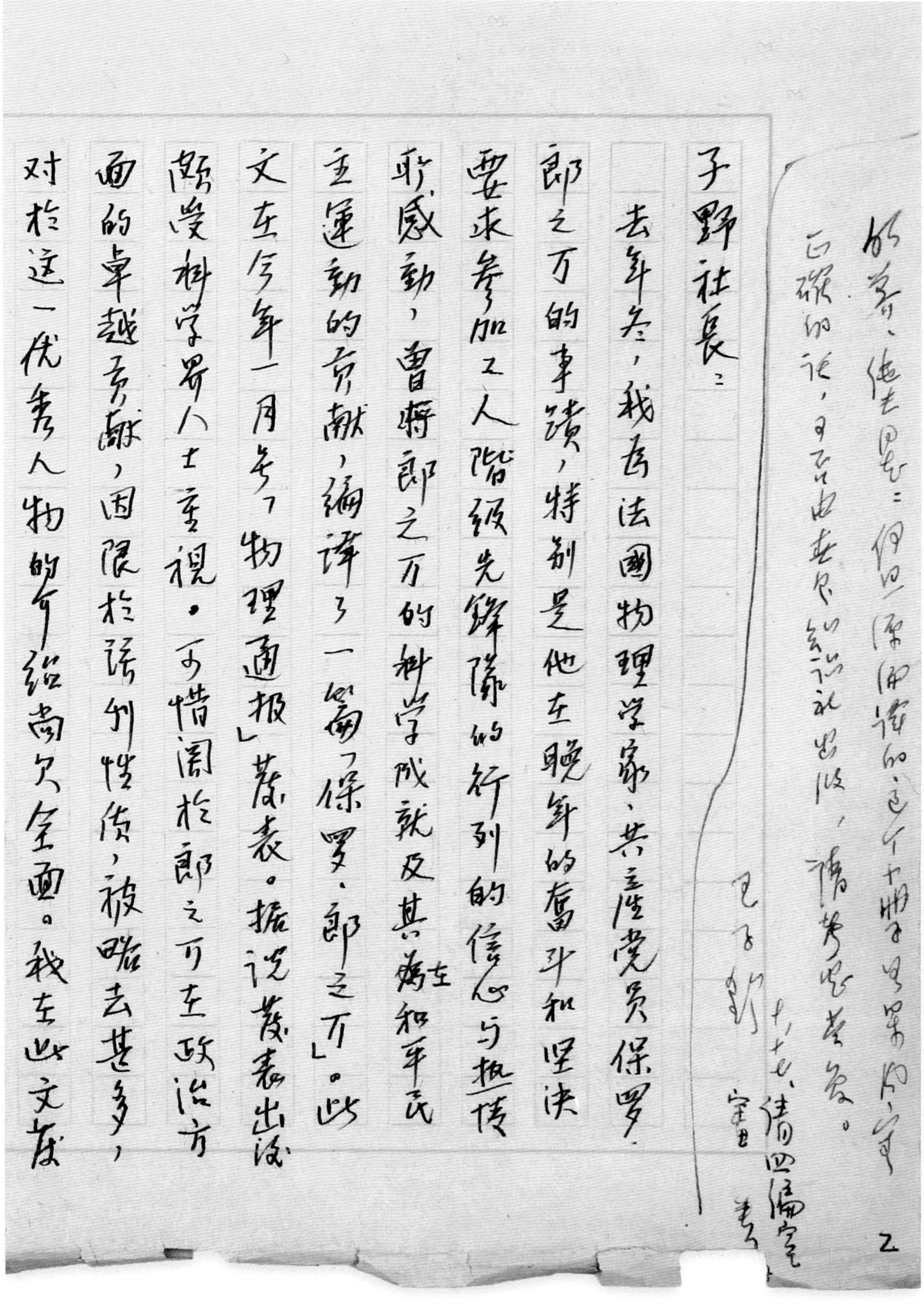

子野社長：

去年冬，我為法國物理學家、共產黨員保羅·郎之万的事蹟，特別是他在晚年的奮鬥和堅決要求參加工人階級先鋒隊的行列的信心与熱情所感動，曾將郎之万的科學成就及其為在和平民主運動的貢獻，編譯了一篇「保羅·郎之万」。此文在今年一月號「物理通報」發表。據說發表出後頗受科學界人士重視。可惜關於郎之万在政治方面的卓越貢獻，因限於該刊性質，被略去甚多，對於這一優秀人物的介紹尚欠全面。我在此文在表後，加以補充，寫成了和平戰士、科学家郎之万」，特送請審閱可否出版了。

我認為，郎之万不僅可对我國科学家作为榜样，即对一般知識分子，也是有教育意義的。

世界科学家，特別是資本主义國家的科学家，一般都有脫离政治、埋头研究的傾向，这种傾向也存在於我國科学界中，而郎之万則是最先投身政治运动的先進科学家之一。約里奧、居里、貝尔納教授等均受郎之万的影响至深。郎之万从事的科学研究，絕大部分是保衛唯物主义观点，与哲学思想问题也联不着，并非纯科学的论断，故在他的科学研究中思想性与战斗性均甚强烈，而恰为目前我们反对唯心主义斗争中，尤其是在自然科学的领域中所必须的。此文的科学部分均经《物理通报》刊出，立论谨严，问题明年为郎之万逝世十周年，如此文能出版，尚还具有纪念的意义。

新稿今春曾送三联编辑室看过，他们曾介绍到中国青年出版社，该社以科学方面稿为专门，要求从略。我认为这种修改又失掉

3

在科学上与哲学上的价值，故将稿索回，加以补充，拟重新请我社考虑是否可用。新稿约二万余字，现充实为四万字。

此致

敬礼

何思源

十月十一日

附：稿八十一页

「物理通报」一册

人民出版社稿纸（20×20=400）

# 翦伯赞

（一八九八—一九六八）　时任北京大学副校长、历史系主任。

这是翦伯赞关于《中国史纲》一书的来信。

已抄登记并保存，不必作复。　校　九、廿七、

檔案號 8022

史校同志：

寄回半山馬廠陶器照片九張收到。

關於中國史綱第二卷出版轉移事，已函新文藝出版社請其與人民出版社辦理轉移手續。第一卷史前殷周史，已作初步修改，但因歷史問題都集中在這一段，尚須慎重。第三卷，爭取在一九五三年七八月脫稿。此致

敬禮

翦伯贊　九月廿六日

周谷城

（一八九八—一九九六）时任复旦大学历史系主任。这是周谷城关于《形式逻辑与辩证法》一书的来信。

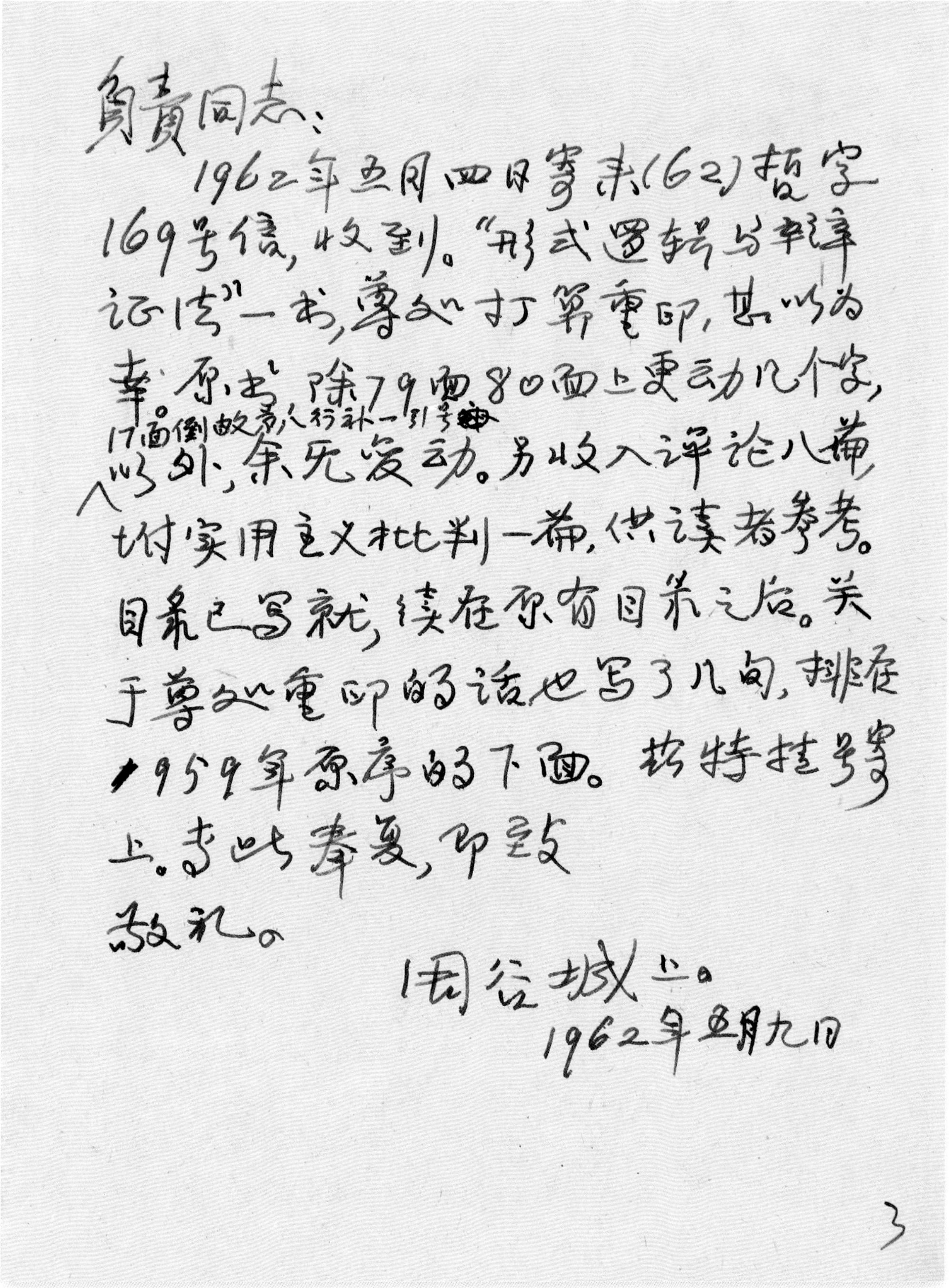

负责同志：

1962年五月四日寄来(62)哲字169号信，收到。"形式逻辑与辩证法"一书，尊处打算重印，甚以为幸。原书除79面80面上更动几个字，17面倒数第八行补一引号以外，余无变动。另收入评论八篇，附实用主义批判一篇，供读者参考。目录已写就，续在原有目录之后。关于尊处重印的话也写了几句，排在1959年原序的下面。兹特挂号寄上。专此奉复，即致

敬礼。

周谷城上。

1962年五月九日

3

# 丰子恺

（一八九八—一九七五） 时任上海市文联副主席。

这是丰子恺关于《苏联大百科全书》古希腊音乐部分翻译问题的来信。

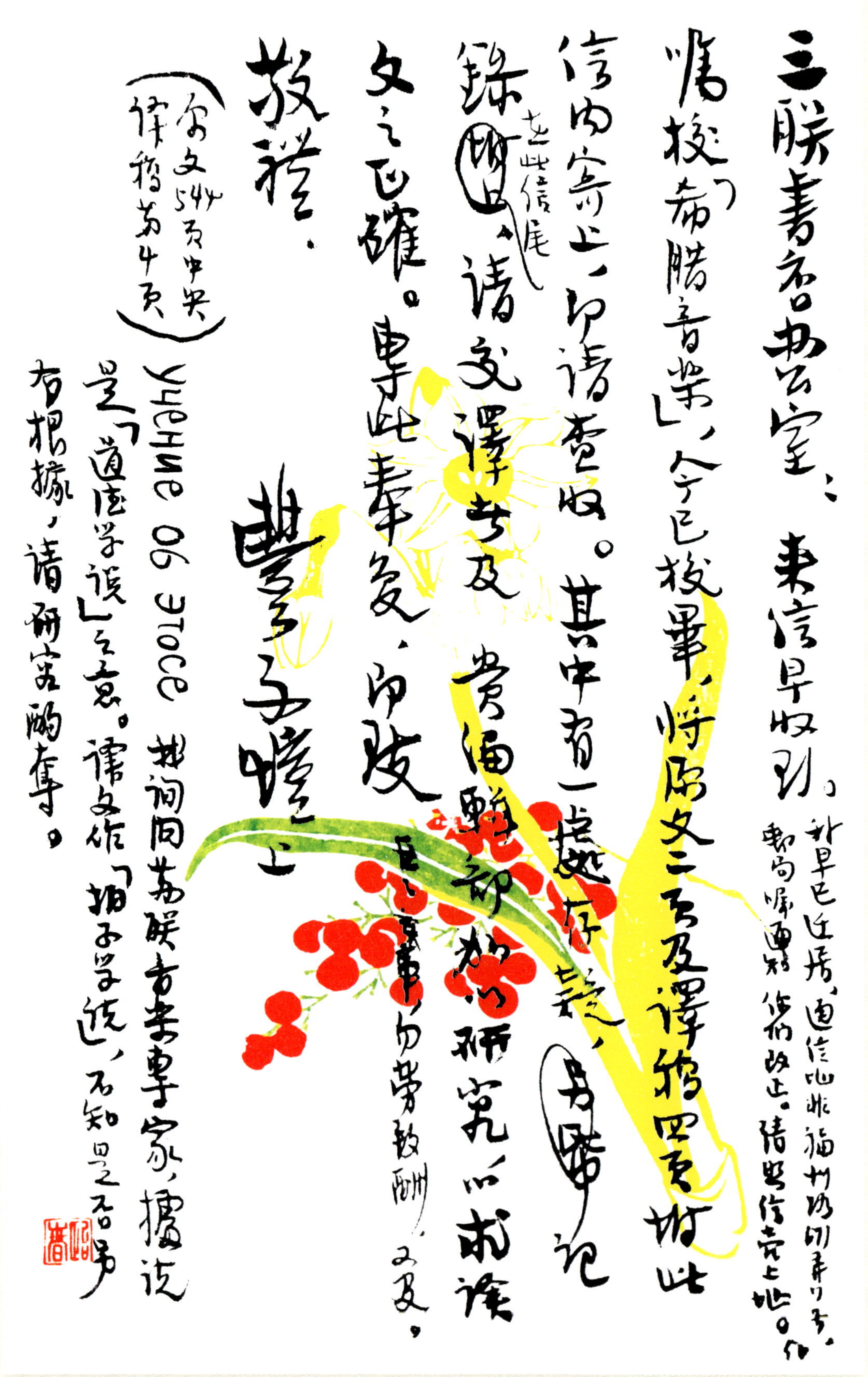

三联书店编辑室：

来信早收到。（我早已迁居，通信地址非福州路671弄7号，贵部尚未通知，务请改正。请照信壳上地址。又及）嘱校「希腊音乐」，今已校毕，将原文二页及译稿四页附此信内寄上，即请查收。其中有一处存疑，另纸记录（附此信尾），请贵编辑部研究，以求译文之正确。专此奉复，即致（区区小事，勿劳致酬，又及。）

敬礼。

丰子恺上

（原文544页中央 译稿第4页）

Учение об этосе 此词问苏联音乐学家，据说是「道德学说」之意。译文作「情感学说」，不知是否另有根据，请研究为幸。

# 老舍

（一八九九—一九六六）时任北京市文联主席。
这是老舍关于《韬奋文集》一书的来信。

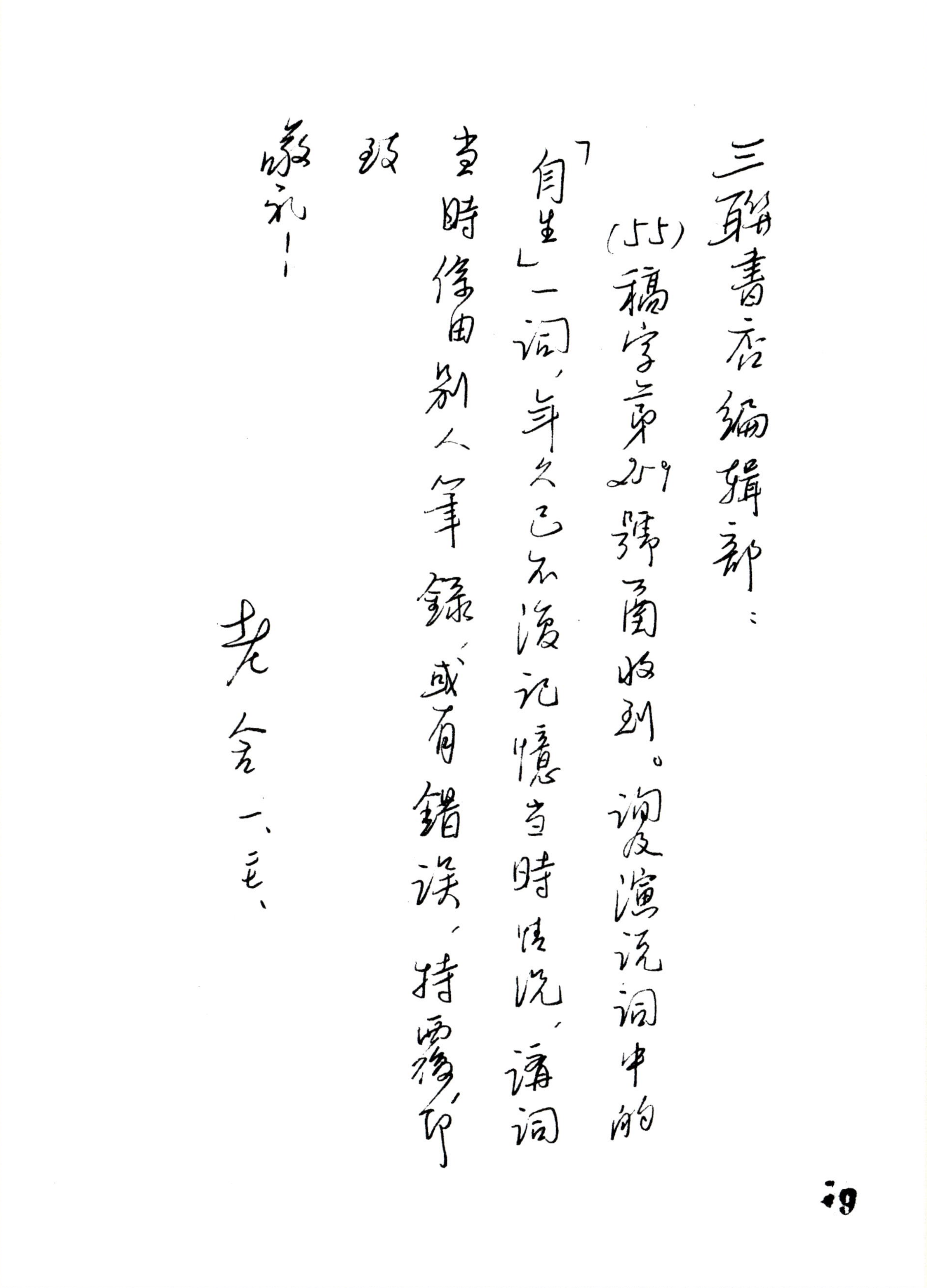
三聯書店編輯部：

(55)稿字第259號函收到。詢及演說詞中的「自生」一詞，年久已不復記憶當時情況，講詞當時係由別人筆錄，或有錯誤，特覆，即

致

敬禮！

老舍 一、五、

# 楚图南

（一八九九—一九九四）时任全国政协常委。

这是楚图南关于《回忆蔡和森》一书的来信。

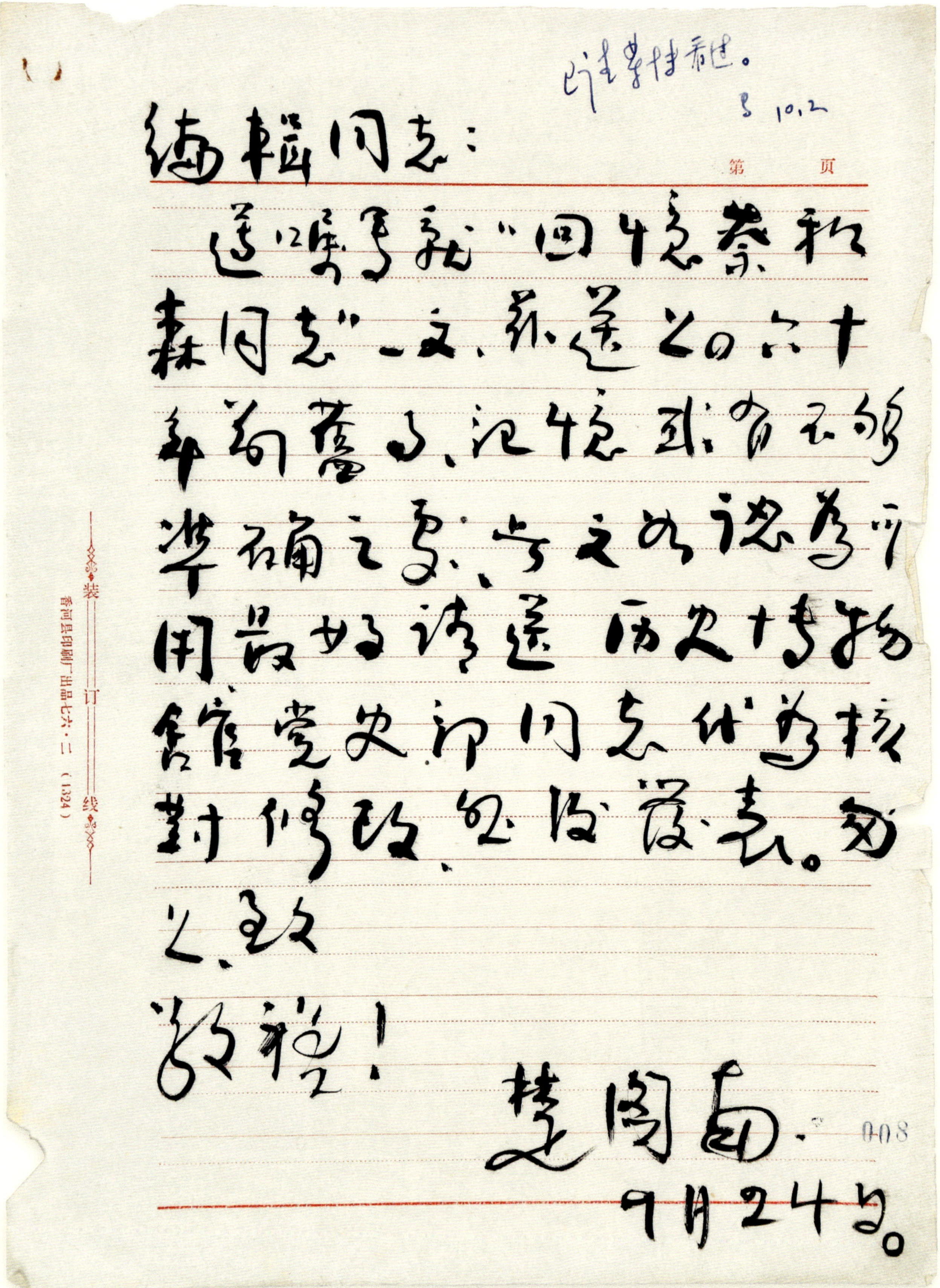

编辑同志：

送还贵刊"回忆蔡和森同志"一文，我逐字看了，六十年前旧事，记忆或有不够准确之处。此文如认为可用，最好请送历史博物馆党史部同志代为核对修改，然后发表。特此致

敬礼！

楚图南

9月24日。

## 游国恩

（一八九九—一九七八）时任北京大学教授。这是游国恩关于《屈原》一书的来信。

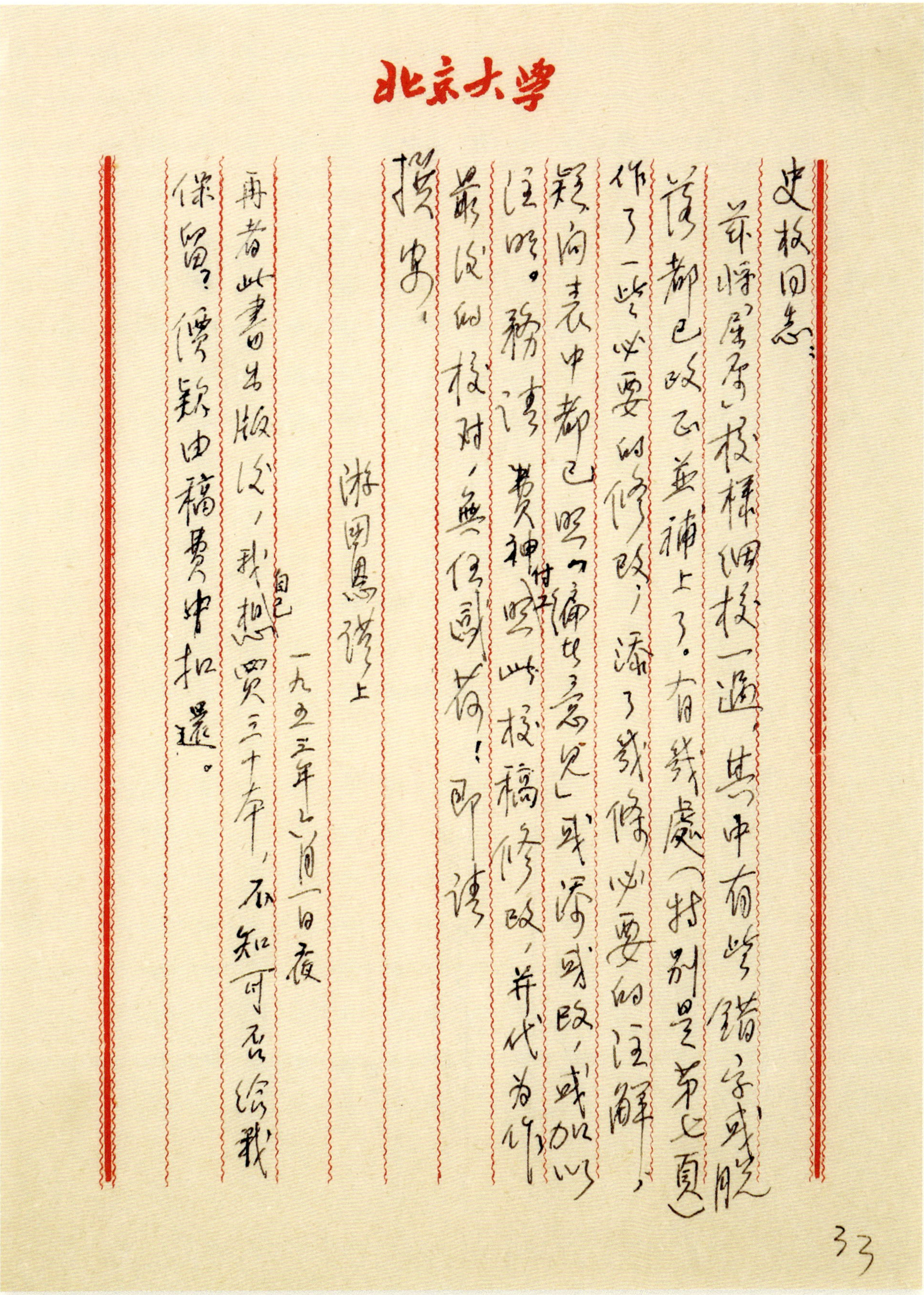
北京大學

史校同志：

兹将屈原校样细校一遍，其中有些错字或脱落都已改正并补上了。有几處（特别是第七页）作了一些必要的修改，添了几条必要的注解，疑问表中都已照「编者意见」或修改，或加以注明。务请费神付工照此校稿修改，并代为作最后的校对，無任感荷！即请

撰安！

游国恩谨上

一九五三年六月一日夜

再者此书出版后，我想自己买三十本，不知可否给我保留？价款由稿费中扣還。

33

# 吕振羽

（一九〇〇—一九八〇） 时任东北人民大学校长。

这是吕振羽关于《简明中国通史》一书的来信。

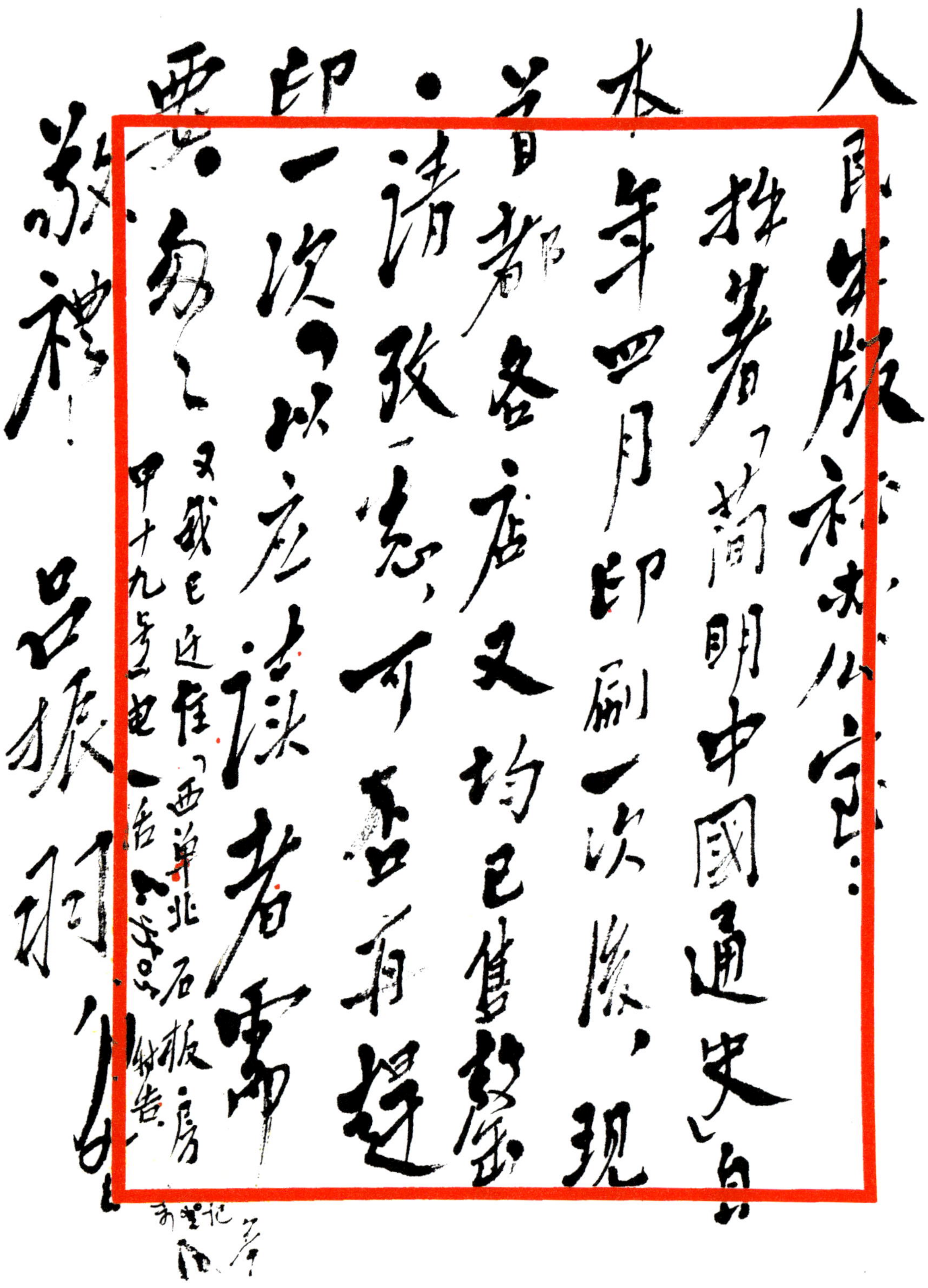

人民出版社社长办公室：

拙著《简明中国通史》自本年四月印刷一次后，现首都各书店均已售罄。请张一志、可再有提印一次，以应读者需要。务之。

又我已迁住「西单北石板房甲十九号」电话：附告。

敬礼！

吕振羽

29/10

新华文摘编辑部：

你们为了转载我为桂林小广寒楼撰写的长联，写信给我查问其中的错字，我十分感谢。

十月二日羊城晚报所载有三处错误：(1)"佳拟紫金"误作"佳似紫金"；(2)"消块垒"误作"消垒块"；(3)"人嗜向往"误作"皆人向往"。后来桂林园林局去函要求更正，羊城晚报不用更正的形式，而是作为一篇文章，题为"关于王力先生的长联"登在十月十六日羊城晚报上。你们要转载，当以十月十六日羊城晚报为准。

三处错误以"佳拟紫金"误作"佳似紫金"为最严重。如果写作"佳似紫金"，和上文"奇似黄山"的"似"字重复了。对联有重复字，这是对联的大忌。到今天为止，我已经收到十九位读者来信批评我这一点。希望你们转载时，不要再误作"佳似紫金"。你们来信说"有的把'佳似紫金'改成'佳拟紫金'"，是你们也把话说反了。应该说：有的把

# 王力

（一九〇〇—一九八六）　时任北京大学教授。

这是王力关于订正转载文章错误致《新华文摘》的来信。

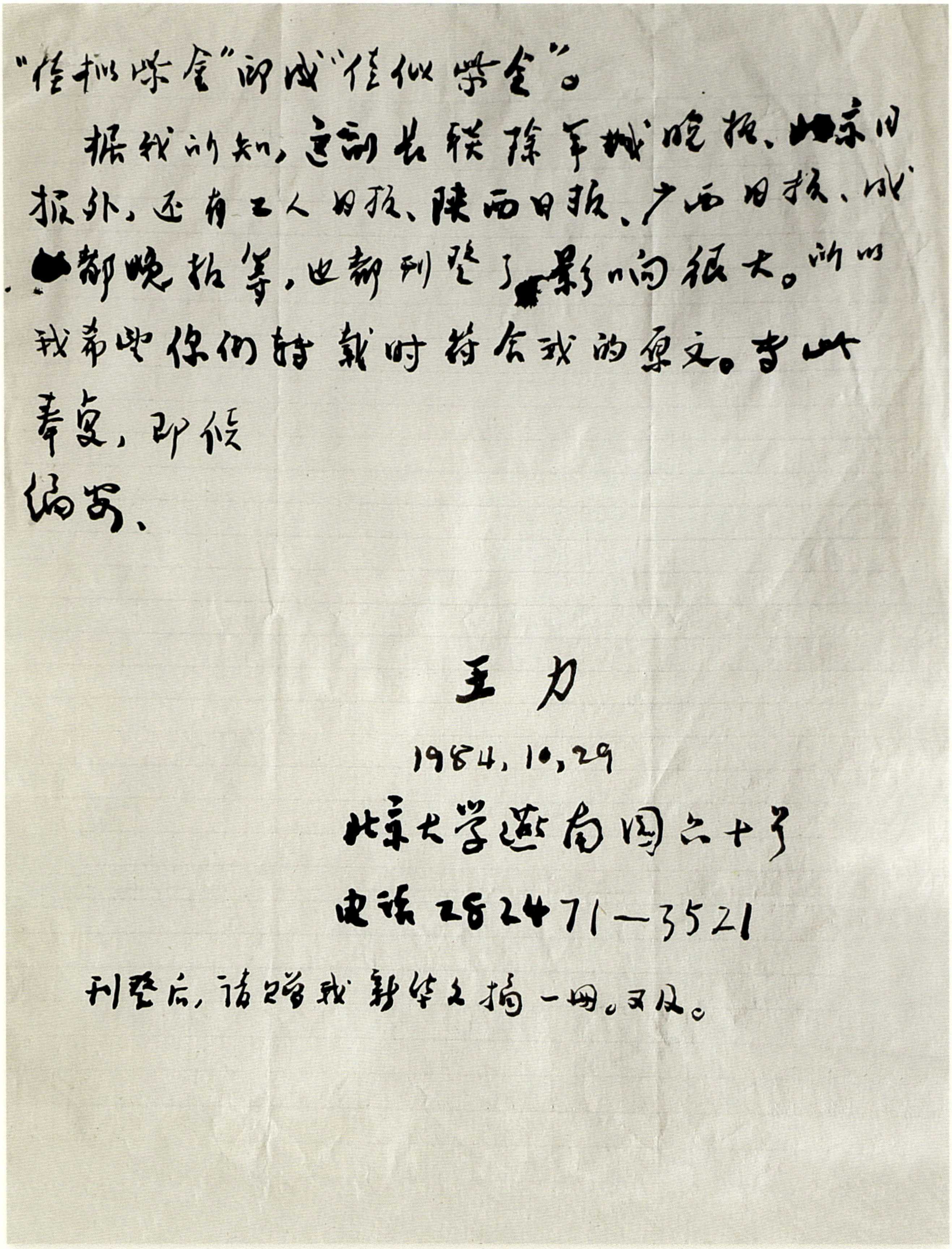
"佳拟紫金"印成"佳似紫金"。

据我所知，这副长联除羊城晚报、北京日报外，还有工人日报、陕西日报、广西日报、成都晚报等，也都刊登了，影响很大。所以我希望你们转载时符合我的原文。专此奉复，即候

编安、

王力

1984，10，29

北京大学燕南园六十号

电话 282471—3521

刊登后，请赠我新华文摘一册。又及。

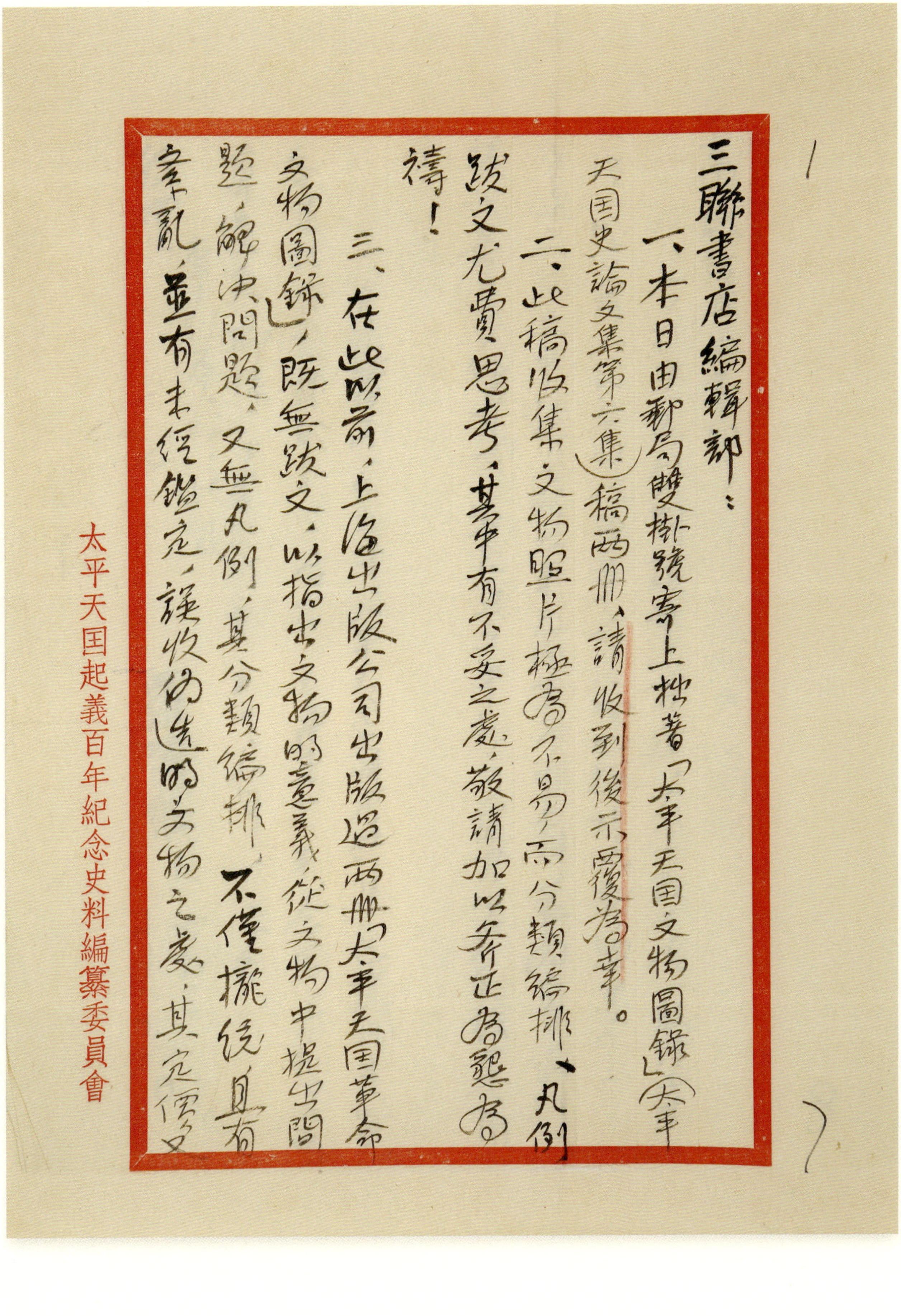
1

三聯書店編輯部：

一、本日由郵局雙掛號寄上拙著《太平天國文物圖錄》（太平天國史論文集第六集）稿兩册，請收到後示覆為幸。

二、此稿收集文物照片極為不易，而分類編排、凡例、跋文尤費思考，其中有不妥之處，敬請加以斧正為懇為禱！

三、在此以前，上海出版公司出版過兩册《太平天國革命文物圖錄》，既無跋文，以指出文物的意義，從文物中提出問題，解決問題，又無凡例，其分類編排，不僅攏統，且有雜亂，並有未經鑒定，誤收偽造的文物之處，其定價又

太平天國起義百年紀念史料編纂委員會

2

# 罗尔纲

（一九〇一—一九九七） 时任中国社会科学院近代史研究所研究员。

这是罗尔纲关于《太平天国史论文集》一书的来信。

2

高，故該兩冊書既未能供一般讀者的閱讀，並未能供專家利用。今拙著即針對該書弊病，力圖既可供一般讀者閱讀，以宣揚人民政府保護革命文物的輝煌成就，與使讀者從所收文物之中認識到太平天國革命的真相，並為專家們提供最主要的資料，又在跋文中初步提出研究的結果。惟才力疏淺，難副所願，伏維教正為幸耳！

四、上月接覆函，知拙著《太平天國史料考釋集》已發排，查以前各集均在發排時訂立合同，現尚未接到合同，未知是郵寄遺失，抑係貴處改變辦法？便中請示知。

專此奉陳，此致

敬禮

羅爾綱上　一九五五年七月廿四日

8

太平天国起義百年紀念史料編纂委員會

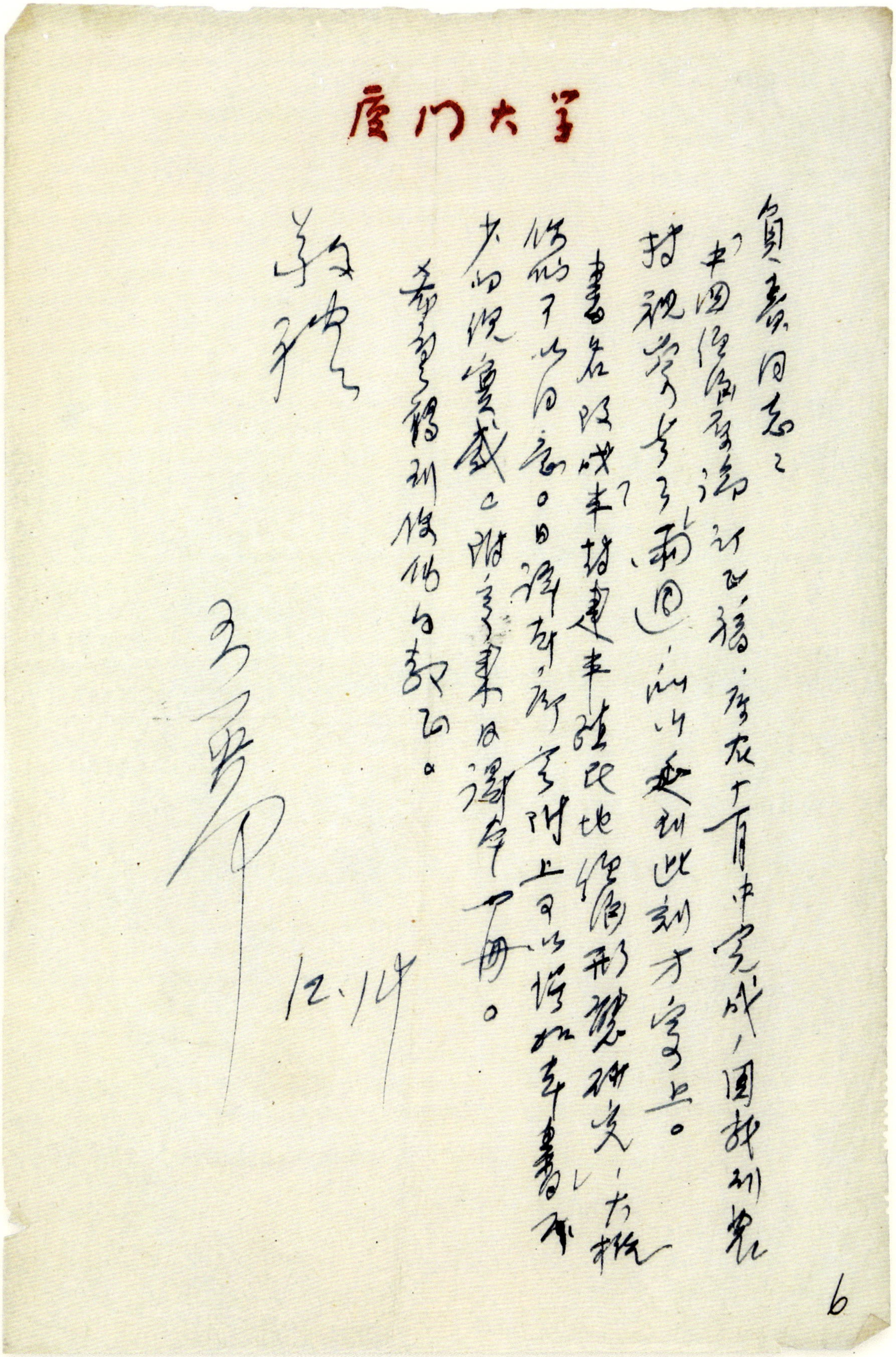


# 王亚南

（一九〇一—一九六九） 时任厦门大学校长。

这是王亚南关于《中国半封建半殖民地经济形态研究》一书的来信。

# 梁思成

（一九〇一——一九七二）时任清华大学建筑系主任。

这是梁思成关于《苏联大百科全书》古希腊建筑部分翻译的来信。

清华大学

人民出版社办公室负责同志：

十二月四日你处寄来的译文今改正如下：

"主馆"（建筑师是舒科和叁尔福莱赫）的正面柱廊面向着入口的林荫道，而其具有多跨开敞式走廊的长立面则面向着「集体农庄」广场。主馆的新颖建筑艺术、开敞式走廊各跨度内的苏联和各加盟共和国的浮雕式国徽、开敞式走廊前列宁和斯大林的（全身）雕像——这些都体现了自由的各族人民联盟的思想。

此致

敬礼

梁思成

十二月九日

注：пилоне 是券门，塔门的意思，此处很难翻译，但看图可知列宁和斯大林同志的雕像是在侧面（即长立面），故译成开敞式走廊前。

调前卷，经阅，送三室

56

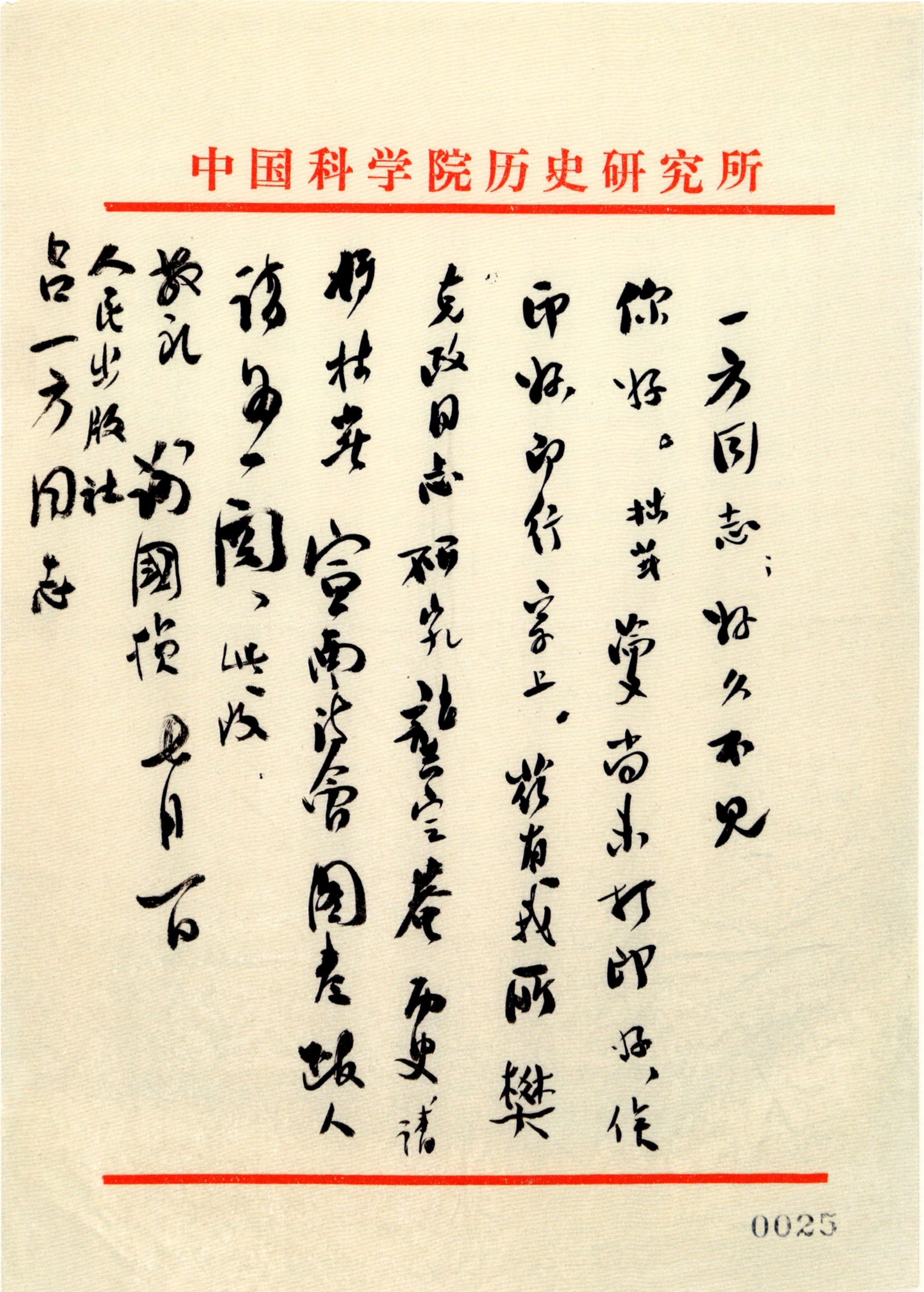
中国科学院历史研究所

一方同志：好久不见

你好。拙著尚未打印好，俟

印好即行寄上。兹有我所樊

克政同志研究龚自珍历史，请

[illegible]宣南诗会图考[illegible]

请多[illegible]关照，此致

敬礼

谢国桢 七月一日

人民出版社

吕一方同志

0025

# 谢国桢

（一九〇一——一九八二） 时任中国社会科学院历史研究所研究员。

这是谢国桢关于《明末清初的学风》一书的来信。

尚钺

（一九〇二—一九八二） 时任中国人民大学教授。

这是尚钺关于《中国历史纲要》一书的来信。

中國人民大學用箋

第　頁　第　號

刘、周扬同志：

简括历史是最难造的。这个小册子，据我的估计，恐怕到明年暑假中才能抽出时间来搞。因为明年春天，高教部指定我担任综合大学中国通史讲义春秋战国一段的主编，而这一段是中国历史上问题最多最困难的一段，特别是先秦文化一段，过去我没有搞过，一定要花费很大的气力。所以，这个约稿合同上，我改成了六月底交稿日期，能够（降低标准）不拖期是最高的理想。从现在到明年二月，我要指导我校明年二月的科学讨论大会的一个专题：古代史分期问题报告和讨论。所以，而且没有时间。

其次，日本的日中翻译恳谈会委托立命館大学副教授池田诚先生把《中国历史纲要》译成了日文，大概本年十一月要出版。这次，日本代表团的武藤守一教授带来信，并和我打交道，要我写个日译本序言。还要前面八幅图片的照片，希望出版社送我一份照片，以便转交武藤守一教授

48

21 尚钺—1（1）（已纸版）

中國人民大學用箋

第　　頁

常四先生，不知可以否？

三联的合同请转交，此致

敬礼！

尚钺

9/10

还有：中国历史纲要，编者的话中，编辑中有三个人：

何志、张秋德、邓春阳，在这次政治学习中，反映出来他们是（极端需要的）反动的小集团（个别的人并与胡风集团有关系）。今天党支部通知我：请在中国历史纲要上，把他们的名字去掉，理由是：(1)他们对这本书的工作，没有大作用，（只是校刊工作）(2)他们根本反对把他们的名字列在上面；(3)他们根本不同意本书的观点，(4)他们作了（一些）校刊工作，过去没有（公开）反对列他们的名字，是因为要分稿费。我考虑可以去掉他们的名字。请（再）加印时去掉。但（请）考虑一下，没有什么问题吧？回复

还需要其他手续？

尚钺又及

# 傅筑夫

（一九〇二—一九八五） 时任北京经济学院教授。

这是傅筑夫关于《中国封建社会经济史》一书的来信。

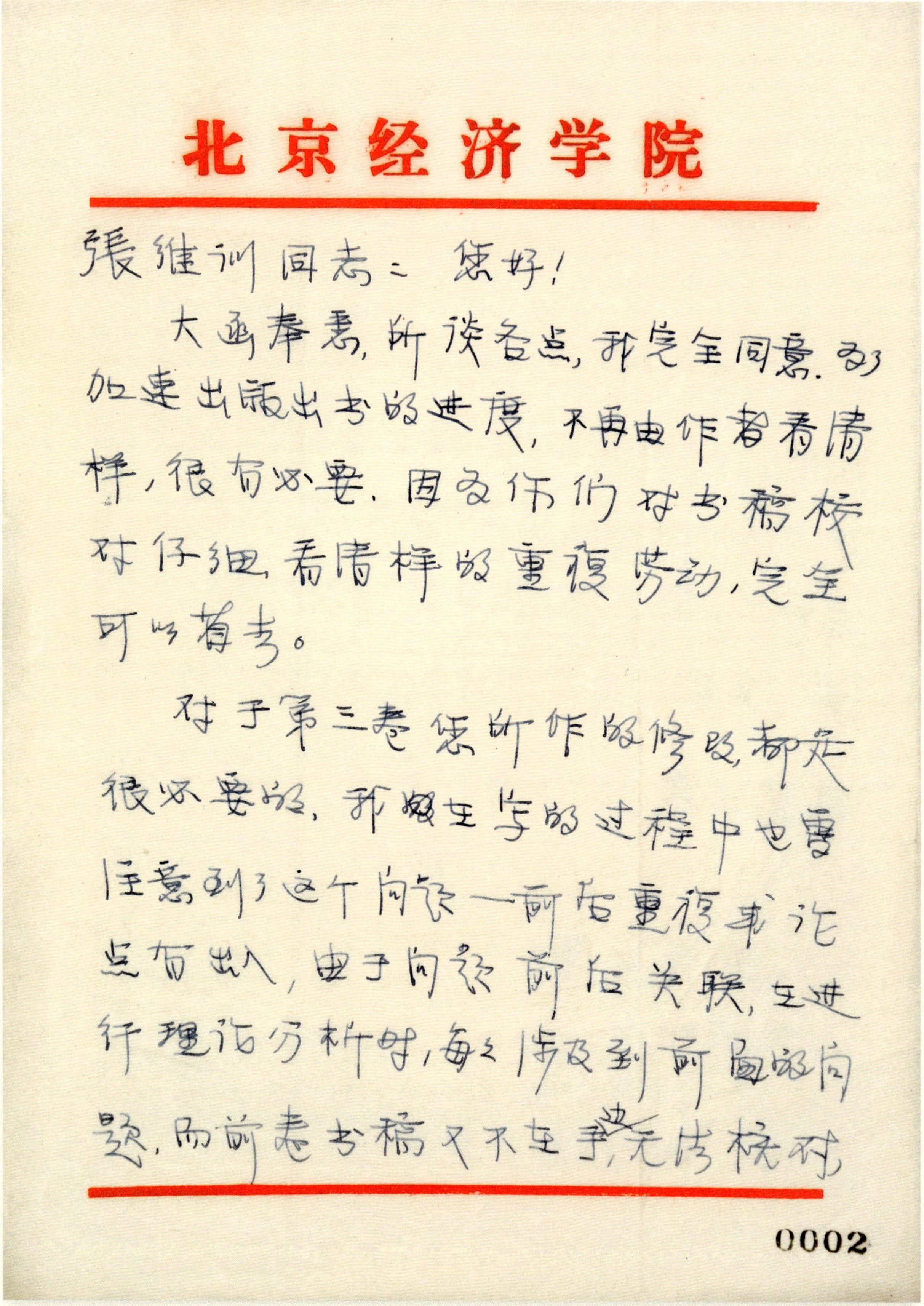

北京经济学院

張維训同志：您好！

大函奉悉，所谈各点，我完全同意。为了加速出版出书的进度，不再由作者看清样，很有必要。因为你们对书稿校对仔细，看清样的重复劳动，完全可以省去。

对于第三卷您所作的修改，都是很必要的，我在写的过程中也曾注意到了这个问题——前后重复或论点有出入，由于问题前后关联，在进行理论分析时，每每涉及到前面的问题，而前卷书稿又不在手边，无法校对

0002

北京经济学院

这些已在前面谈过，常记忆不清，在交稿之前，也作了一些删削，记不清的地方我滑过去了，至于前后论点有出入，措词不妥当的地方更在难免。您所作的修改都非常恰当，我都同意，不要再变动了，您投入了不少劳动，增进了这部书稿的质量，谨对您表示深切的感谢。此致

敬礼

傅筑夫敬上

八三年五月廿四

第二卷稿费已收到，谢谢。

0003

# 贺麟

（一九〇二—一九九二） 时任中国科学院哲学研究所研究员。

这是贺麟关于《马克思博士论文》《哲学笔记》的来信。

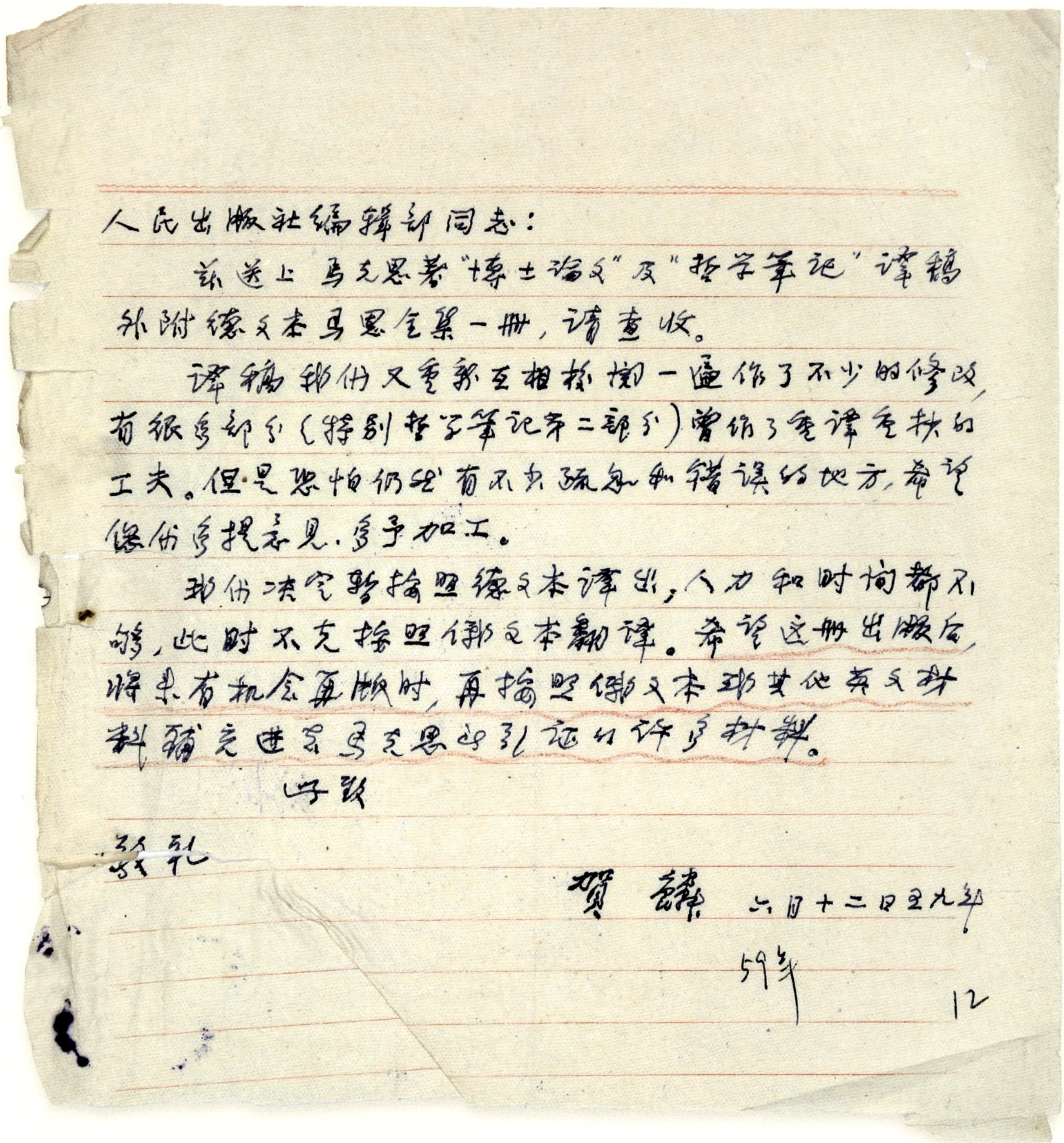
人民出版社编辑部同志：

兹送上马克思著"博士论文"及"哲学笔记"译稿外附德文本马恩全集一册，请查收。

译稿我们又重新互相校阅一遍作了不少的修改，有很多部分（特别哲学笔记第二部分）曾经作了重译重抄的工夫。但是恐怕仍然有不少疏忽和错误的地方，希望你们多提意见，多予加工。

我们决定要按照德文本译出，人力和时间都不够，此时不克按照俄文本翻译。希望这册出版后，将来有机会再版时，再按照俄文本和其他英文材料补充进马克思所引证的许多材料。

此致

敬礼

贺麟 六月十二日五九年

59年

12

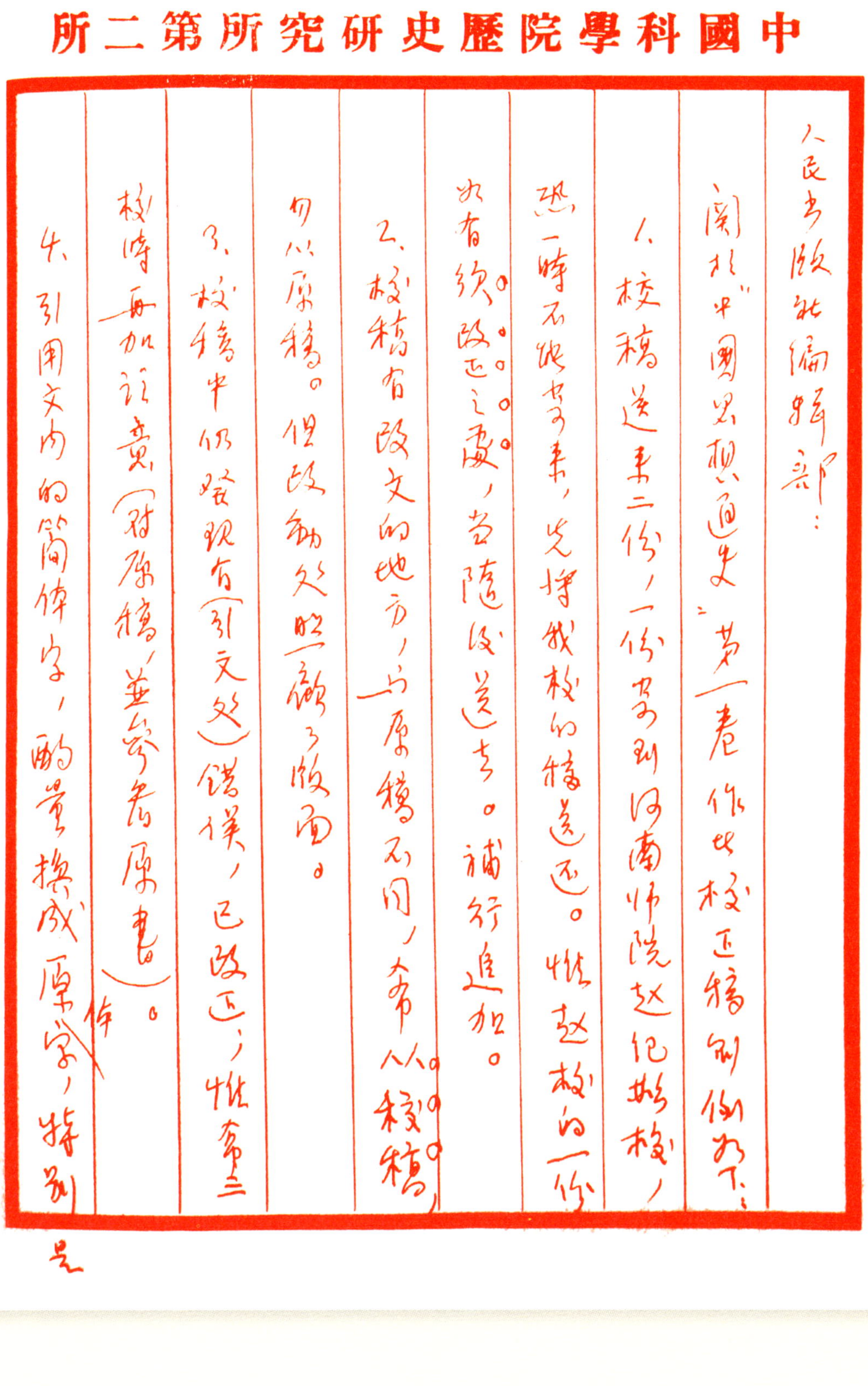
中國科學院歷史研究所第二所

人民出版社編輯部：

關於"中國思想通史"第一卷作些校正稿例如下：

1、校稿送來二份，一份寄到河南師院赵紀彬校，恐一時不能寄來，先將我校的稿送還。惟赵校的一份如有須改正之處，當隨後送去，補行追加。

2、校稿有改文的地方，与原稿不同，希以校稿，勿以原稿。但改動处照顧了版面。

3、校稿中仍發現有（引文处）錯誤，已改正；惟第三校時再加註意（對原稿，並參看原書）。

4、引用文內的簡体字，酌量換成原体字，特別是

## 侯外庐

（一九〇三—一九八七）　时任中国科学院历史研究所第二所副所长。

这是侯外庐关于《中国思想通史》一书的来信。

叶字音協，不然為何用以代葉。拉丁化也不能把葉字讀成叶。

中國科學院歷史研究所第二所

代。傳字。（如以"征"代"徵"，以"系"代"繫"，以"后"代"後"）之類容易混亂人的古書讀者，因而改了一些，其餘勉强使用的未改。有些人名地名，最好用原傳字，如"葉適"以"叶適"代，使覺得數以之要改古人名字。

六、來文限下月三日將稿送還，此稿校的時間，是這一星期，估計趙校稿不能於限期內來到。

此致

56、12、27日，科學院已派人將趙校稿改動的今天也修校樣上了一頁

敬禮！

侯外廬 上

十二月廿六日

65

# 杨人楩

（一九〇三—一九七三）时任北京大学教授。

这是杨人楩关于《圣鞠斯特》一书的来信。

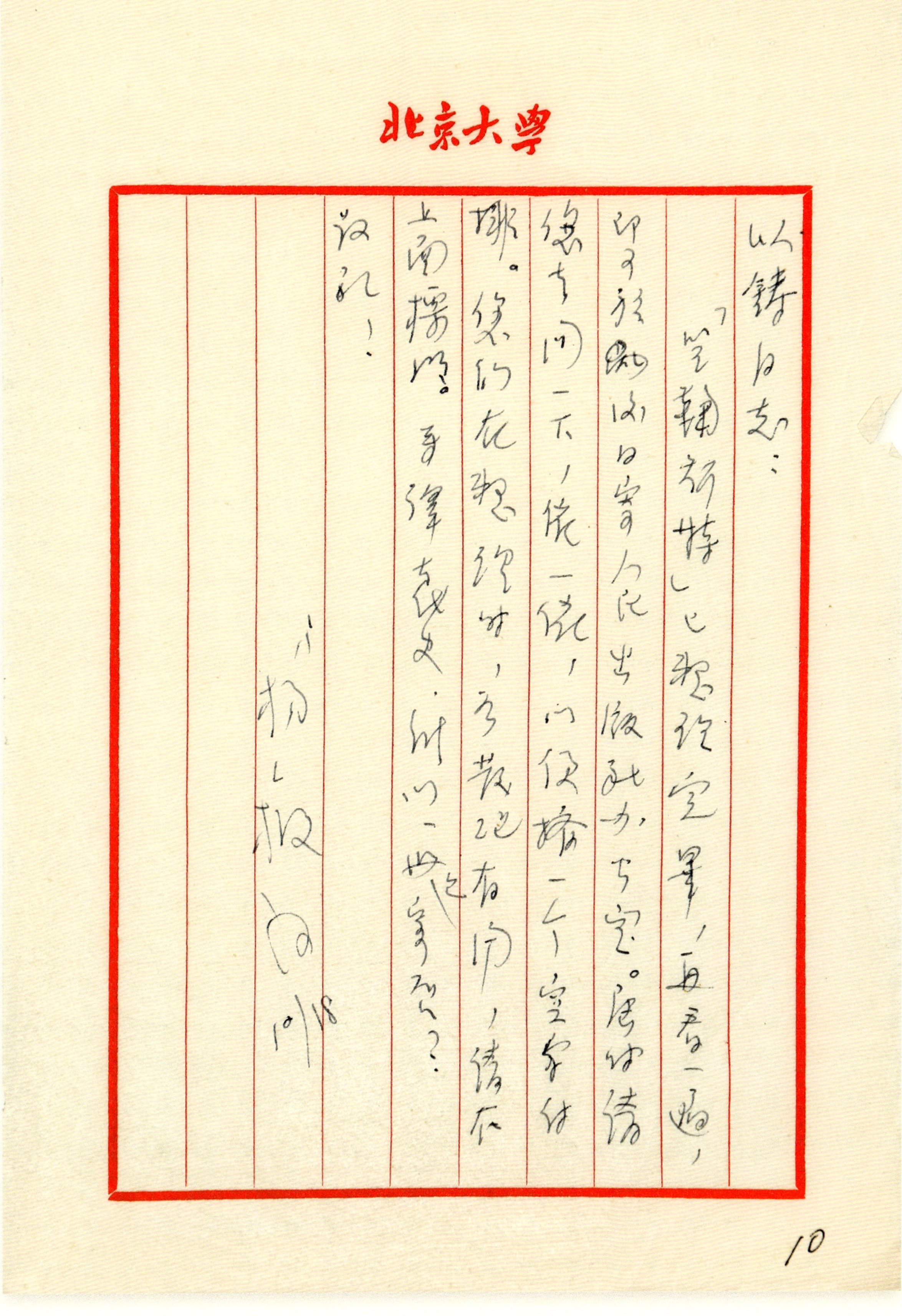

北京大學

以铸同志：

"圣鞠斯特"已整理完毕，再看一遍，即可发排。此次由[illegible]人民出版社出版为宜。原件请您查阅一下，核一核，以便换一个空字给挪。您们在整理时，若发现有问题，请在上面标明。手译[illegible]文，附此一[illegible]？

敬礼！

杨人楩

10/18

10

# 张仲实

（一九〇三—一九八七）时任中共中央马克思恩格斯列宁斯大林著作编译局副局长。

这是张仲实关于《马克思主义的基本问题》一书的来信。

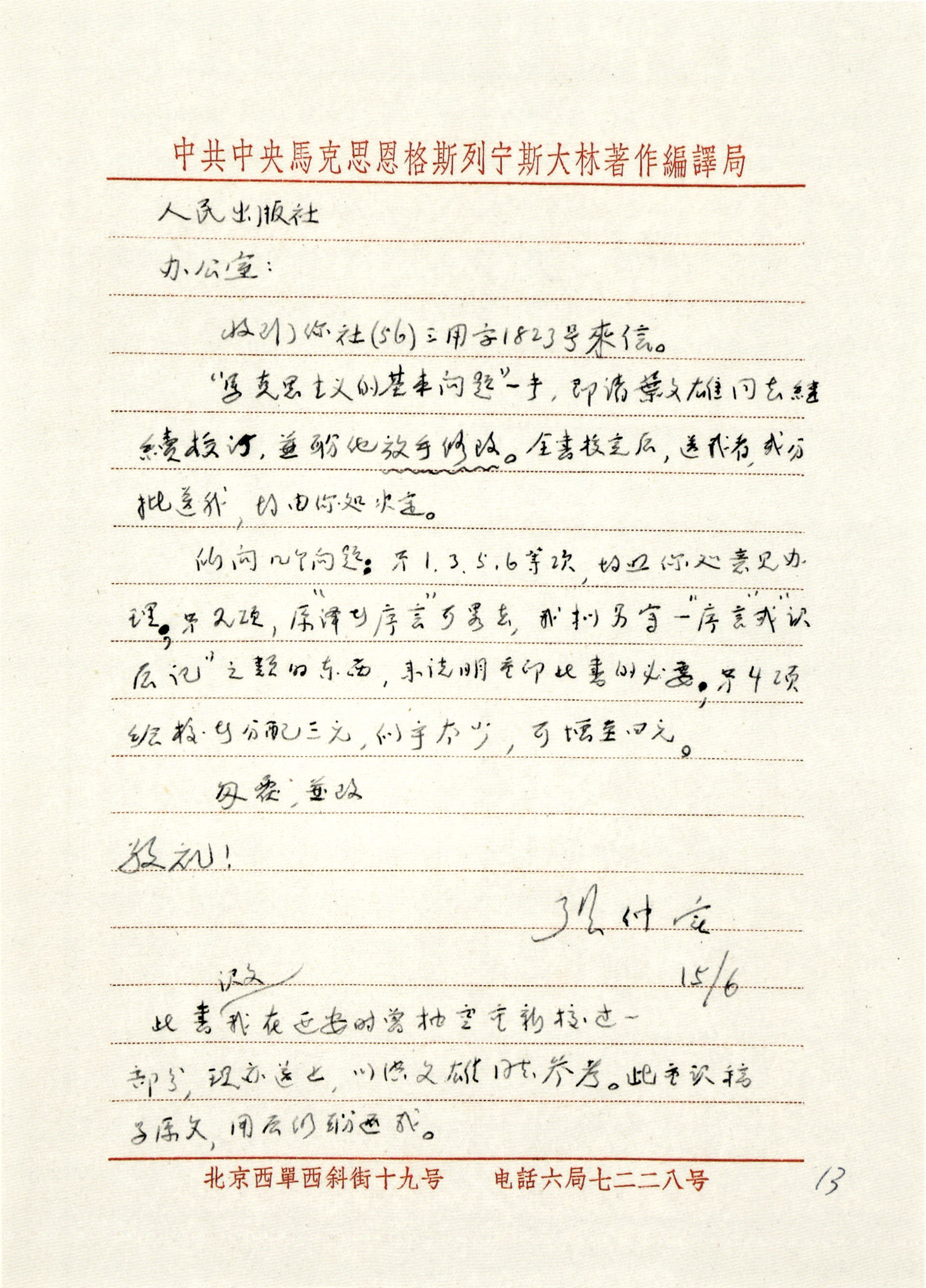

中共中央馬克思恩格斯列宁斯大林著作編譯局

人民出版社

办公室：

收到你社(56)三用字1823号来信。

"马克思主义的基本问题"一书，即请叶文雄同志继续校订，并盼他放手修改。全书校完后，送我看，或分批送我，均由你处决定。

所问几个问题：第1.3.5.6等项，均照你处意见办理。第2项，"原译者序言"可删去，我拟另写一"序言或译后记"之类的东西，来说明重印此书的必要。第4项给校订者分配三元，似乎太少，可增至四元。

此复，并致

敬礼！

张仲实

15/6

此书我在西安时曾抽空重新校过一部分，现亦送上，以供文雄同志参考。此重译稿子原文，用后仍望还我。

北京西單西斜街十九号　电話六局七二二八号

13

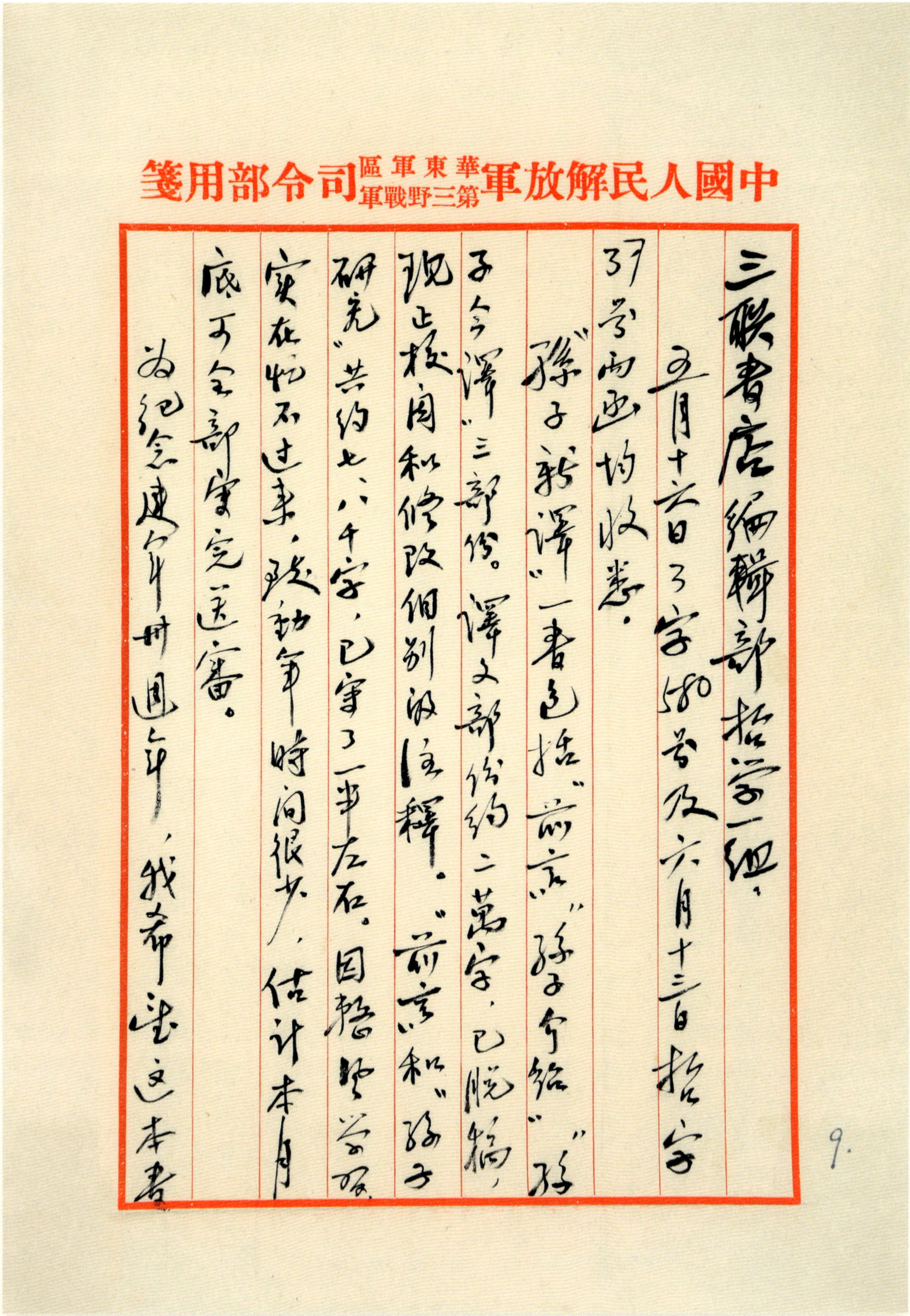

中國人民解放軍華東軍區第三野戰軍司令部用箋

三聯書店編輯部哲学一組：

五月十六日3字580号及六月十三日哲字37号两函均收悉。"孫子新譯"一書包括"前言"、"孫子今注"、"孫子今譯"三部份。譯文部份約二萬字，已脫稿，現正校閱和修改個別的注釋。"前言"和"孫子研究"共約七、八千字，已寫了一半左右。因離学校實在抽不出来，[illegible]時間很少，估計本月底可全部寫完送審。

為紀念建軍卅周年，我希望這本書

9.

# 郭化若

（一九〇四—一九九五）时任中国人民解放军南京军区第一副司令员。

这是郭化若关于《孙子新译》一书的来信。

中國人民解放軍 華東軍區 第三野戰軍 司令部用箋

能在八一和读者见面，作为向建军卅周年纪念的献礼。是否可以预先约定数目，在七月上、中旬校审，下旬编排付印。如可能时我当尽量提前交稿。

可否？请速示。

此致

敬礼

郭沫若

五七、六、十九。

10

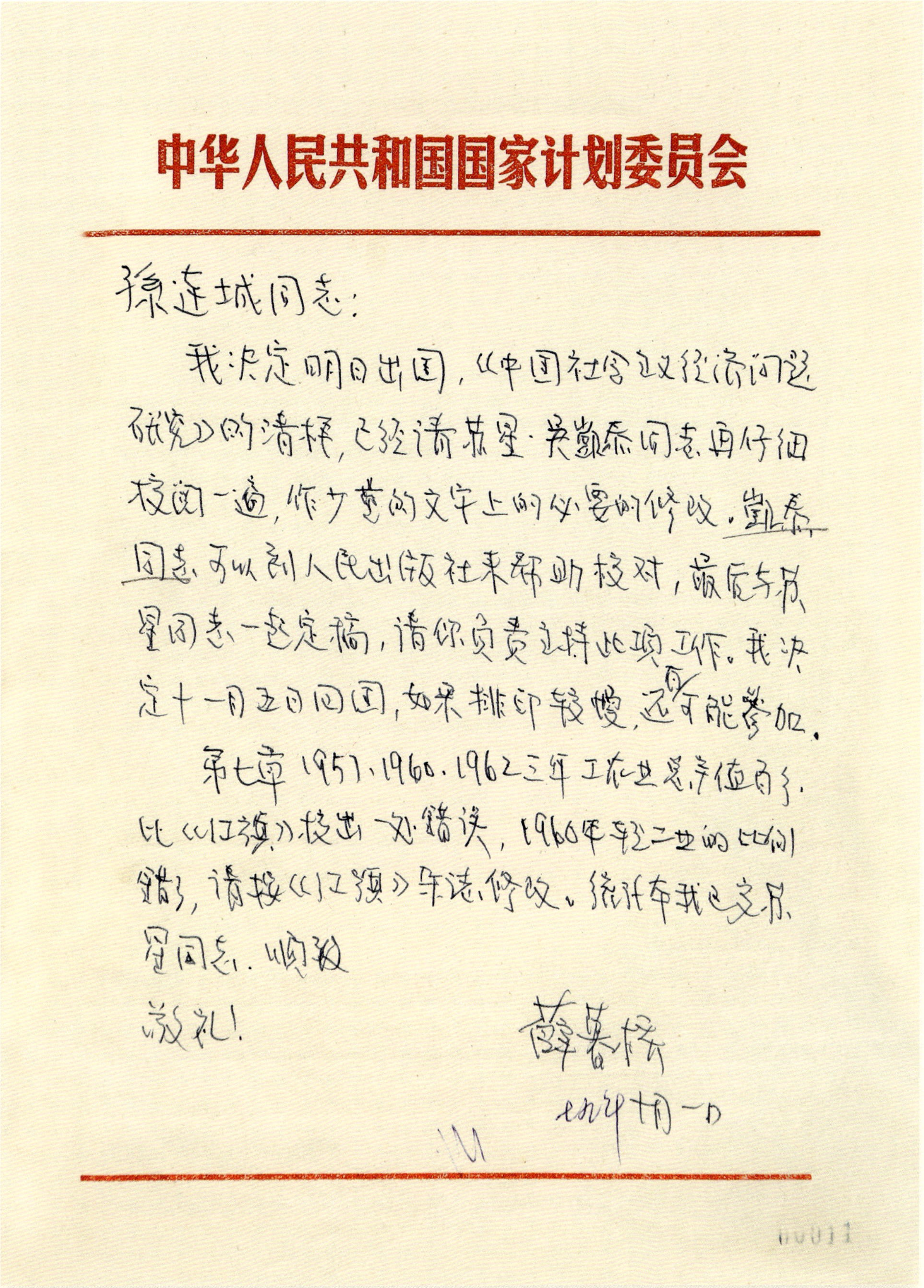

中华人民共和国国家计划委员会

孙连城同志：

我决定明日出国，《中国社会主义经济问题研究》的清样，已经请苏星、吴凯泰同志再仔细校阅一遍，作少量的文字上的必要的修改。凯泰同志可以到人民出版社来帮助校对，最后与苏星同志一起定稿，请你负责主持此项工作。我决定十一月五日回国，如果排印较慢，还有可能参加。

第七章1957、1960、1962三年工农业总产值百分比《红旗》校出一处错误，1960年轻工业的比例错了，请按《红旗》杂志修改。统计本我已交苏星同志。顺致

敬礼！

薛暮桥

七九年十月一日

00011

## 薛暮桥

（一九〇四—二〇〇五） 时任国家计划委员会顾问兼经济研究所所长。

这是薛暮桥关于《中国社会主义经济问题研究》一书的来信。

# 丁玲

（一九〇四—一九八六）时任中宣部文艺处处长。

这是丁玲关于《陕北风光》《一二九师与晋冀鲁豫边区》两书的来信。

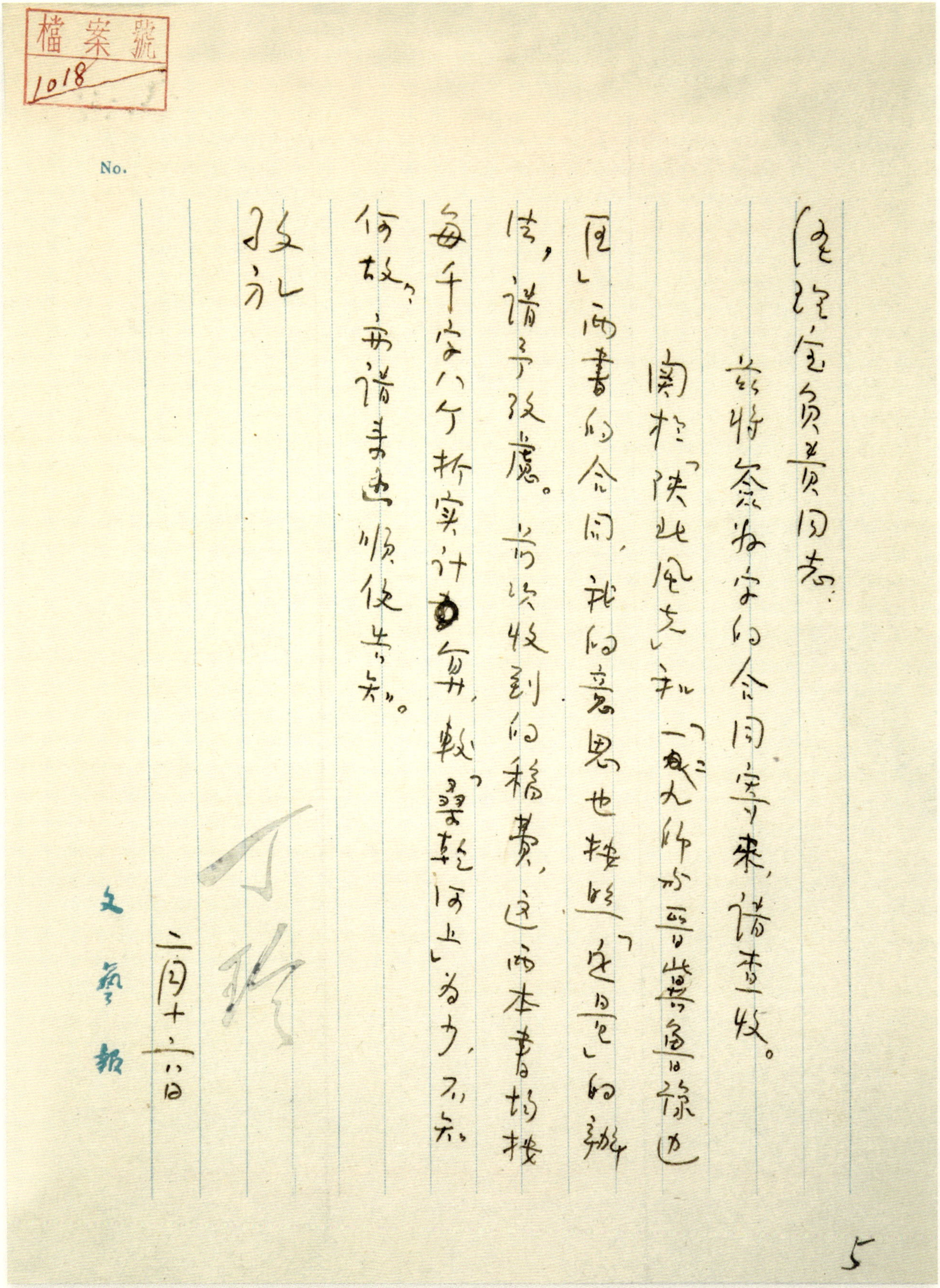



No.

陈企霞同志：

兹将签好字的合同寄来，请查收。

关于「陕北风光」和「一二九师与晋冀鲁豫边区」两书的合同，我的意思也按照「延边」的办法，请予考虑。前次收到的稿费，这两本书均按每千字八个折实计算，较「桑干河上」为少，不知何故？再请来函顺便告知。

敬礼

丁玲

二月十六日

文艺报

5

史一

人民出版社編輯部：

接奉編輯部五七史字九三八号函，並约稿合同二份，敬悉種切。我所提出的擬将拙著有關魏晉南北朝史的论文彙集出版的計劃，蒙貴社採納，至深感謝。關於约稿合同，我再三考慮，未敢簽訂，主要系因是時間问題。我在川大歷史系除教課外，尚負責中國史教研组，最近整改之後，教研组工作将加強，而不少教師轉向下放，我也将更多担任教課及指導論文工作，尚需每週八小時的社會主義思想教育的學習討論等，因此，修改舊論文及撰寫新論文的時間不能預定，交稿期限亦難以估計。我想是否可以這樣做：我從本年夏起，即将「撰寫魏晉南北朝史進修課講稿」（内容

册17

缪钺

（一九〇四—一九九五）时任四川大学教授。这是缪钺关于《读史存稿》一书的来信。

所见，改写旧论文，撰写新论文，因为魏晋南北朝史选修课是用专题讲授方式。）订入科学研究计划，待完成一部分后，再与贵社签订约稿合同。如此办法，对于如期交稿，可以较有保证。未知贵社意见如何，敬乞卓裁示覆为荷。专此奉覆，谨颂撰祺。

缪钺敬启　一月十九日

中国百货公司西安采购供应站监制

（一九〇六—一九七八）时任职于中共中央宣传部。
这是曹葆华关于《黑格尔『哲学史讲义』一书摘要》一书的来信。

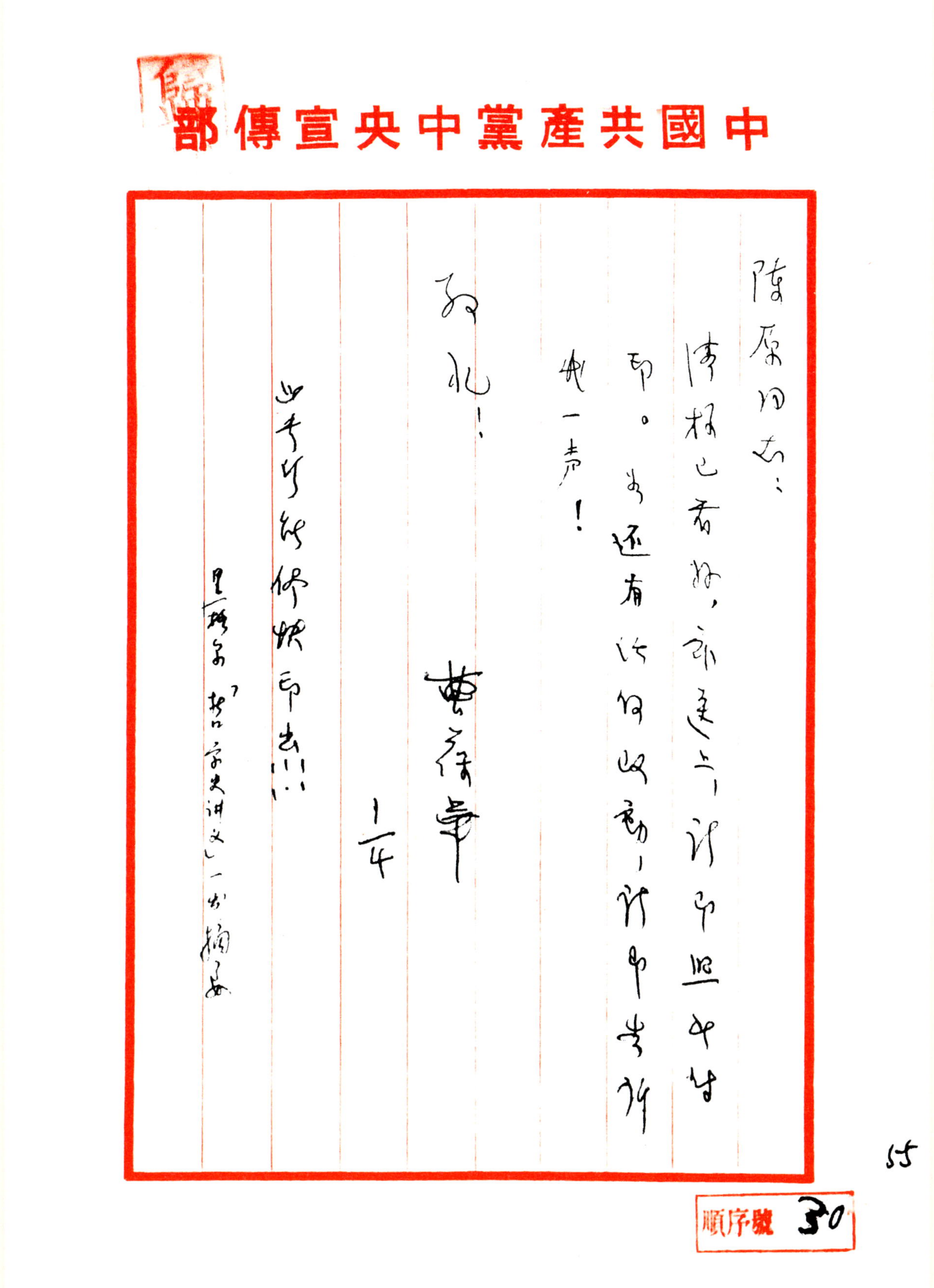

歸

中國共產黨中央宣傳部

陈原同志：

清样已看好，就送上，请即照此付印。如还有任何改动，请即告诉我一声！

敬礼！

曹葆华

1/4

此书能够快印出！！！

黑格尔『哲学史讲义』一书摘要

55

順序號 30

# 尹达

（一九〇六—一九八三） 时任中国科学院历史研究所副所长。

这是尹达关于《新石器时代》一书的来信。

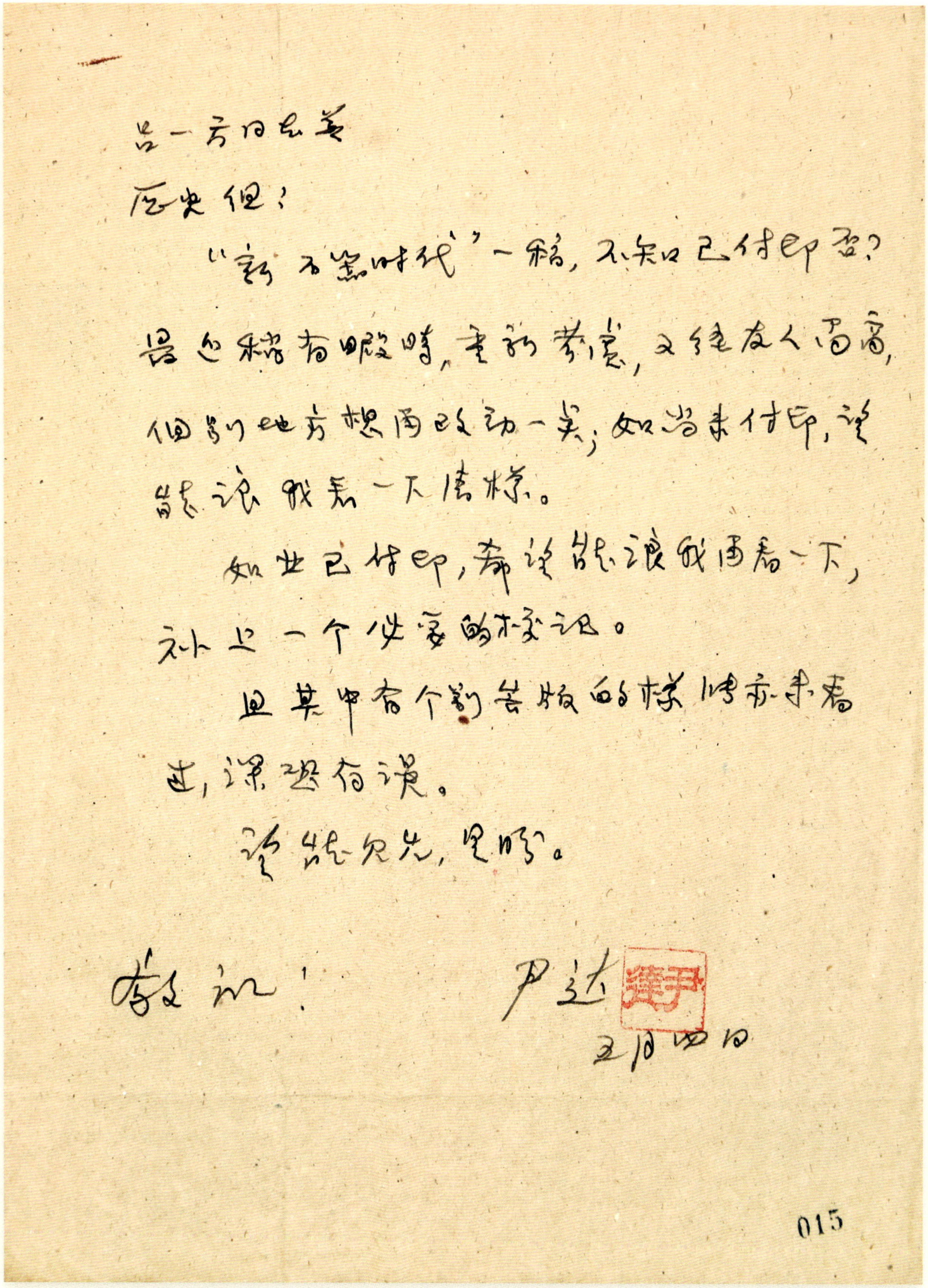

吕一方同志并

历史组：

"新石器时代"一稿，不知已付印否？

最近稍有暇时，重新考虑，又经友人商量，個别地方想再改动一点；如尚未付印，请能让我看一下清样。

如若已付印，希望能让我再看一下，补上一个必要的校记。

因其中有个别器物的标号亦未看过，深恐有误。

请能见告，是盼。

敬礼！

尹达

五月四日

015

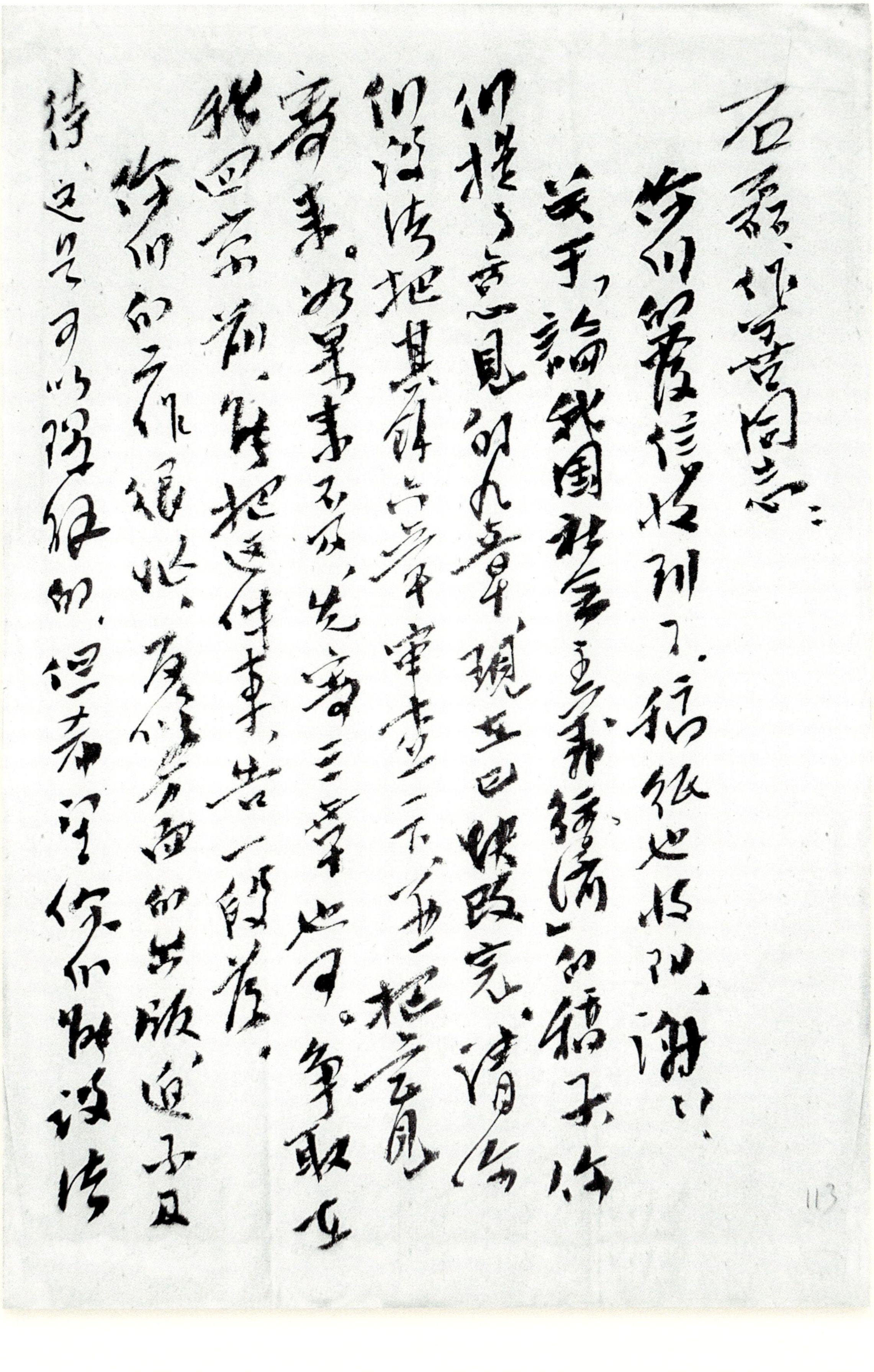
石磊、怀若同志：
你们发信收到了。稿纸也收到，谢谢！
关于《论我国社会主义经济》的稿子，你
们提了意见的几章，现在正在改，请你
们设法把其余六章审查一下，并把意见
寄来。如果来不及，先寄三章也可。争取在
我回京前，能把这件事告一段落。
你们的工作很忙，各方面的出版，迫不及
待，这是可以理解的，但希望你们设法

# 许涤新

（一九〇六—一九八八） 时任中共中央统战部秘书长。
这是许涤新关于《论我国的社会主义经济》一书的来信。

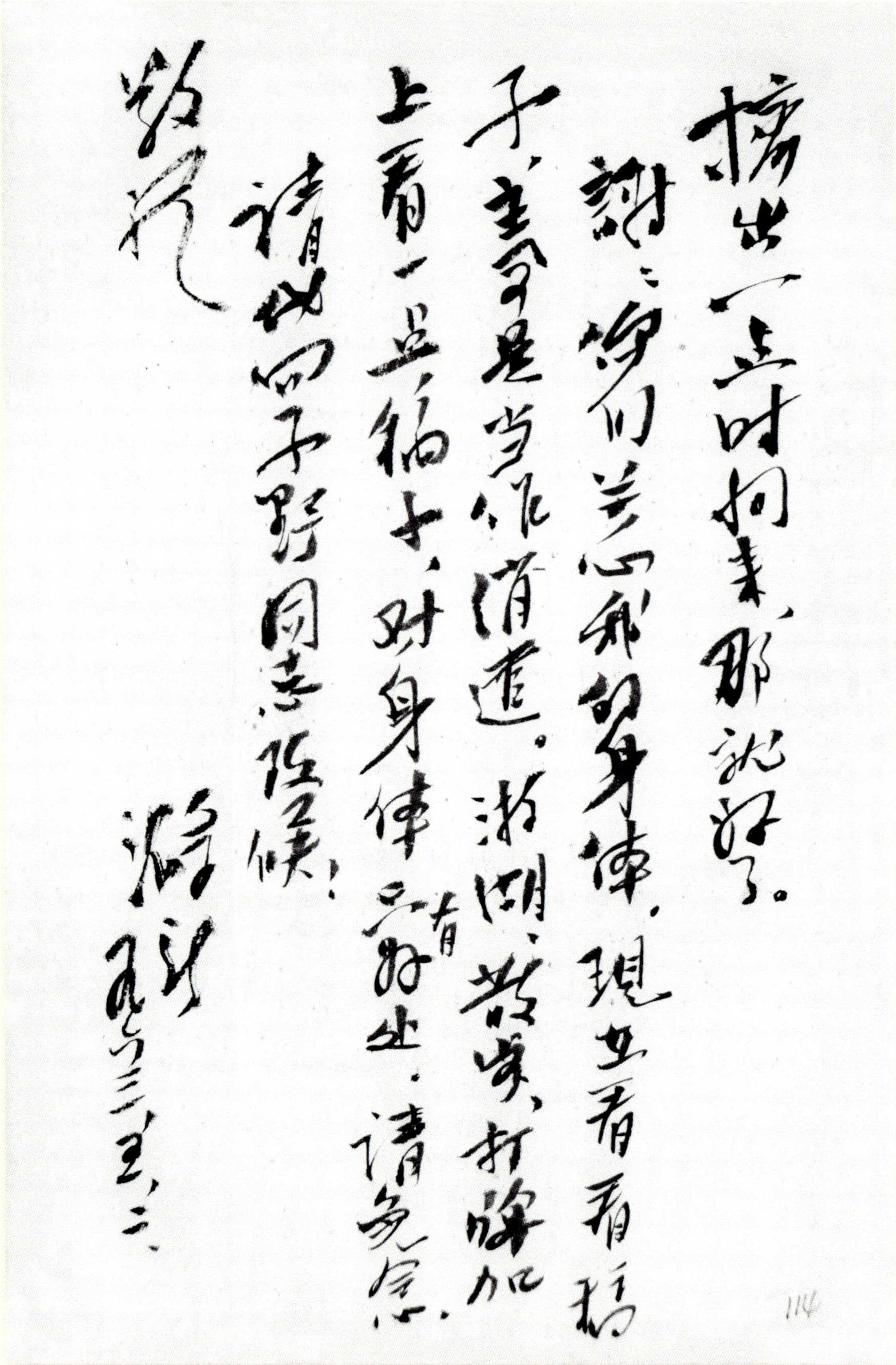

摘出一点时间来，那就好了。

谢谢你们关心我的身体，现在看看稿子，主要是当作消遣。游湖，散步，打牌加上看一点稿子，对身体只有好处，请勿念。

请代向子野同志致候！

敬礼

游讯

九六二.五.二

114

# 邓广铭

（一九〇七—一九九八）时任北京大学历史系主任。这是邓广铭关于《王安石——中国十一世纪时的改革家》一书的来信。

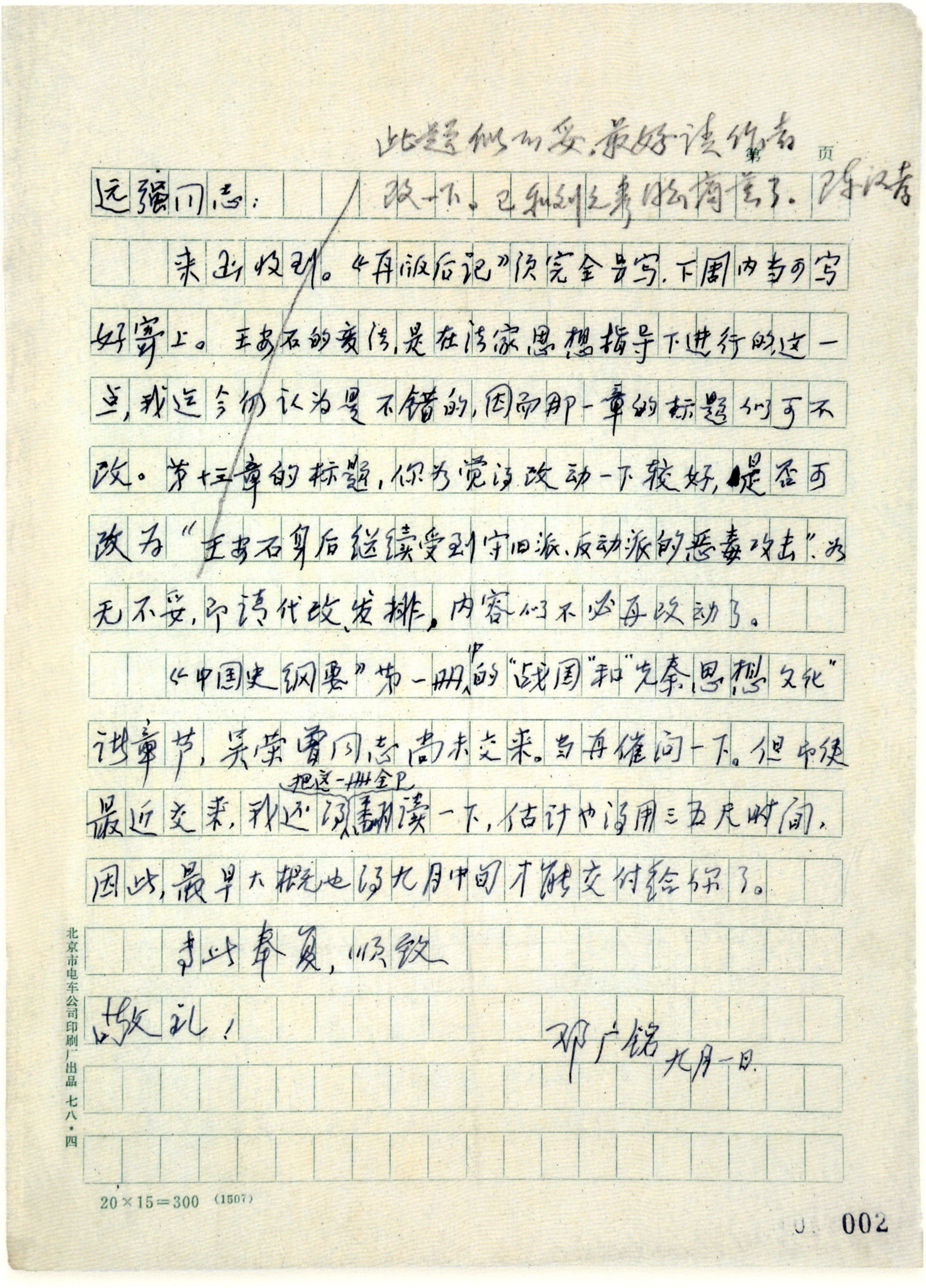

此题似可妥，最好请作者改一下。已和刘仁先生临商量了。陈汉章

第　页

远强同志：

来函收到。《再版后记》须完全另写，下周内当可写好寄上。王安石的变法是在法家思想指导下进行的这一点，我迄今仍认为是不错的，因而那一章的标题似可不改。第十三章的标题，你们觉得改动一下较好，是否可改为"王安石身后继续受到守旧派、反动派的恶毒攻击"，亦无不妥，即请代改、发排，内容似不必再改动了。

《中国史纲要》第一册中的"战国"和"先秦思想文化"诸章节，吴荣曾同志尚未交来。当再催问一下。但即使最近交来，我还须把这一册全部翻读一下，估计也须用三五天时间，因此，最早大概也须九月中旬才能交付给你了。

专此奉复，顺致

敬礼！

邓广铭 九月一日

北京市电车公司印刷厂出品 七八·四

20×15=300 (1507)

002

（一九〇七—二〇〇八） 又名萧克，时任中国人民解放军军事学院院长。

这是肖克关于《南昌起义》《秋收起义》给胡耀邦的信及胡耀邦的批示。

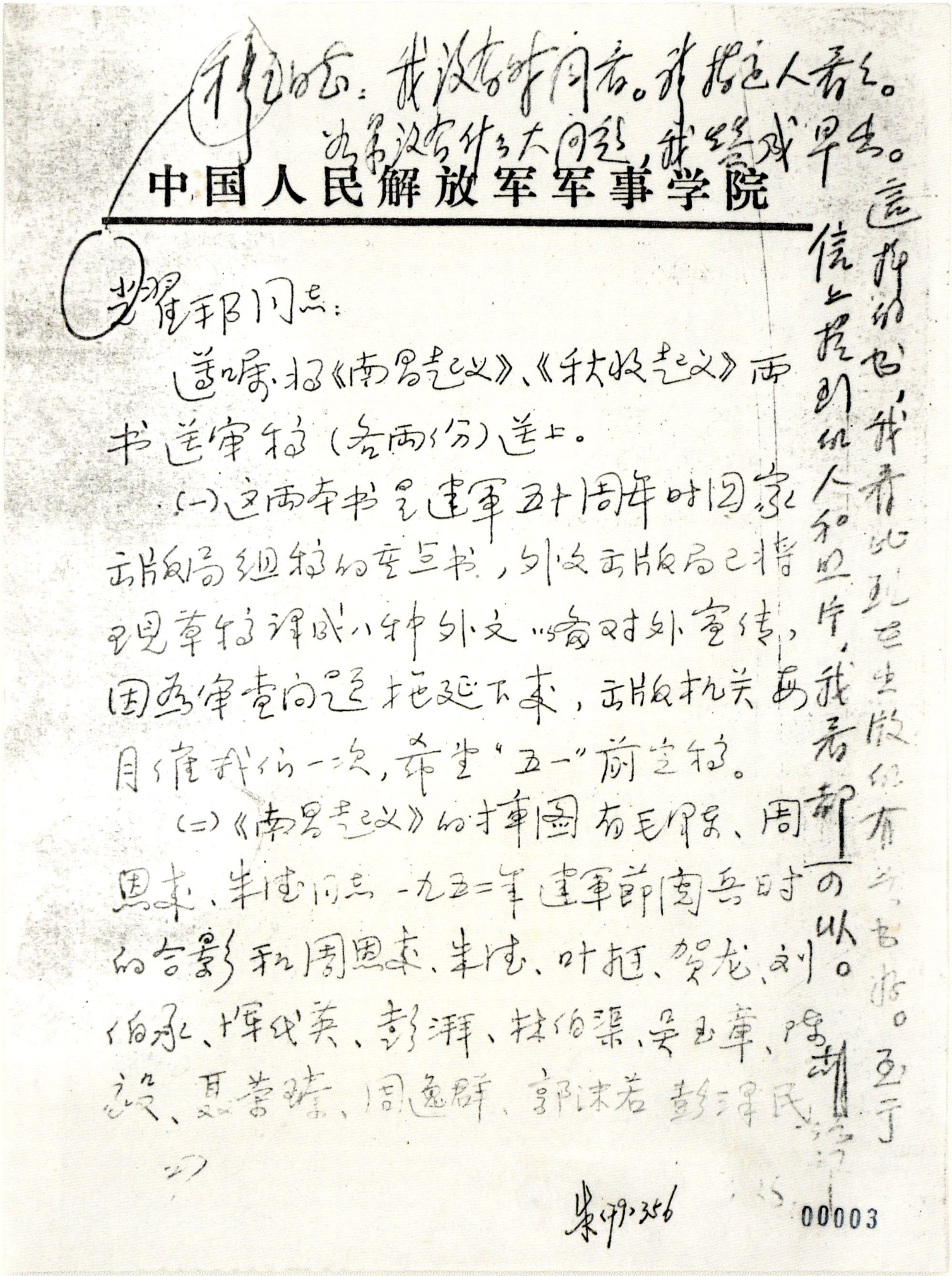

尚昆同志：我没有时间看。我指定人看了。说是没有什么大问题，我赞成早出。这样的书，我看比现在出版的有些书好。至于信上提到的人和照片，我看都可以。胡耀邦

中国人民解放军军事学院

耀邦同志：

遵嘱将《南昌起义》、《秋收起义》两书送审稿（各两份）送上。

（一）这两本书是建军五十周年时国家出版局组织的丛书，外文出版局已将现草稿译成八种外文，以备对外宣传，因为审查问题拖延下来，出版机关每月催我们一次，希望"五一"前定稿。

（二）《南昌起义》的插图有毛泽东、周恩来、朱德同志一九五二年建军节阅兵时的合影和周恩来、朱德、叶挺、贺龙、刘伯承、恽代英、彭湃、林伯渠、吴玉章、陈毅、聂荣臻、周逸群、郭沫若、彭泽民

二）

萧克 3.26

00003

# 中国人民解放军军事学院

第十四幅单人像。《秋收起义》的插图有毛主席与参加秋收起义的部分同志的合影和毛泽东、卢德铭、张子清、宛希先、何挺颖、罗荣桓、谭震林、袁文才、王佐等九幅单人像。这样安排是否适当，请审定。

（三）《南昌起义》第一章提到了李立三同志，《秋收起义》讲到"八七"会议提到瞿秋白同志，这是去年八月我在青岛电话上商定过的。目前这两个人虽未由中央公开恢复名誉，我意仍要写上。

敬礼

肖克

肖克印

00004

# 吴亮平

（一九〇八—一九八六）又名吴黎平，时任化工部副部长。

这是吴亮平关于《论民主和专政》一书的来信。

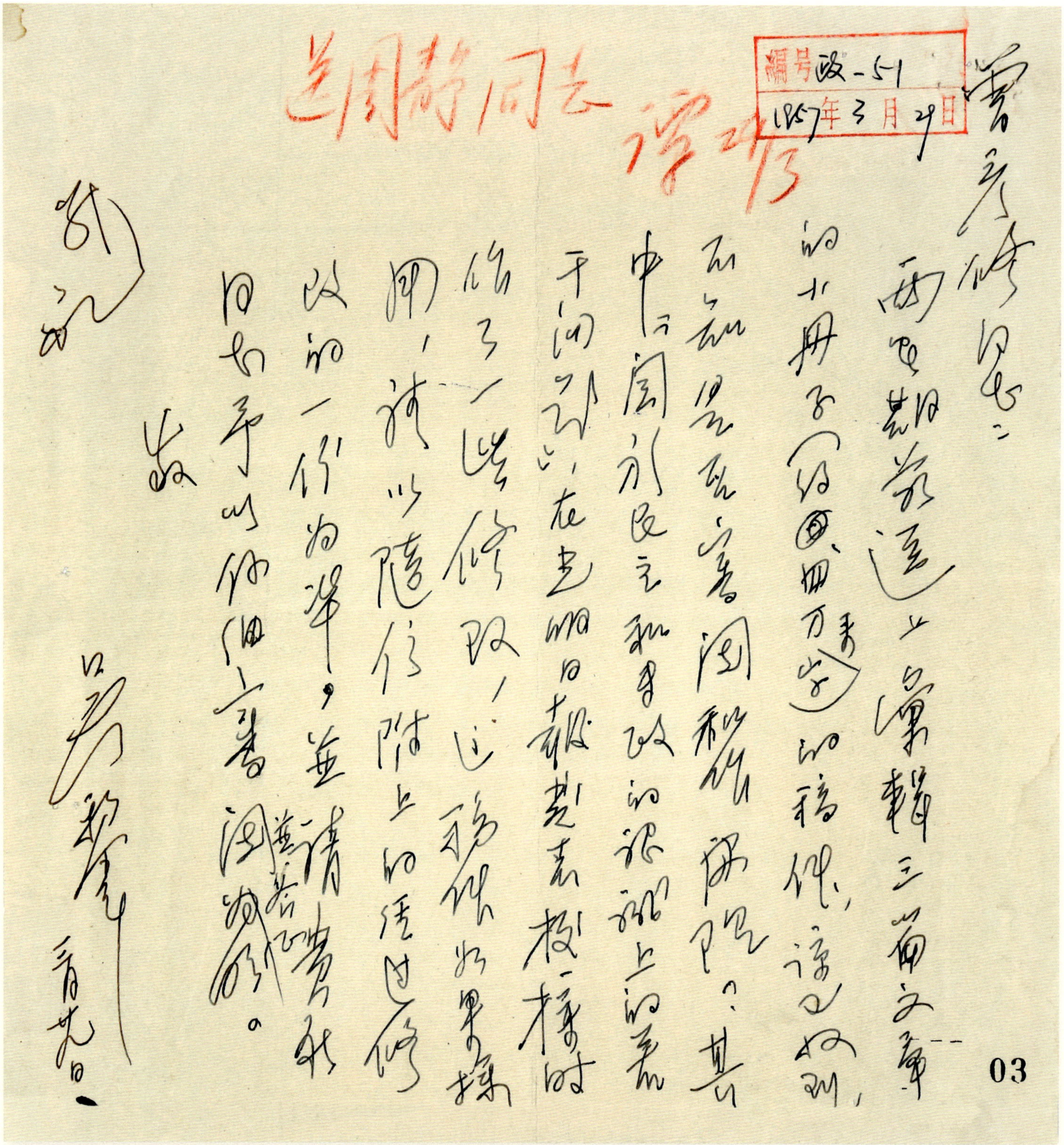

送周静同志 谭 2/13

编号政-51
1957年3月2日

曾彦修同志：

两周前送上第辑三篇文章的小册子（约四五万字）的稿件，请即付印，不知是否审阅稿件完毕？其中论民主和专政的那部分上的若干问题，在光明日报发表后，时作了一些修改，已经根据修改稿付闸，请以随信附上的经过修改的一份为准。并请费神日内予以付印出书并答复为感。

此致

敬礼

吴黎平

二月廿日

03

# 张如心

（一九〇八—一九七六） 时任中共中央高级党校中共党史教研室主任。

这是张如心关于《毛泽东同志对马克思主义唯物论的贡献》一书的来信。

馬克思列寧學院用箋

人民出版社辦公室：

送上《關於毛澤東同志在發展唯物辯證法上的傑出貢獻》稿件一本，請查收，並寫一收條為盼。

這本稿子大約有三萬五千字左右，在我寫好之後，曾請艾思奇、楊獻珍二同志看過，他們曾對這本書的某些詞句和個別章節的敘述方式上提過若干意見。本來擬先送給胡繩同志看的，但因他現在不在北京，所

號 2

2

馬克思列寧學院用箋

此還是先送你處審查，我手裏還留有一個該稿的副本，準備等胡繩同志回來後再送給他看閱。

這本稿件請你們仔細審查一下，並提出意見為盼。

此致

敬禮

張如心

三月十三日

3

# 白寿彝

（一九〇九—二〇〇〇） 时任北京师范大学历史系主任。

这是白寿彝关于《学步集》一书的来信。

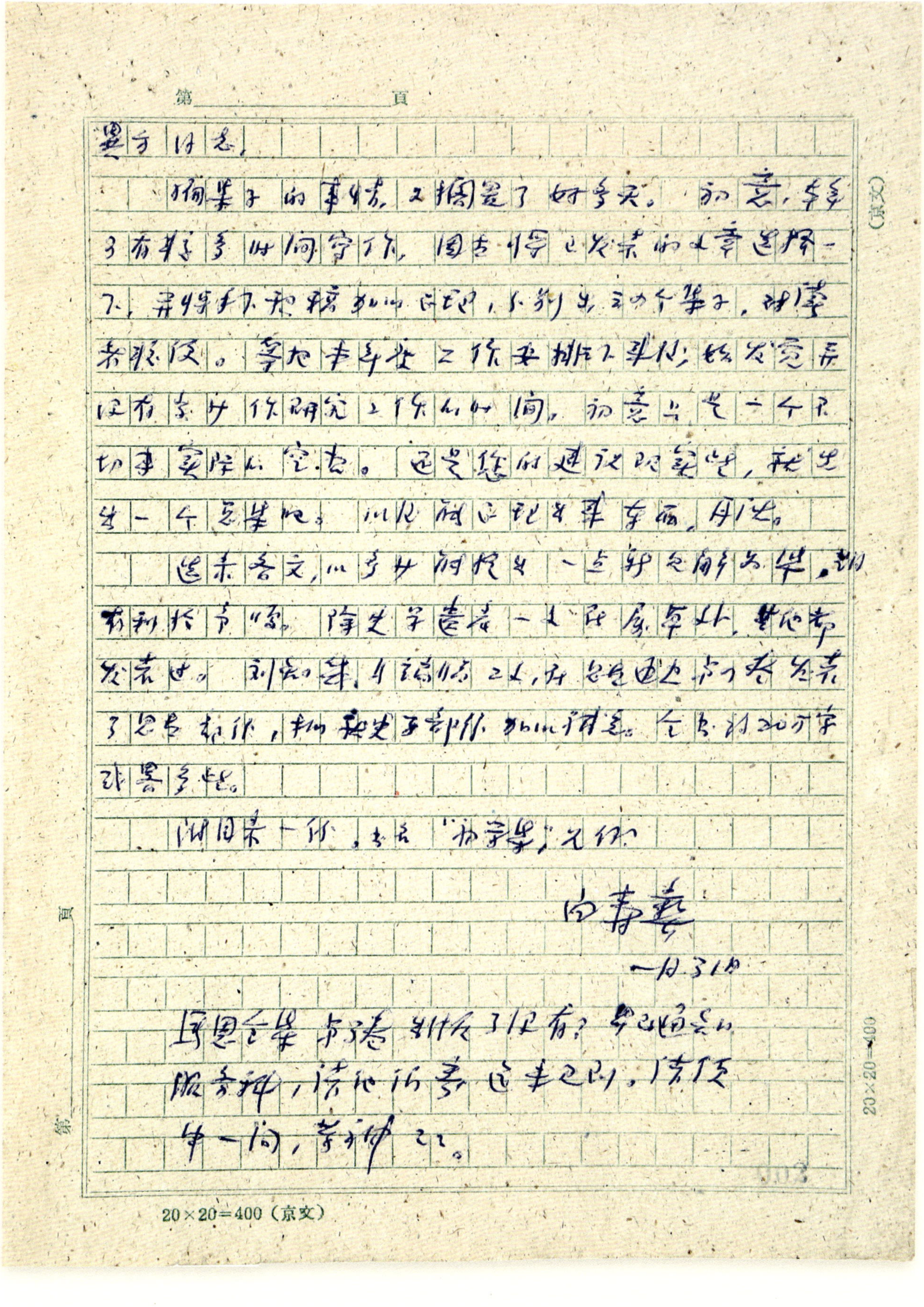

~~[illegible]~~目録

# 王朝闻

（一九〇九—二〇〇四）　时任中央美术学院副教务长。

这是王朝闻关于《新艺术创作论》一书的来信。

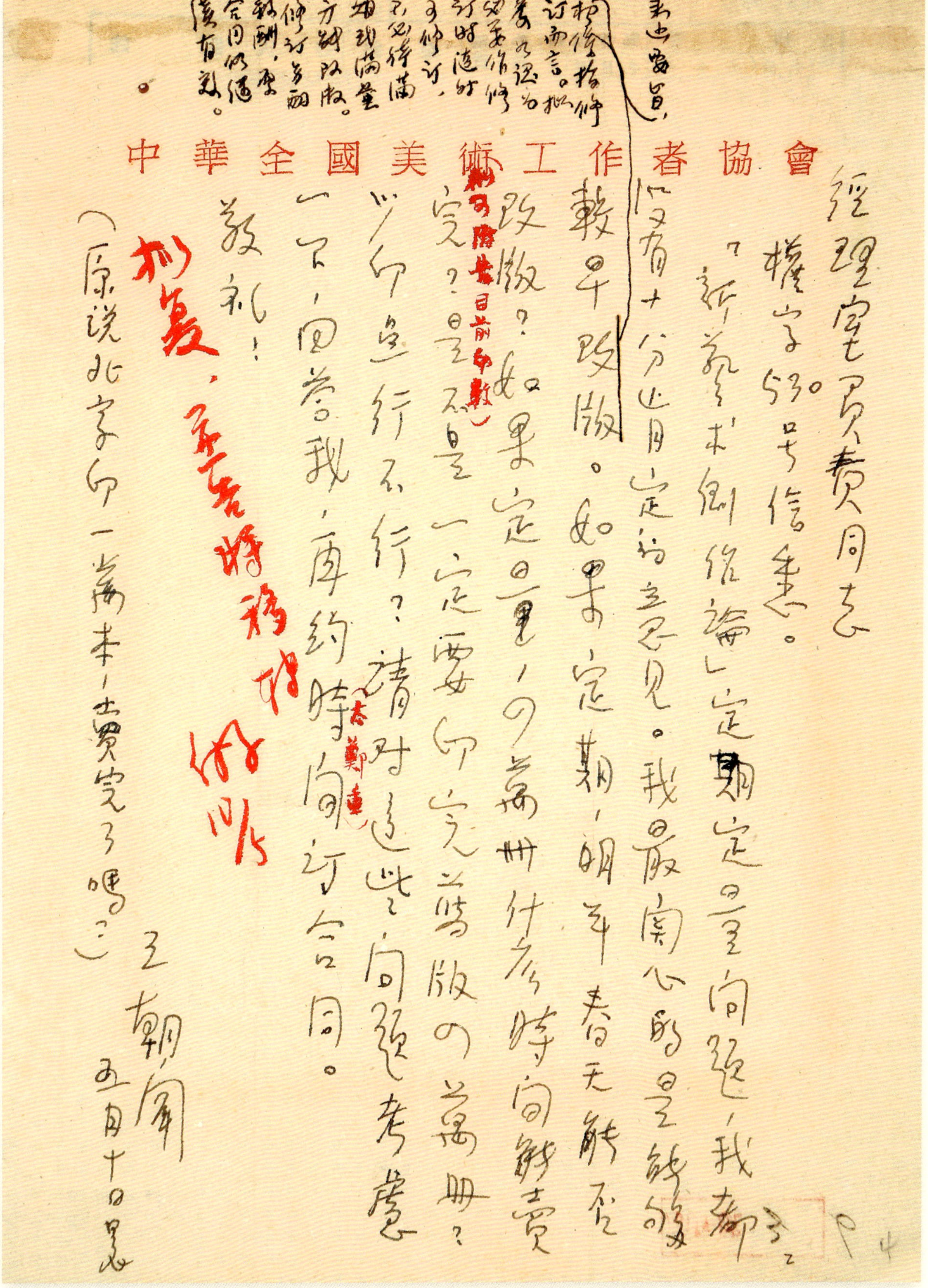

中華全國美術工作者協會

經理室負責同志：

權字530號信悉。

「新藝術創作論」定期定量問題，我都沒有十分適當的意見。我最關心的是能夠較早改版。如果定期，明年春天能否改版？如果定量，四萬冊什麼時候能賣完？是不是一定要印完這版的四萬冊？少印些行不行？請對這些問題考慮一下，回答我，再約時間訂合同。

敬禮！

王朝聞

五月十日晨

（原說北京印一萬本，賣完了嗎？）

# 张岱年

（一九〇九—二〇〇四）时任北京大学教授。

这是张岱年关于《中国哲学史史料学》一书的来信。

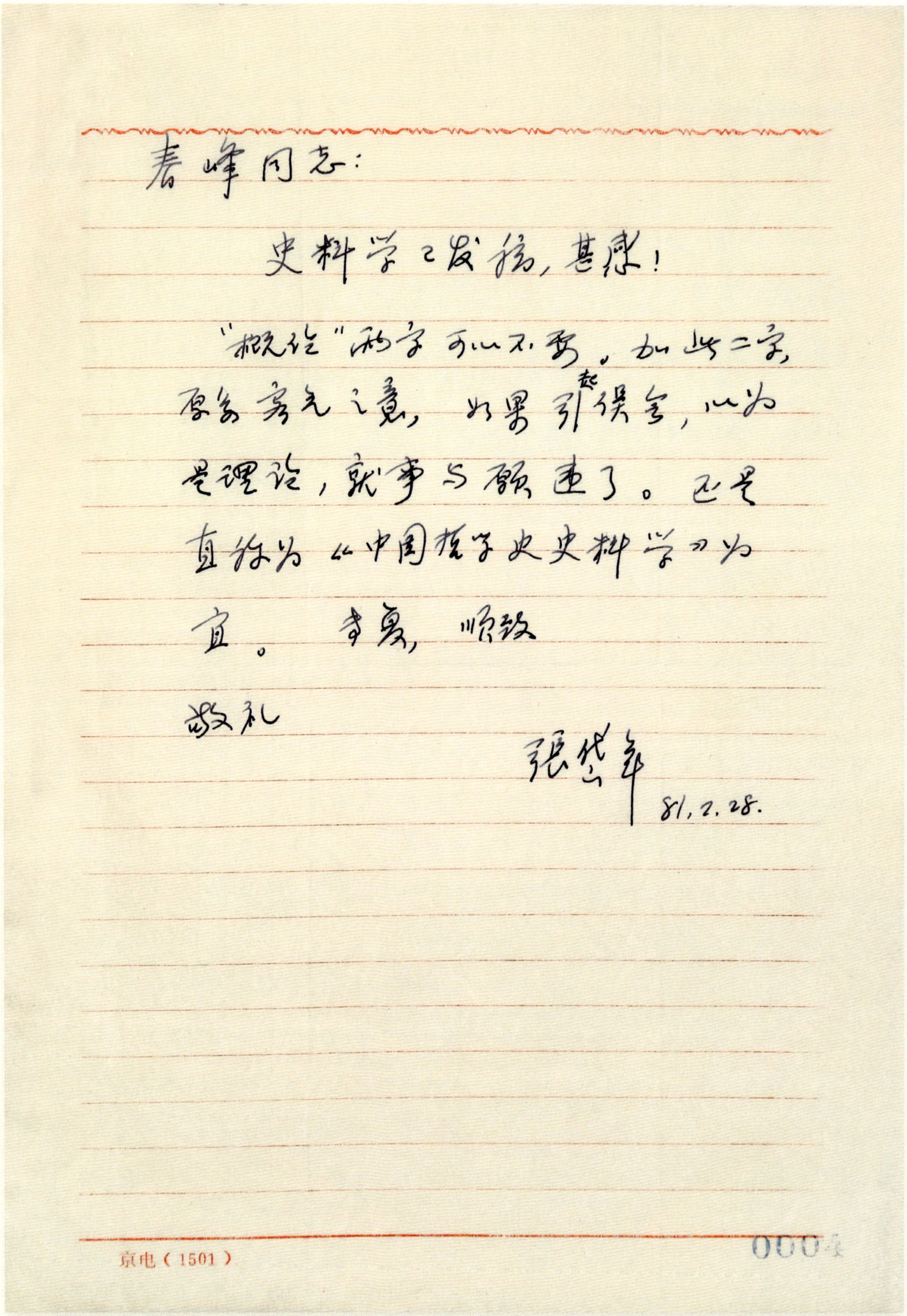

春峰同志：

史料学之发稿，甚感！

"概论"两字可以不要。加此二字，原无突出之意，如果引起误会，以为是理论，就事与愿违了。还是直称为《中国哲学史史料学》为宜。专复，顺致

敬礼

張岱年

81.2.28.

京电（1501）

0004

# 吴 晗

（一九〇九—一九六九） 时任北京市副市长。
这是吴晗关于《读史札记》一书的来信。

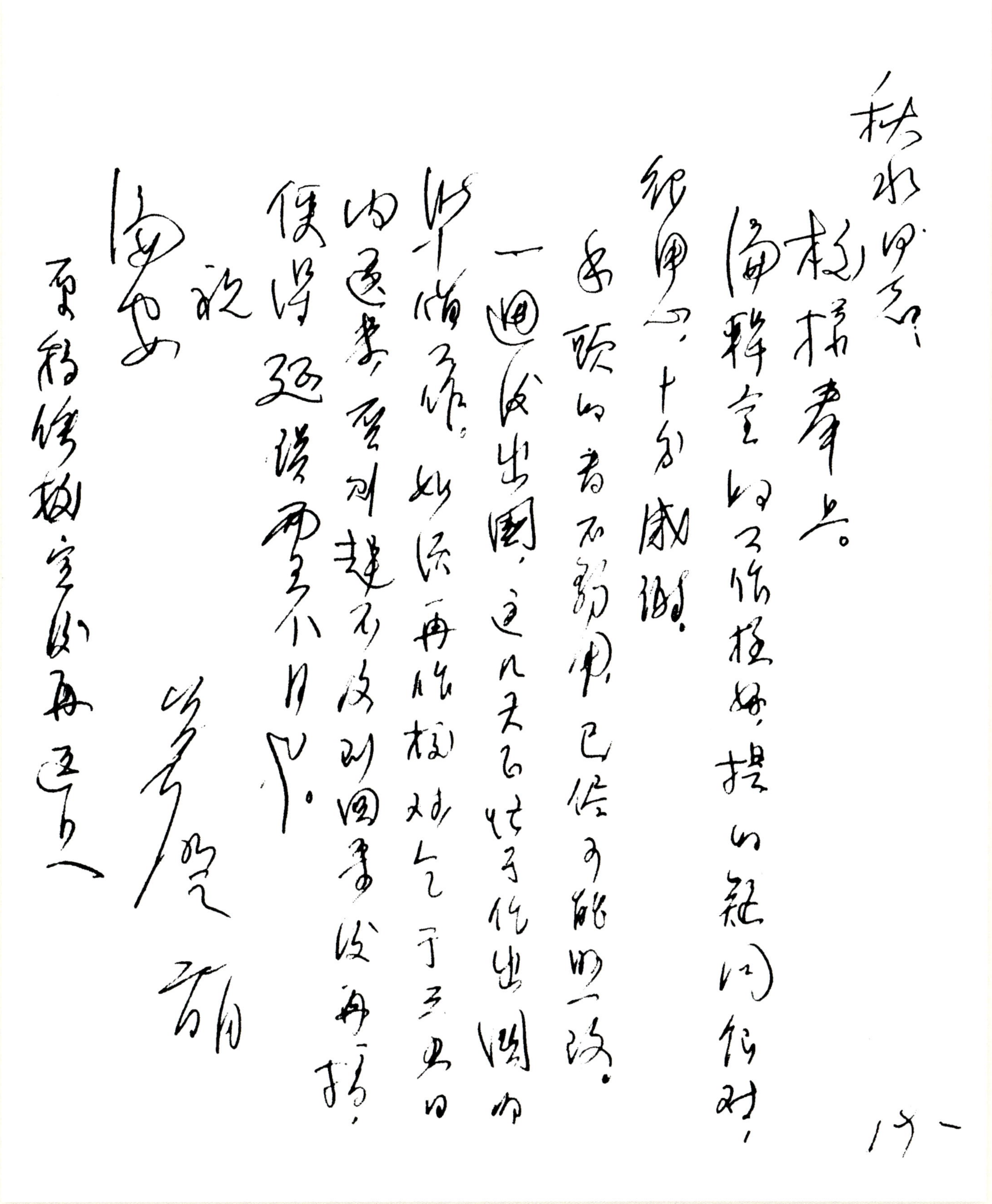
秋水同志：
校样奉上。
编辑室的工作极好，提的疑问很对，
纠正了，十分感谢。
来函的意见都用了，已尽可能的改了。
一些改出图，这几天正忙于作出图的
准备工作。如须再作校对，望于三五日
内送来，至迟赶不及改到四月再排，
便得延迟两个月了。
致
敬安
吴晗
十日
原稿请校对室如再送还
15一

千家驹

（一九〇九—二〇〇二） 时任中国人民银行总行顾问。

这是千家驹关于《谈谈商品》一书的来信。

人民出版社

理论编辑组：

商品一稿，我已写了七章，后面还有两章，一章是讲资本主义商品生产为什么会发生经济危机，一章是讲社会主义制度下为什么还有商品生产。（共七章）。这小册子虽然说的是商品，但基本上把资本主义经济的主要内容都包括在内了，这是资本论第一卷第一二篇最核心的东西，要写得通俗化实在不容易，因此化的时间也比写一般的稿子更长些，往往搞一二次稿才写成，为了慎重起见，我先打印出来，征求意见。我曾经把已写好的这部分给一位从未学过政治经济学的中学生看过，据说他完全可以看得懂。但其中难免还有错误之处，希望出版社请你们审阅并提意见。（打印后当即寄回）

为了支付打印费用，可否预支一部分稿费？全稿我准备在本月内完成送上。

中央工商行政管理局

敬礼！

千家驹 4/8.

2

# 范长江

（一九〇九—一九七〇）时任人民日报社社长。

这是范长江关于《韬奋文集》一书的来信。

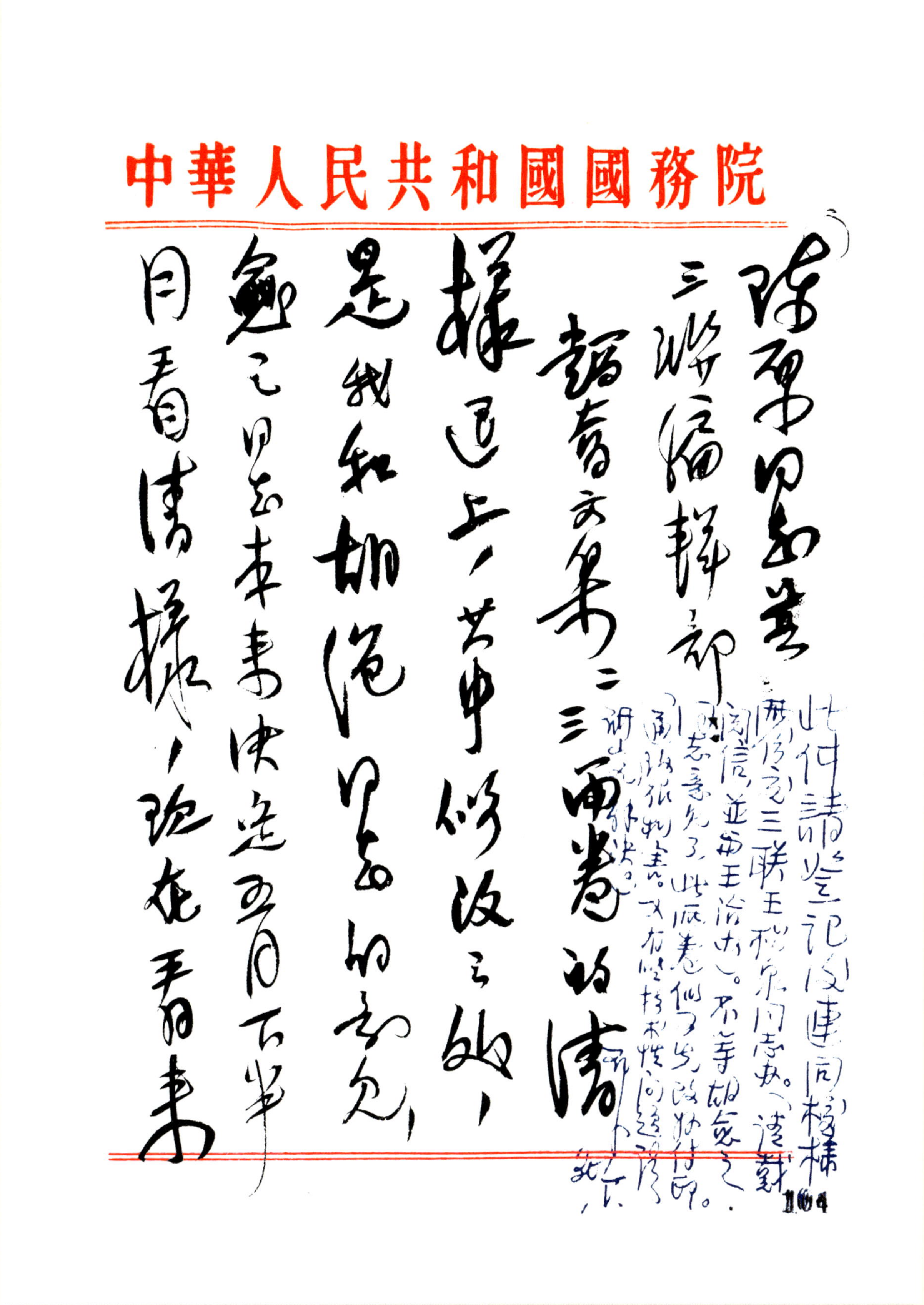

中華人民共和國國務院

陳翰伯同志並
三聯編輯部：
韜奮文集二、三兩卷的清
樣退上，共申修改二處，
是我和胡繩的意見，
鑒已見本書決定五月下半
月看清樣，現在看來

中華人民共和國國務院

是否可能再等他了（因他另有任务）。对这两卷书你们无需他意见，即可付印。

第一卷根据胡绳同志意见，删得比较多，而且正在搜集一九三九、一九四〇年两年的文章，打算[redacted]加一些。年表也可以放在这一卷。胡绳同志对年表草稿中有些意见，

中華人民共和國國務院

請速催他第一卷書樣大致在六月十日前可送上，盼之。對年表的意見，請速催他寫出。

附上胡繩同志兩信，請參閱。

此致

敬禮

范文瀾

五月二十九日

106

# 洪　谦

（一九〇九—一九九二）时任北京大学教授。

这是洪谦关于《黑格尔〈哲学史讲义〉一书摘要》一书的来信。

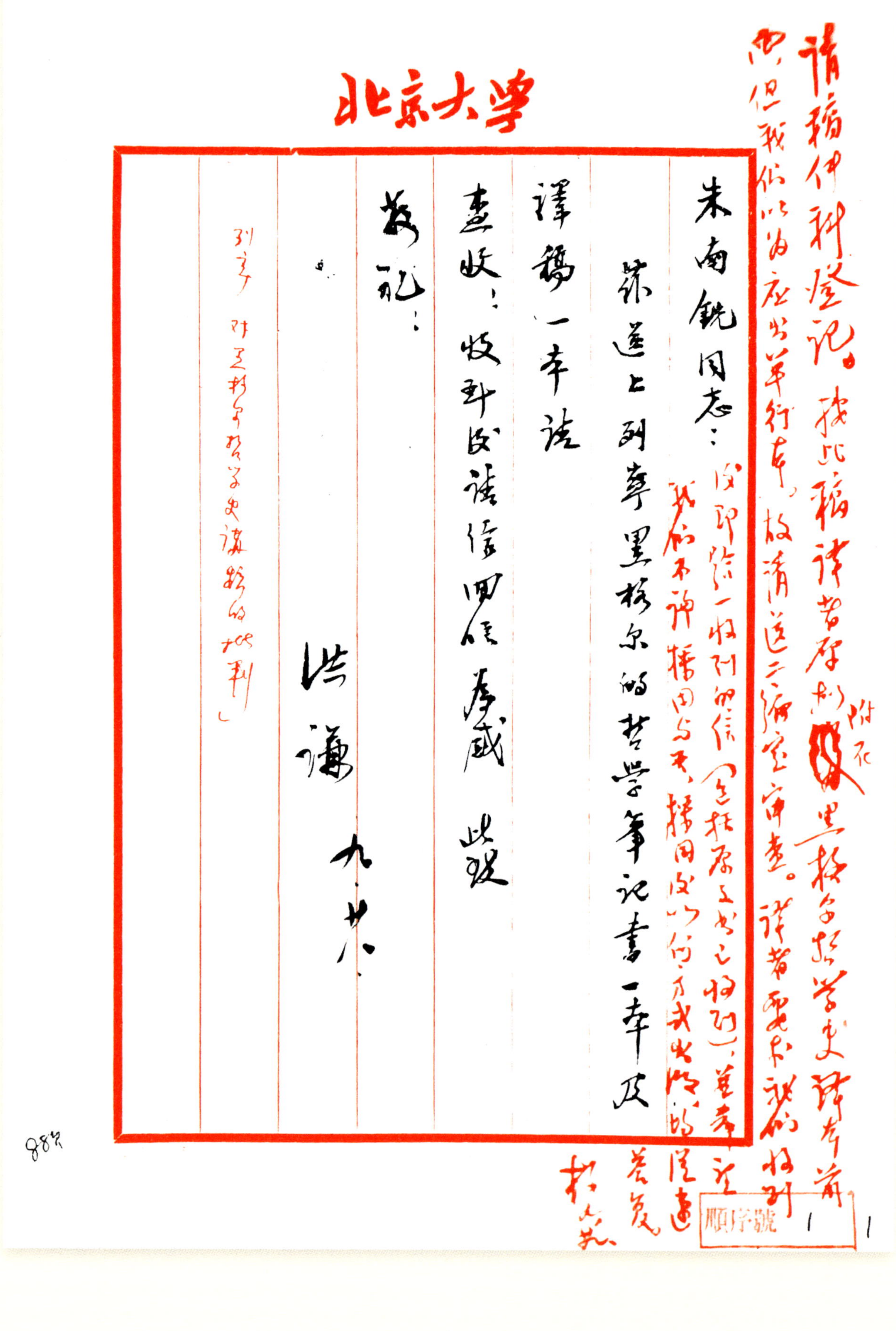

北京大学

朱南铣同志：

兹送上列宁黑格尔的哲学笔记书一本及

译稿一本请

查收：收到后请信回信为感　此致

敬礼！

洪谦　九、廿八

# 艾青

（一九一〇—一九九六）时任《人民文学》副主编。

这是艾青关于《欢呼集》一书的来信。

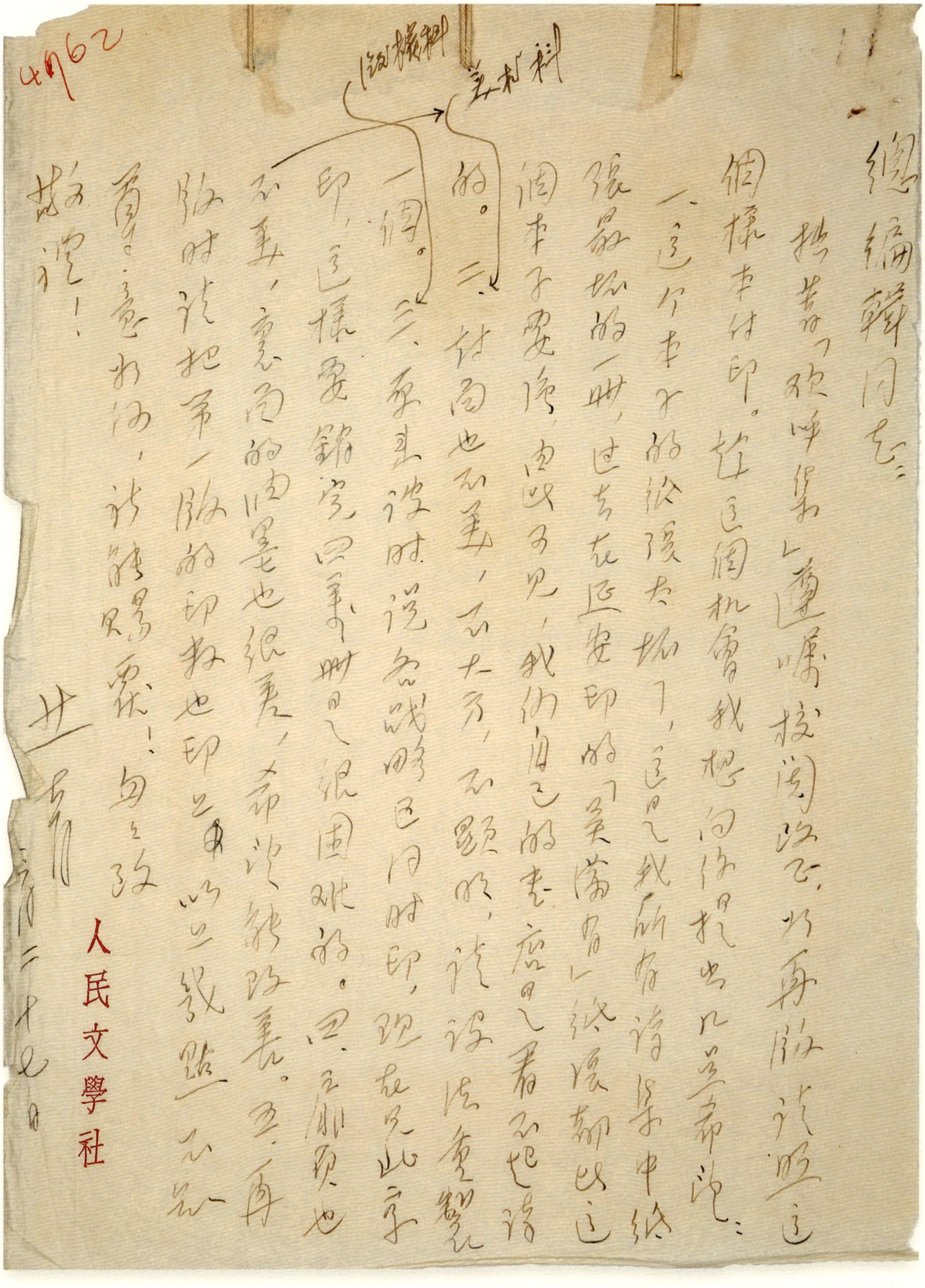
4062

總編輯同志：

拙著「歡呼集」已經校閱改正，如再版請照這個樣本付印。趁這個機會我想向你提出以下幾點：

一、這個本子的紙張太壞了，這是我所有詩集中紙張最壞的一冊，過去在延安印的「吳滿有」紙張都比這個本子要好，因此，我們自己的書店自己看不起詩的。二、封面也不美，不大方，不醒明，請設法重製一個。三、原來設計時說要插照片同時印，現在只此字印，這樣要銷售只裝一冊，很困難的。四、這本詩集也不美，字句的間隔也很差，希望能改善。五、再版時請把第一版的印數也印上，以上幾點，不知貴處意見如何，請酌量處理！匆匆致

敬禮！

艾青

六月二十七日

人民文學社

# 艾思奇

（一九一〇—一九六六）　时任中共中央高级党校马列学院哲学教研室主任。

这是艾思奇关于《社会历史首先是生产者的历史》一书的来信。

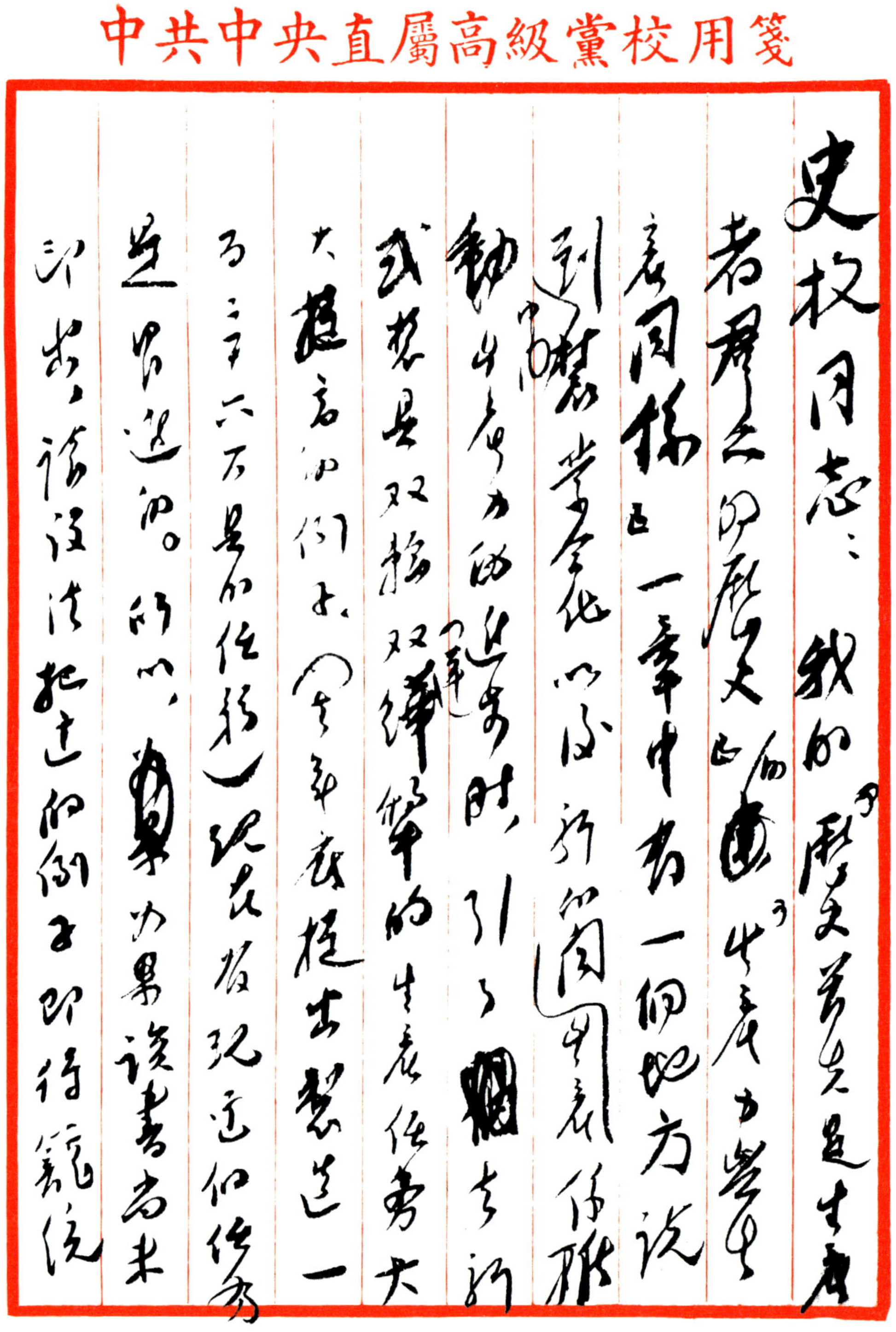
中共中央直屬高級黨校用箋

史校同志：

中共中央直屬高級黨校用箋

一点，不要把具体数字算出来，只一般地谈谈县的生产能力大大提高就可以了。这事比较重要，请尽可能做到，

敬礼！

艾思奇

5/9 56

# 马海德

（一九一〇—一九八八） 时任卫生部顾问。

这是马海德关于《宋庆龄纪念集》一书的来信。

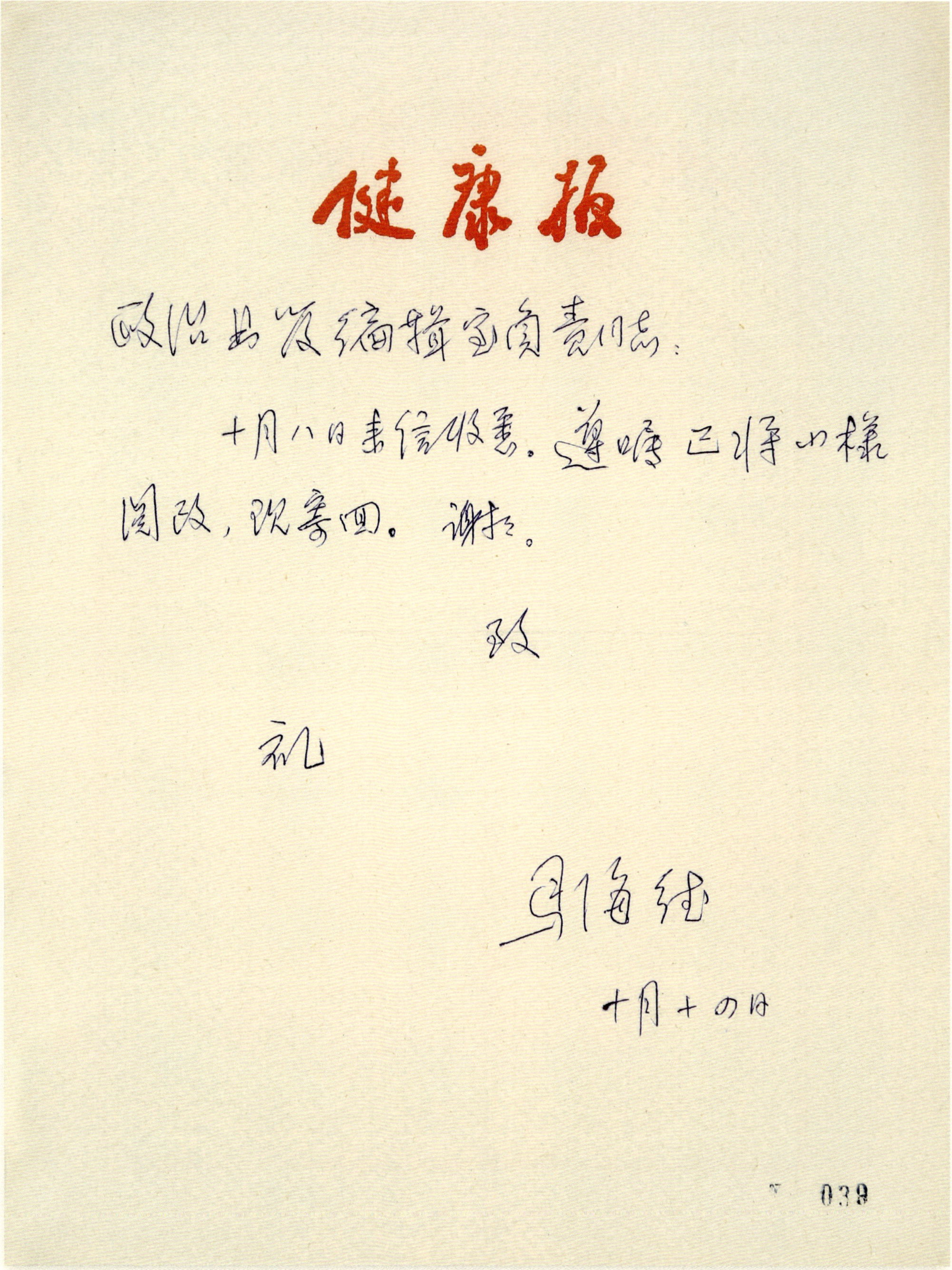

健康报

政治出版编辑室负责同志：

十月八日来信收悉。遵嘱已将小样阅改，现寄回。谢谢。

致

礼

马海德

十月十四日

039

## 李长之

（一九一〇—一九七八）时任北京师范大学教授。

这是李长之关于《李白》一书的来信。

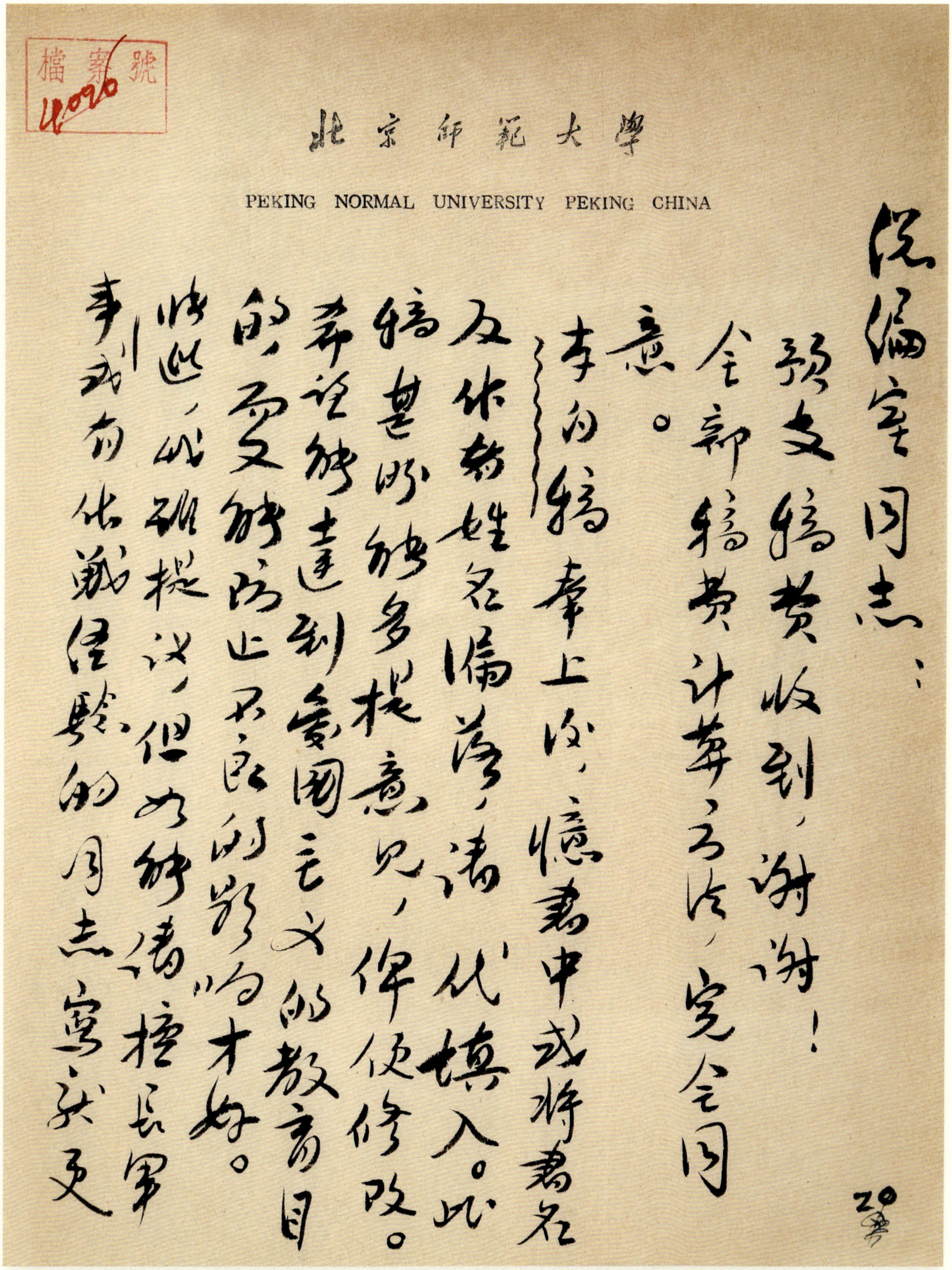



北京師範大學

PEKING NORMAL UNIVERSITY PEKING CHINA

説編室同志：

預支稿費收到，謝謝！全部稿費計算方法，完全同意。

《李白》稿本上次，憶書中或將書名及作者姓名漏落，請代填入。此稿無所能多提意見，俾便修改。本書能達到愛國主義的教育目的，更能防止不良的影响才好。惟此一般提議，但如能得擅長軍事而有作戰經驗的同志寫或更

20

北京師範大學

PEKING NORMAL UNIVERSITY PEKING CHINA

好，因為我缺乏這方面的鬥爭知識，將無從判斷此些的作戰方法是否真實，還是史家的誇張。大次是此些最能吃人，這事在從前有不同的評論，現在應該有正確的批判，這就是以後為人編寫時可注意的。司馬遷和韓愈有關的材料，我覺以將可以掌握，如果書目中可以增加他們，那可以提供意見，供別人寫或自己動手，都是可以的。此致

敬禮

李長之

十二月四

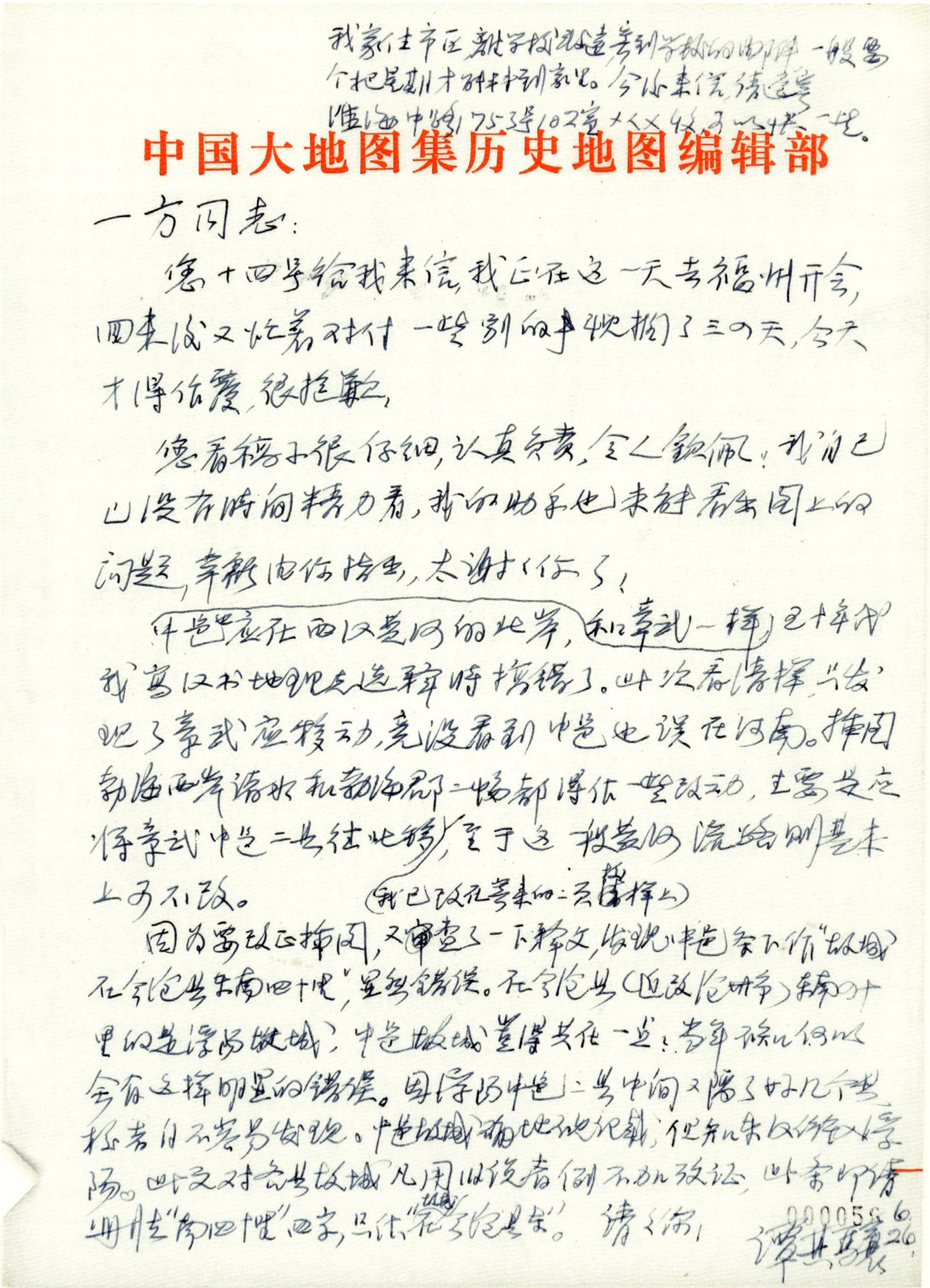
我家住市区，新学校设置离训学校的附件一般要个把星期才能转到家里。今后来信请迳寄淮海中路1753弄102号×××收可以快一些。

中国大地图集历史地图编辑部

一方同志：

您十四号给我来信，我正在这一天去福州开会，回来后又忙着对付一些别的事，就搁了三四天，今天才得作覆，很抱歉。

您看稿子很仔细，认真负责，令人钦佩！我自己已没有时间精力看，我的助手也未能看出图上的问题，幸亏由你指出，太谢谢你了！

中邑应在西汉黄河的北岸，和章武一样，这是我写汉书地理志选释时搞错了。此次看清样只发现把章武应移动，竟没看到中邑也误在河南。插图勃海西岸诸水和勃海郡二幅都得作一些改动，主要是应将章武中邑二县往北移，至于这一段黄河的流路则是未上可不改。（我已改在寄来的二份清样上）

因为要改正插图，又审查了一下释文，发现"中邑"条下作"故城在今沧县东南四十里"，显然错误。在今沧县（近改沧州市）东南四十里的是浮阳故城，中邑故城岂得与其在一处？当年何以会有这样明显的错误。因浮阳中邑二县中间又隔了好几个县，标者自不容易发现。中邑故城确地既无记载，但可以断定不得在浮阳。此处对今县故城凡因须看例不加考证，此条即请删掉"东南四十里"四字，只作"在今沧县"。请你，

谭其骧 26

0000586

# 谭其骧

（一九一一—一九九二） 时任复旦大学中国历史地理研究所所长。

这是谭其骧关于《长水集》一书的来信。

唐长孺

（一九一一—一九九四）时任武汉大学历史系主任。

这是唐长孺关于《隋唐五代史纲》一书的来信。

某某同志：

承寄关于隋唐五代史纲修订方案。由于不是提纲，只是章节安排，很难看出所着眼点或每一標题下的范围，因而提不出确切的意见。现在只就章节提出一些疑问。

第一章：二节，此节叙述平陈。不知对平陈后的江南叛乱是否包括在内，怎样看法？

第二章：本章標题为"隋时的经济发展"，第一节標题是"均田制下的农业"。就標题言，似应叙述隋初农业发展，或农业的一般情况。但（二）是"改订赋役和大索貌阅"，（三）是"设立仓窖和义仓"。这两项和农业是什么关系？是起了促进作用呢，还是阻碍作用？这两项放在"经济发展"的標题下是否合式？放在第一章"巩固封建统治"下如何？本章第三节"运河与都城"。运河与都城与运输有关，但主要是一种政治措施，也是"巩固封建统治"，同样放在经济发展下也不合式。或者只在叙述炀帝时带提及，不另立一目。也可以将"开运河"都放在第一章第二节"隋朝的统一事业"下。

四章：本章第一节是"隋炀帝的暴政"。由于上面所列章节標题中看不出所涉方面，关于当时封建大土地所有和封建剥削压迫没有反映在標题上。因此，会令人感到引起隋末农民大起义的唯一因素就是"隋炀帝的暴政"。似应在上面再补上这一目。

本章第二节"李密农民军失败的原因"。下面两个目为"李密之死"，"唐朝的统一战争"。前两目是属于农民起义范围的，不知道属于窦建德、辅公祏等是否在上节农民起义中叙出？还是把这些也包括在统一战争内？是否认为隋炀帝已死，剩下来的就只是割据政权？从章节標题看似乎是这样，是否恰当？

第六章：第二节"战国政权和变革的完成"，下列二目也就只适于标题的区别。战国
变革时期政治、军事、经济各方面都有所变化，书以后各章节中都安
排不下，不知道又应放在这一节内。假使如此，是否将此项分类标目，另外之
免除加入"政权""完成"下面。

第十章：标题是"两税法下的社会经济"。"两税法"是一种赋税制度，以此作标题来概
括后的社会经济，是否合式。第一节标题"均田制的破坏和庄园经济
的发展"，第二节是"两税法的成立"。照例说来，作者是认为两税制是适应这样一个封
建土地所有制的变化而产生的，即来当时社会经济的情况首先要谈的是封建土地所有制
的变化，两税法也是如此。关于"庄园经济"的涵义究竟怎样，另一问题，若就标题言，
是否应当写作"庄园经济发展下的社会经济"。

本章第二节标题"两税法下剥削之加重"。第三节标题是"工商业的继续发展"。
庄园经济发展，两税法下剥削加重，工商业发展，这些问题是什么关系？封建庄园发展了，
赋税剥削又加重了，[redacted]工商业却发展了？当时的农业又怎样？这种工商业
发展的性质怎样？标题上没有反映。

第十一章：第一节[redacted]无非只讲唐末黑暗统治，是否可以和第十二章第一节合并起来。
（若另列一节，则"南北司之争"和"宦官专政"，不必另列一目。）[redacted]
第二节可以独立成一章，和藩镇、朋党合在一起，也不是不合式。

以上只是就章节标题"望文生义"，谈不上什么意见。请参考。此致

敬礼！

[illegible]
20日

00028

（一九一一—二〇〇九）时任北京大学东语系主任。

这是季羡林关于《中印文化关系史论丛》一书的来信。

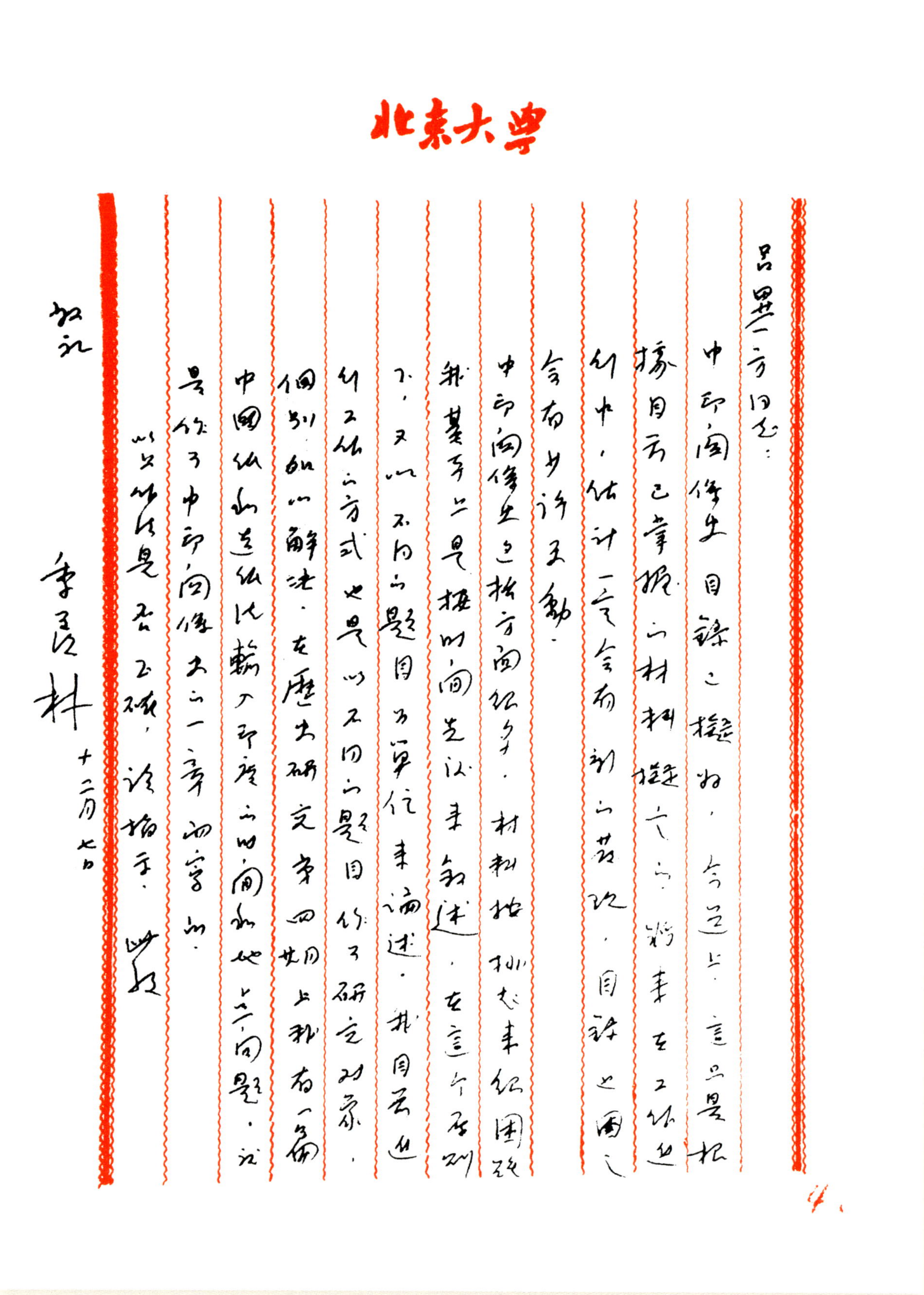
北京大學

吕昇一方同志：

中印关系史目录已拟就，今送上。这只是根据掌握的已有的材料拟定的，将来在工作过程中，估计一定会有新的发现，目录也因之会有少许变动。

中印关系史应该分为两部分。材料按排比来组织。我基本上是按时间先后来叙述。在这个原则下，又以不同的题目为单位来论述。我们过去的工作的方式也是以不同的题目作为研究对象，个别加以解决。在《历史研究》第四期上我有一篇《中国纸和造纸法输入印度的时间和地点问题》，就是作为中印关系史的一章而写的。

以上所谈是否妥当，请指示。此致

敬礼

季羡林

十二月七日

## 钱学森

（一九一一—二〇〇九）　时任国防科学技术工业委员会科学技术委员会副主任。

这是钱学森关于改进《新华文摘》工作的来信。

北京市朝阳门内大街166号

《新华文摘》编辑部：

我是《新华文摘》的一个经常读者，从中得益甚多，因此要感谢您们。

我不知道中央给《新华文摘》的任务是什么，我自己从阅读中得到的体会是：一月一次的学习文库，对象是有中学以上水平的干部，特别是中高级干部。现在中央十分重视干部的经常学习，以适应社会主义现代化的需要，《新华文摘》可以为此作出很大的贡献。办得好，成为干部自习的必读书刊，人手一册，每期发行量可以到几百万。

如果真是这样，我对如何办好《新华文摘》，可以提一个建议，增加科学技术方面的比重：

我们的广大干部，对现代科学技术不很熟悉，常识性的知识都比较缺，影响他们的工作效率。
但现在的《新华文摘》科学技术的篇幅太少，不到十
分之一。以1982年5月这期论，政治22页，哲学19页，
经济22页，史30页，文艺80页，人物29页，教育14页，
科技24页，书刊介绍32页。文艺、人物是否过重？我
建议调整比例。

为了加强科学技术的比重，编辑力量是否也要调
整？要从更广泛的科技文献中选取合适的东西。（我以
为中央广播台每晨六时的科学知识有可取的材料。）
此外也要有眼力，识别优劣真假。

我提到科技编辑力量，是因为看到1982年5月号
233页有摘自《大自然》的一篇《宇宙会膨胀吗？》。那
是个无知者的议论，天文学家是会认为笑话的。科学
家对"大爆炸宇宙学"是有争论，但不是达兆祥同志

3

说的那大套"理论"。这样的文章不宜摘用。

当然，我这样说，可能都是废话，仅供参考。

此致

敬礼！

钱学森

1982.6.1

黎澍

（一九一二—一九八八）　时任中共中央政治研究室历史组组长。

这是黎澍关于《李大钊选集》一书的来信。

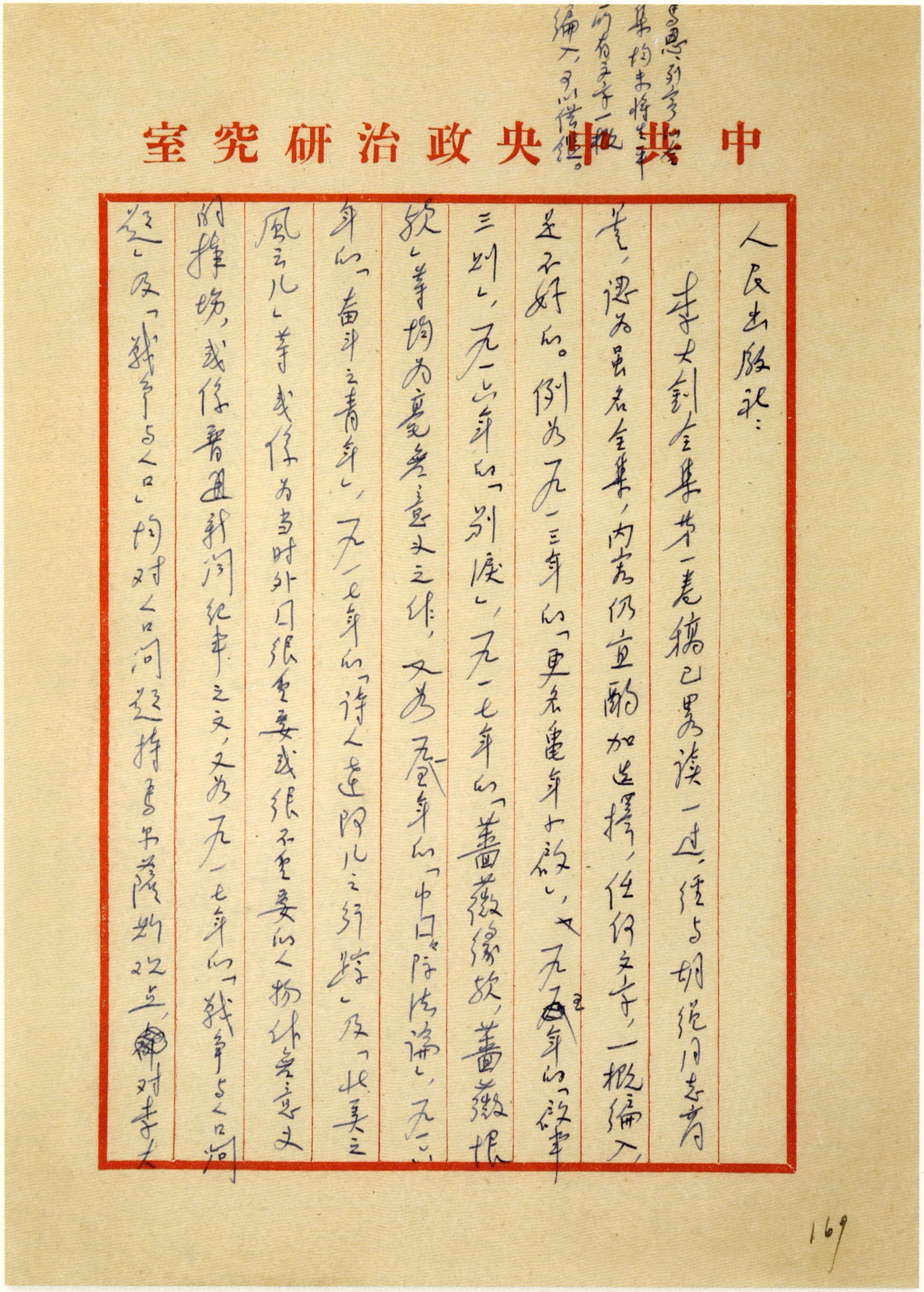

中共中央政治研究室

人民出版社：

李大钊全集第一卷稿已粗略读一过，经与胡绳同志商量，既名为全集，内容仍宜酌加选择，任何文字，一概编入，是不好的。例如一九一三年的"更名龟年小启"，又一九一三年的"启事三则"，一九一六年的"别泪"，一九一七年的"蔷薇缘欤，蔷薇根欤"等均为毫无意义之作，又如一九一八年的"中日陆防论"，一九一六年的"奋斗之青年"，一九一七年的"诗人莲阿儿之行踪"及"北美之风云儿"等或系为当时外国很重要或很不重要的人物作无意义文的捧场，或系普通新闻纪事之文，又如一九一七年的"战争与人口问题"及"战争与人口"均对人口问题持马尔萨斯观点，[illegible]对李大

[illegible]意，列宁全集均未将其所有手字一概编入，可以借鉴。

169

中共中央政治研究室

钊同志多有益损，以后删去。但是这还只是粗略翻阅所见到的，如果细读一遍，一定可以发现更多。我们以为选择主要应以表现李大钊同志思想和政治上的主流为标准，例如宣传民主思想的，反对军阀统治的，抨击政客集团的，针砭时事的，同情劳动人民的，有指导思想的，等等，其他不足以表现他的思想的主要方面的没有内容的作品均删去。总目最后所列「译文」、「启事与宣言」及「讲义」均可不编入。

此外，我们还认为应有一篇序言，评述李大钊思想的发展过程。鲁迅序文不必附录。

以上意见，因未读全稿，所以是很不周到和准确的，仅

170

中共中央政治研究室

你们和方行同志作为确定编辑方针的参考。如有其他问题，将来可汇集起来，约时面谈一次。

专复，即致

敬礼

毛泽东

五八年四月三日

171

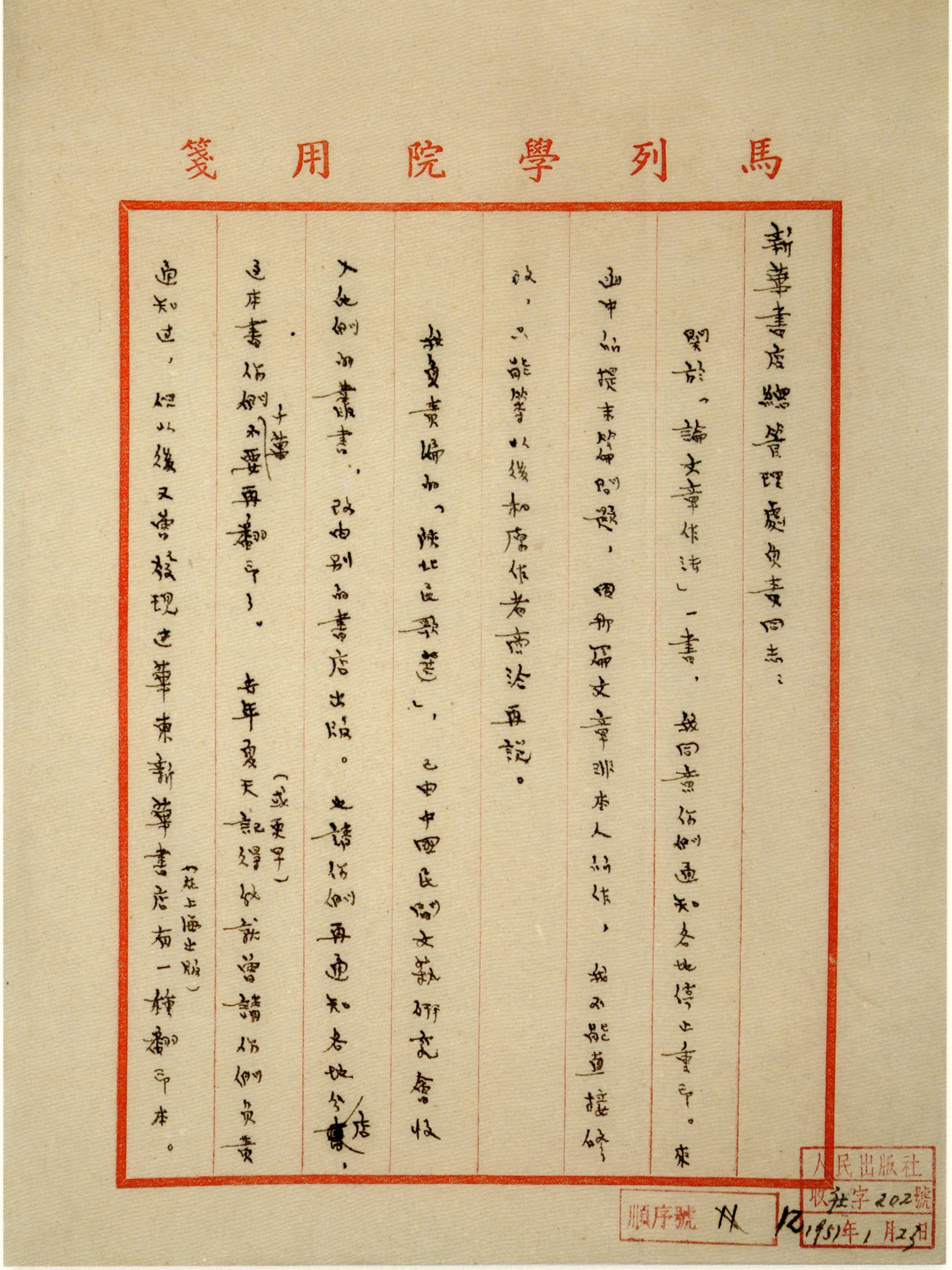
馬列學院用箋

新華書店總管理處負責同志：

關於「論文章作法」一書，我同意你們通知各地停止重印。來函中所提末篇的問題，因那篇文章非本人所作，故不能直接修改，只能等以後和原作者商洽再說。

我負責編的「陝北民歌選」，已由中國民間文藝研究會收入他們的叢書，改由別的書店出版。也請你們再通知各地分店，這本書你們千萬不要再翻印了。去年夏天（或更早）記得我就曾請你們負責通知過，但以後又曾發現過華東新華書店（在上海出版）有一種翻印本。

人民出版社
收社字202號
1951年1月23日
順序號

# 何其芳

（一九一二—一九七七）时任中国作家协会理事和书记处书记，中国社会科学院文学研究所所长。

这是何其芳关于《论文章作法》一书的来信。

馬列學院用箋

我覺得這種並不徵求作者或編者同意就隨便翻印不付稿費是不應有的。在全國統一後，尤不應有這種現象。華東（或上海）新華書店翻印「陝北民歌選」一事，不知事先取得你們滬店同意沒有？這件事請你們特別通知該分店一下。

專此。致

敬禮！

何其芳

一月十九。

順序號 13

# 邓拓

（一九一二—一九六六）时任北京市委书记处书记。

这是邓拓关于《论中国历史的几个问题》一书的来信。

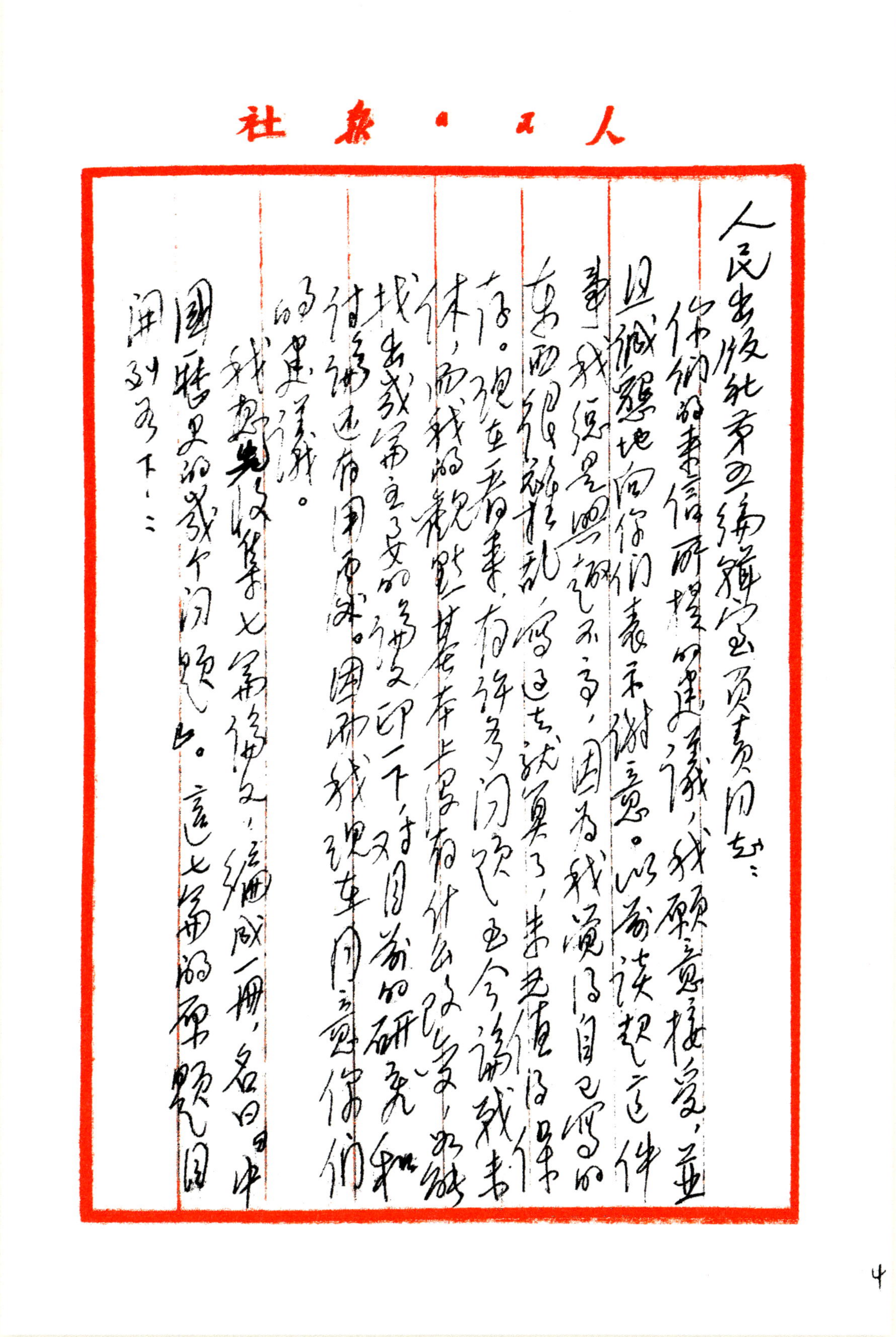

人民日报社

人民出版社第三编辑室负责同志：

你们的来信所提的建议，我愿意接受，并且诚恳地向你们表示谢意。以前谈起这件事，我总是兴趣不高，因为我觉得自己写的东西很杂乱，写过去就算了，未必值得保存。现在看来，有许多问题至今论者未休，而我的观点基本上没有什么改变，你们找出我几篇主要的论文印一下，对目前的研究和讨论还有用处。因而我现在同意你们的建议。

我想先收集七篇论文，编成一册，名曰《中国历史的几个问题》。这七篇的原题目開列于下：

4

编号 6 28
56年11月11日

人民日报社

一、中国历史上的奴隶制问题
二、中国封建社会的开始时期问题的讨论
三、中国封建社会农业生产关系的分析
四、中国历史上手工业发展的特质
五、中国近代资本主义发展的特性
六、论红楼梦的社会背景和历史意义
七、从万历到乾隆——关于中国资本主义萌芽时期的一个论证

以上第一篇係抗战前登在新知书店出版的“新世纪”月刊上，第二至五篇係抗战前登在中山文化教育馆季刊上。這五篇都用邓云特署名。前次你们谈，我最好找这五篇文章，打印出来，我再加以一些修正，连同后面两篇编到一块。這样做，不知你们意见如何？

此致
敬礼！

邓拓
十一月七日

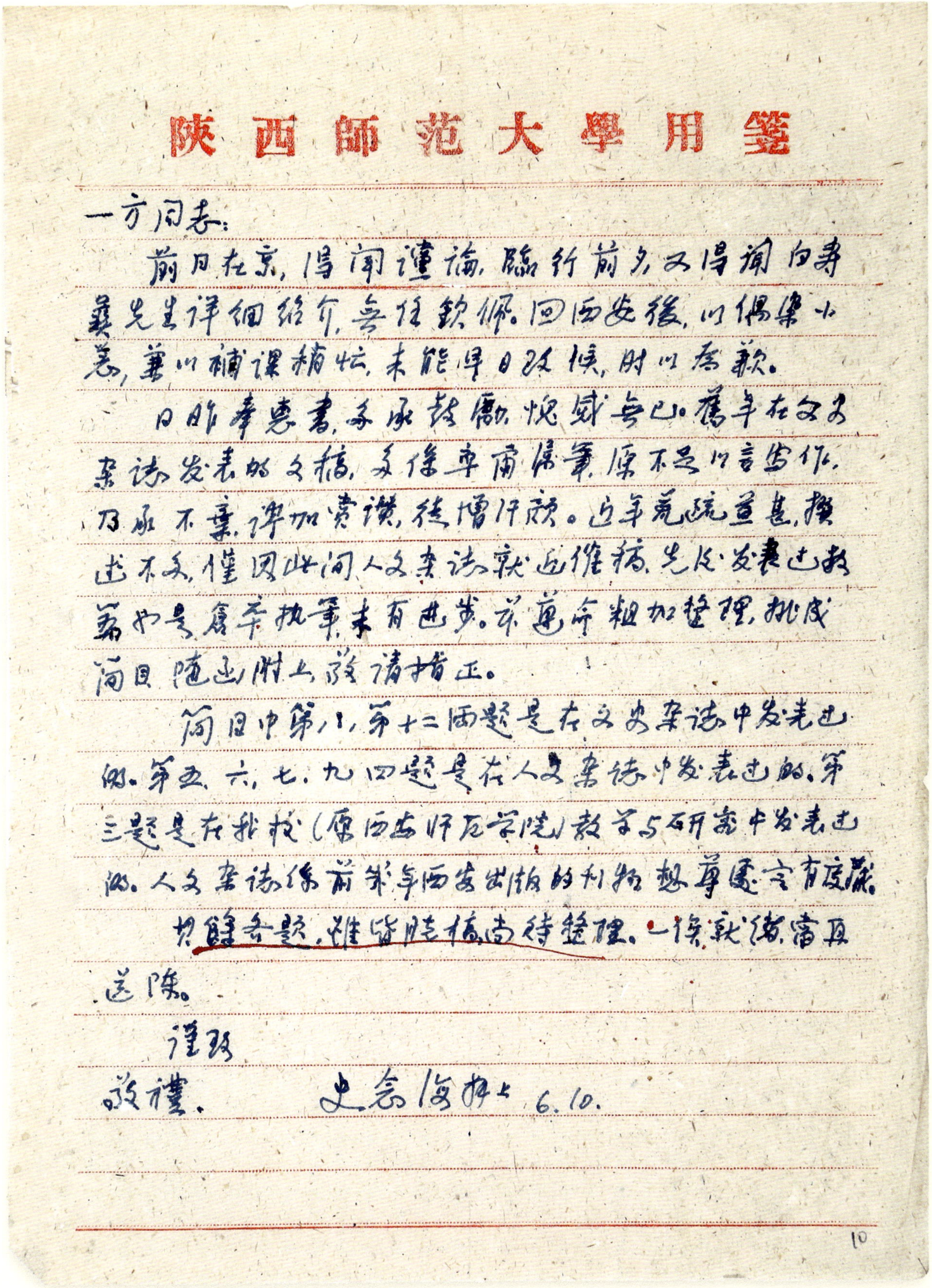

陕西師范大學用箋

一方同志：

前月在京，得聞讜論，臨行前又得閲白壽彝先生详细绍介，無任欽佩。回西安後，以偶染小恙，兼以補课稍忙，未能早日致候，用以為歉。

日昨奉惠書，多承誇獎，愧感無已。舊年在文史雜誌發表的文稿，多係率爾操觚，原不足以言著作，乃承不棄，謬加赏識，徒增汗顏。近年荒疏益甚，撰述不多，僅因此間人文雜誌索稿，先後發表過數篇，也是倉卒執筆，未有進步。茲遵命粗加整理，擬成簡目，随函附上，敬請指正。

簡目中第八、第十二兩題是在文史雜誌中發表過的。第五、六、七、九四題是在人文雜誌中發表過的。第三題是在我校（原西安师範學院）教学与研究中發表過的。人文雜誌係前幾年西安出版的刊物，想尊處定有庋藏。

其餘各題，雖皆脱稿，尚待整理。一俟就緒，當再送陈。

谨致

敬禮。　史念海拜上　6.10.

10

# 史念海

（一九一二—二〇〇一）　时任陕西师范大学历史系主任。

这是史念海关于《河山集》一书的来信。

# 胡乔木

（一九一二—一九九二） 时任中共中央宣传部副部长。

这是胡乔木关于《中国共产党中央委员会向第八次全国代表大会的政治报告》一书给刘少奇的请示函，函上有刘少奇的批示。

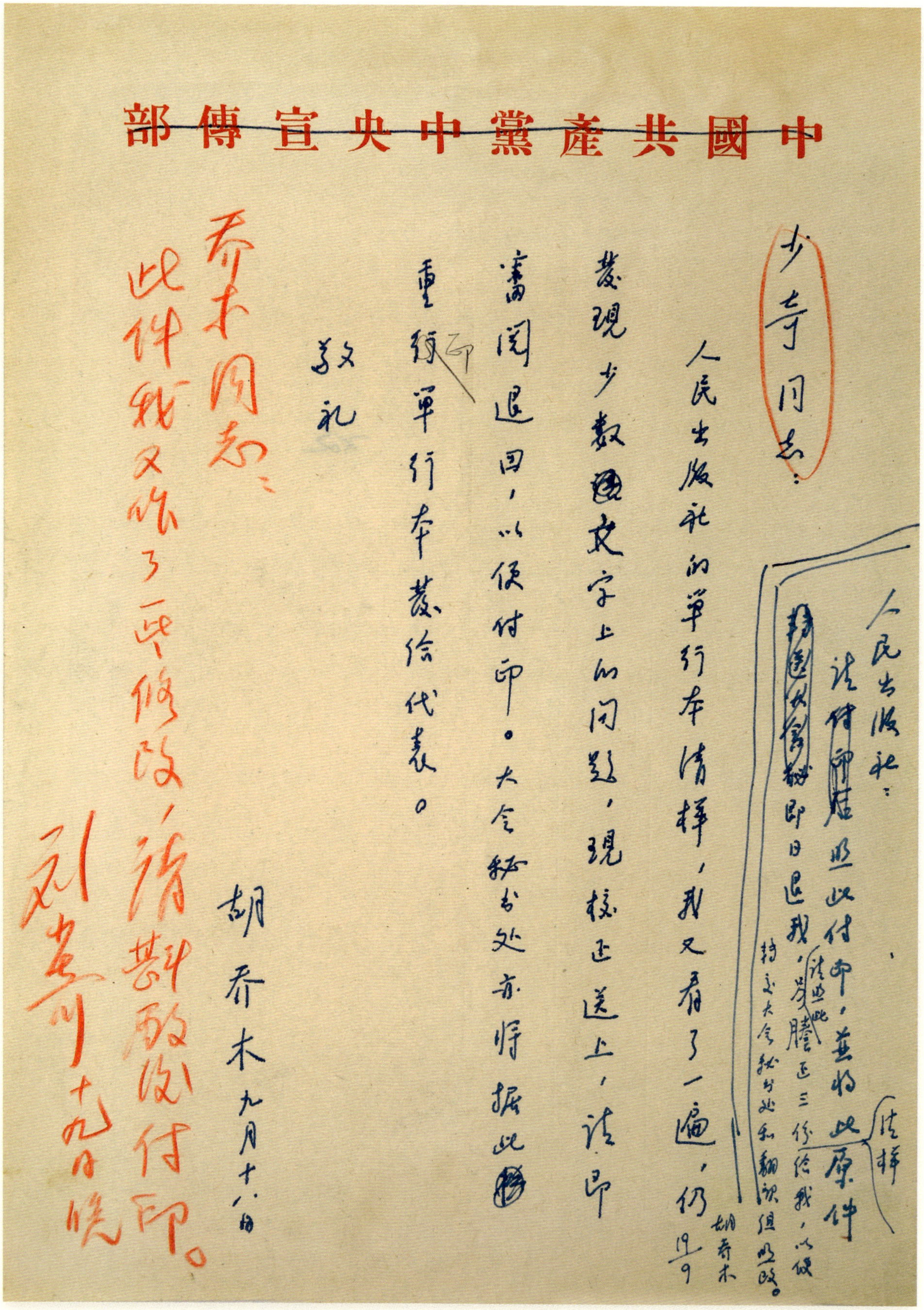
中國共產黨中央宣傳部

少奇同志：

人民出版社的單行本清樣，我又看了一遍，仍發現少數文字上的問題，現校正送上，請即審閱退回，以便付印。大會秘书处亦將據此重排單行本發給代表。

敬礼

胡喬木 九月十八日

乔木同志：此件我又作了一些修改，请斟酌改付印。刘少奇 十九日晚

人民出版社：請照此付印，並將此原件即日退我，並照此謄正三份給我，以便轉交大会秘书处和翻譯组照改。胡喬木 19/9

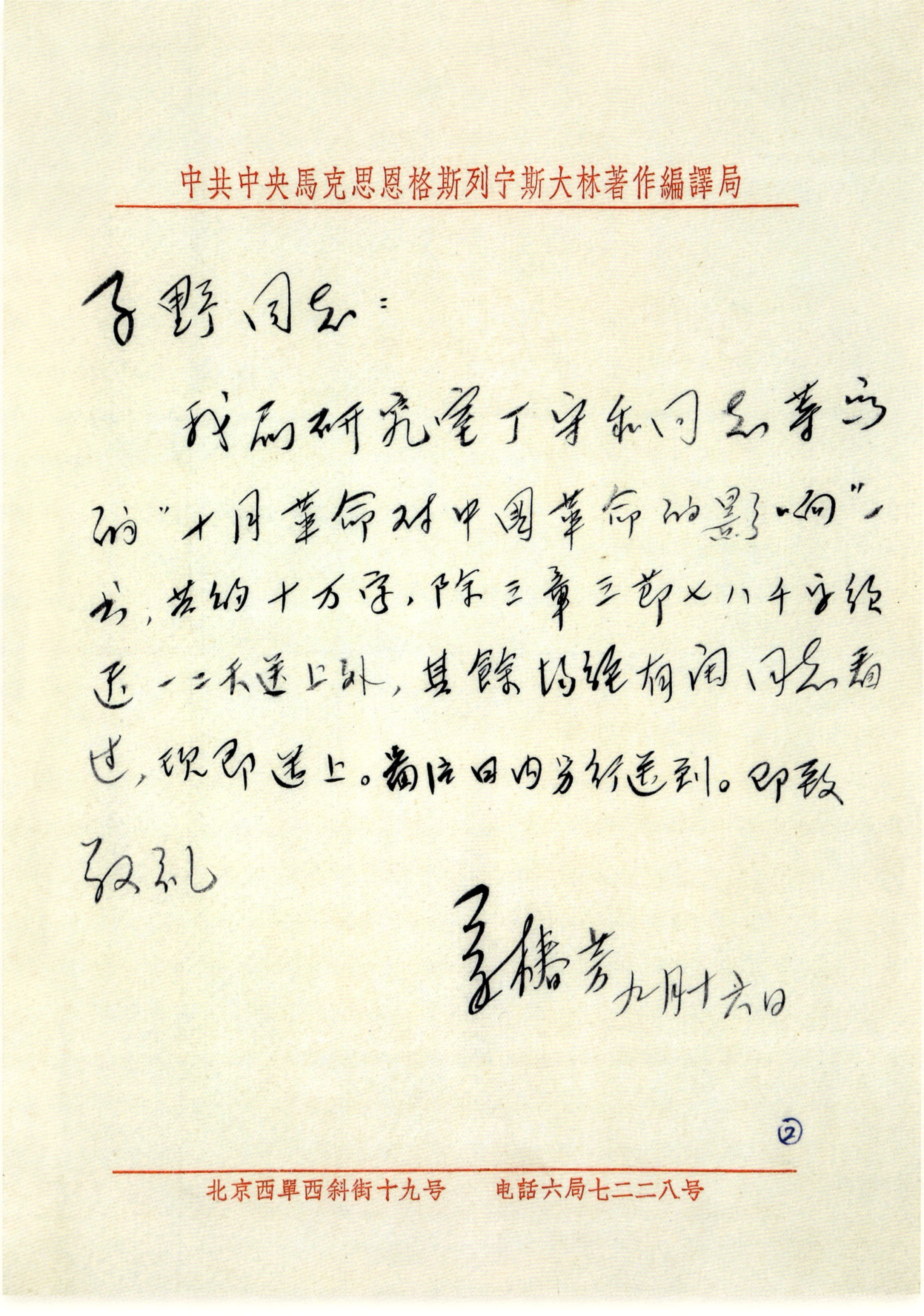

中共中央馬克思恩格斯列宁斯大林著作編譯局

子野同志：

我局研究室丁守和同志等写的"十月革命对中国革命的影响"一书，共约十万字，除三章三节七八千字须迟一二天送上外，其余均经有关同志看过，现即送上。当于日内另行送到。即致

敬礼

姜椿芳 九月十六日

②

北京西單西斜街十九号　电話六局七二二八号

# 姜椿芳

（一九一二—一九八七）时任中共中央马克思恩格斯列宁斯大林著作编译局副局长。

这是姜椿芳关于《十月革命对中国革命的影响》一书的来信。

周一良

（一九一三—二〇〇一） 时任北京大学历史系副主任。

这是周一良关于《世界通史》一书的来信。

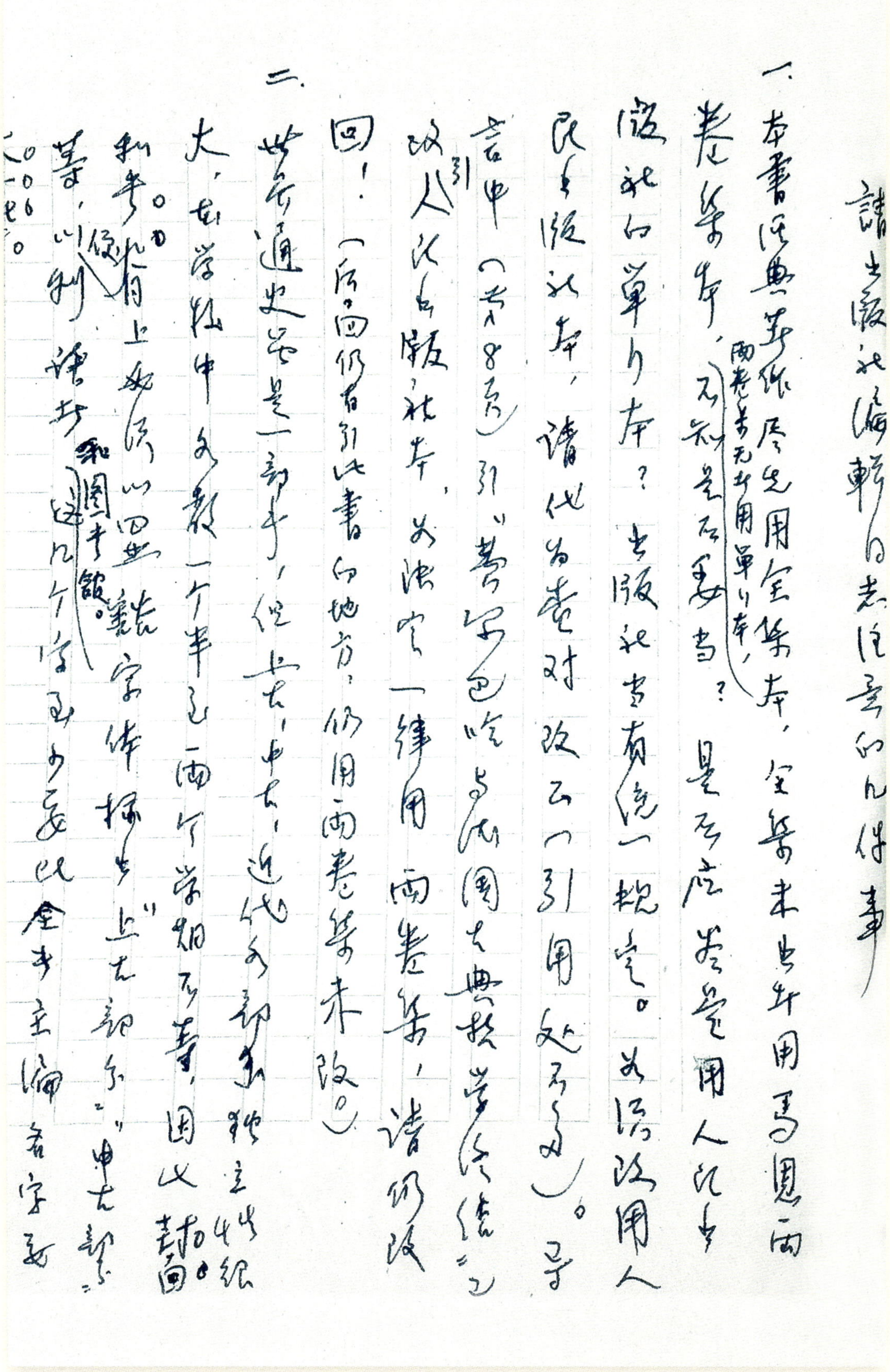

請出版社編輯同志注意的几件事

一、本書經典著作尽先用全集本，全集未出者用馬恩兩卷集本，（兩卷集未出者用單行本，）不知是否妥當？是否應當用人民出版社的單行本？出版社有無統一規定。如須改用人民出版社本，請代為查對改正（引用處不多）。導言中（第8頁）引《費爾巴哈與德國古典哲學的終結》，改引人民出版社本，如法它一律用兩卷集，請仍改回！（后面仍有引此書的地方，仍用兩卷集未改。）

二、世界通史是一部書，但上古、中古、近代分部分獨立出版，[illegible]大，在學校中又教一个半或兩个學期不等，因此封面和書名頁上如須以"世界通史"字体標出"上古部分"、"中古部分"等，以利讀者和圖書館。這几个字可以比全書主編者字要大一[illegible]。

三、封面和裹封。除全书主编外，它每个"文部分"下加注该部分的主编名字，以尊重他们的劳动。字体应和全书主编相称〔大小〕。原来校样上的"文部分"主编名字都嫌太小，不相称。

四、此次校样上仍有个别章节改动较多，但从设计考虑，数字不宜变动页数与版面。付印前须经最后校对付印！

五、请各卷中"佛文部分"设计校对一次！

周一良

六六.九.三

扉页上的"后记"和封面最好清样务必掷下一看再印！



8

# 戈宝权

（一九一三—二〇〇〇）时任中国社会科学院外国文学研究所研究员。

这是戈宝权关于《宋庆龄纪念集》一书的来信。

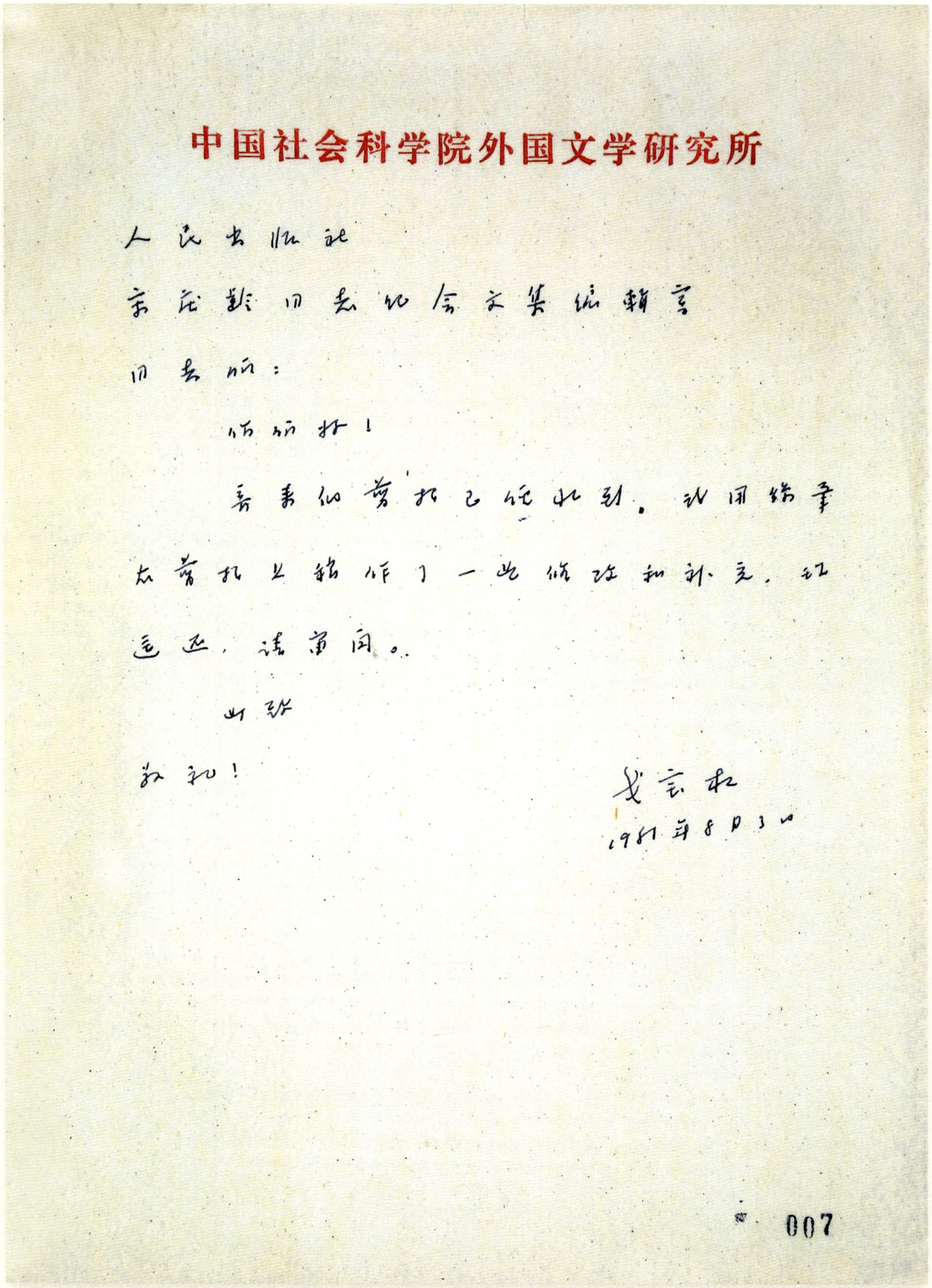

中国社会科学院外国文学研究所

人民出版社

宋庆龄同志纪念文集编辑室

同志们：

你们好！

寄来的剪报已经收到。我用铅笔在剪报上略作了一些修改和补充，现送还，请审阅。

此致

敬礼！

戈宝权

1981年8月3日

007

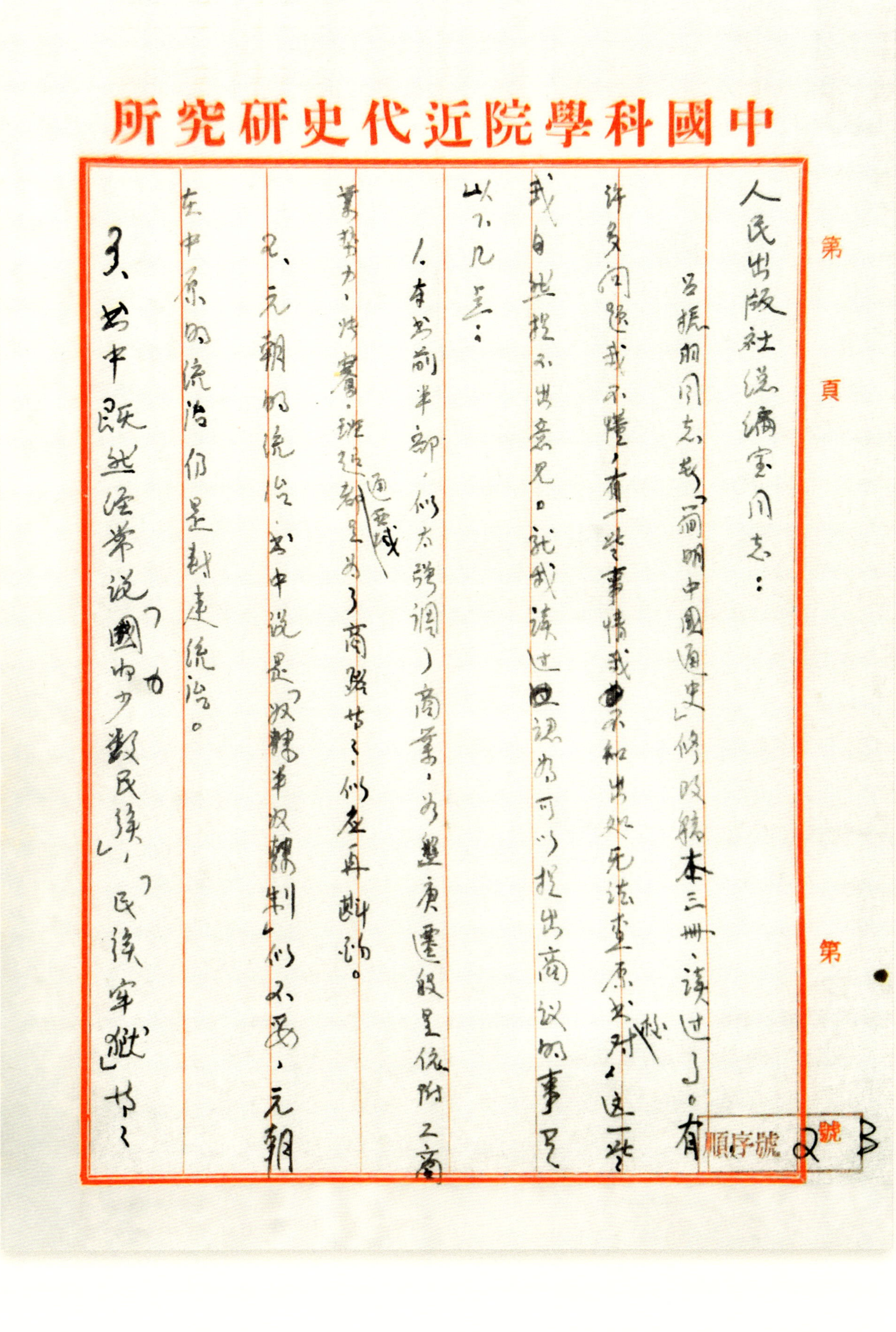

中國科學院近代史研究所

人民出版社总编室同志：

吕振羽同志著「简明中国通史」修改稿本三册，读过了。有许多问题我不懂，有一些事情我亦不知出处，无法查原书。对于这一些，我自然提不出意见。就我读过的认为可以提出商讨的事是以下几点：

1、本书前半部，似太强调了商业，如盘庚迁殷是依附于商业势力，始皇、班超通西域都是为了商路等等，似应再斟酌。

2、元朝的统治，书中说是「奴隶半奴隶制」，似不妥。元朝在中原的统治仍是封建统治。

3、书中既然经常说「国内少数民族」，「民族牢狱」等等

第　頁　第　號

順序號

荣孟源

（一九一三—一九八五）　时任中国科学院近代史研究所研究员。这是荣孟源关于《简明中国通史》一书的来信。

，但是又常用「種族」字樣，兩個名稱，容易使讀者混亂。最好是用一個「民族」就可以了。

4、書中有些地方用現代的術語，加在古人的身上，似不合適。

5、明末清初之際，說中國有一些資本主義的萌芽是可以的，如說那時已經有了「市民階級」，恐不合乎事實。

6、書中引證的材料，如有可能，最好根據原書都校對一下，因為是一些抄錯了。這一類的問題，我改了一部份（如7頁的引道光諭）。

7、日本人的書，最好不引用。一些日本人的書不見得可靠，二些用這種二道手三道手的材料，識别的的

中国科学院近代史研究所

说服力量。至于中国历史科学家的书也不应该再引日本无名作者的东西。

以上几点意见，不知可否考虑。还有一些意见，在书中加了签条。

此致

敬礼

荣孟源 一月十三日

附：《简明中国通史》修正稿三本

光明日报报刊一张

胡厚宣著《古代研究的史料问题》一本

5

华君武

（一九一五—二〇一〇） 时任全国美术家协会顾问。

这是华君武为《新华文摘》题写栏目名的来信及题签。

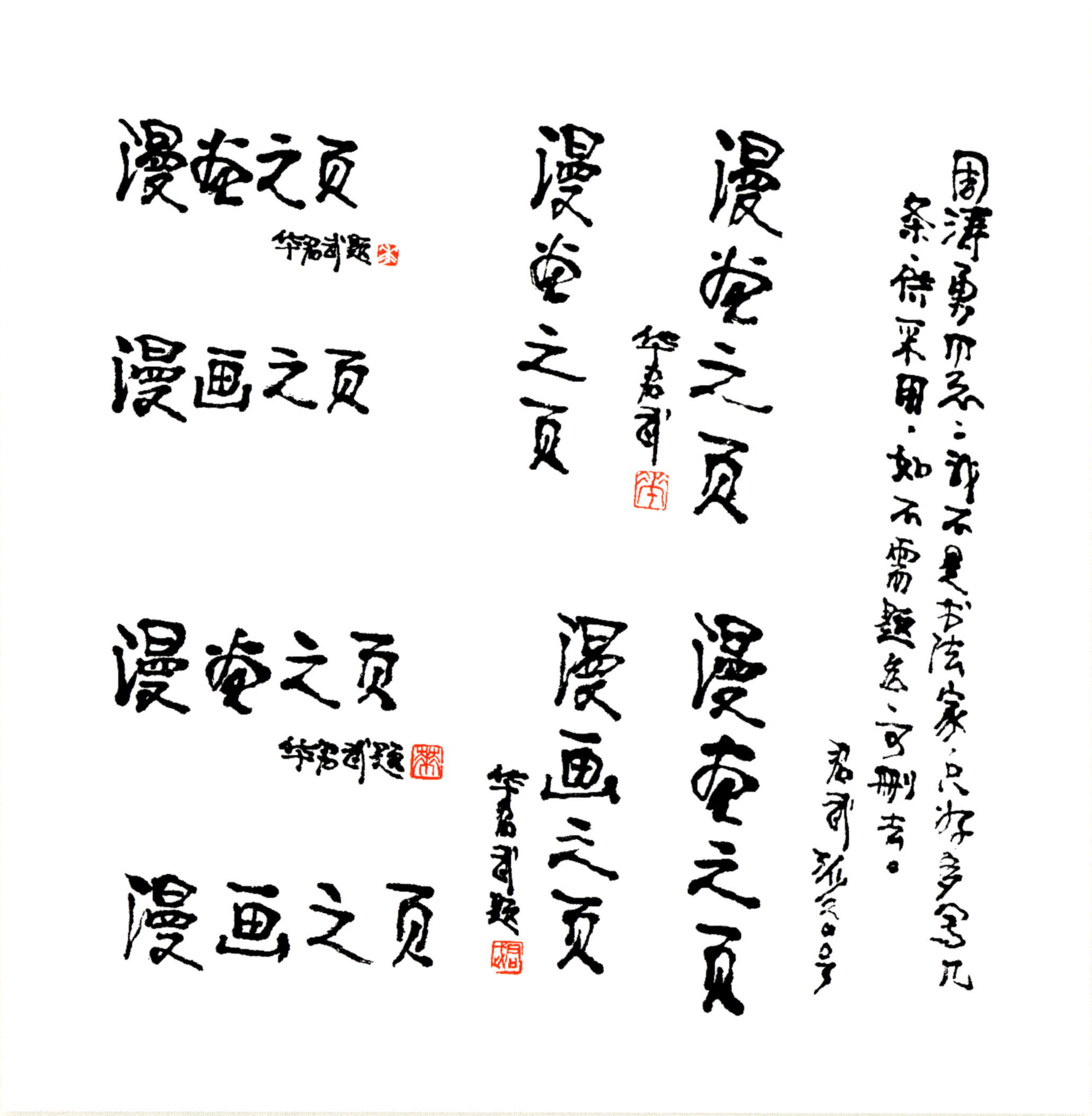

周津勇同志：我不是书法家，只好多写几条，供采用，如不需题名，可删去。
君武 八月六日
漫画之页
华君武题
漫画之页
华君武
漫画之页
漫画之页
华君武题
漫画之页
漫画之页
华君武题
漫画之页
漫画之页

殷国秀同志：你好！祝你全家好！春节期间，因身体不好和交通不便，没有进城去看你们。开学以后，集体学习和工作较忙。想来籁士同志和孩子们都很好。

最近人民出版社多次向北大和我个人催促将美国简明史早日修改完毕，以便出版以应社会需要。这件事，我一直作为主要任务在积极进行。但因业务荒疏，理论水平低，在着手修改之前必须重新阅读重要经典著作，收集资料，以充实内容，逐章进行修改，这一任务并不简易。为了加速完成这项任务，我想和你商量一件事，不知是否有可能性，请你个人先考虑一下：即中杰目前有病在家（溃疡病已出血五次，去年十二月底，又住过一次医院）编制仍在干校，工资在北京市内领取。他去年曾利用养病机会，用近两个月时间，重读了《美国简明史》一遍，提了不少修改意见，现在他可以协助我作整理史料和修改工作。人民出版社可否出面，向有关领导机构交涉一下，用暂时借调的办法，在家一面养病，一面帮助我修改美国简明史作为任务（不作为正式借调到出版社上班）。

北京市电車公司印刷厂出品 72.11（1310）

00006

# 黄绍湘

（一九一五—二〇一五）时任北京大学历史系教授。

这是黄绍湘关于《美国简明史》一书的来信。

他已在69年11月在干校公告开放。关于他的具体情况和进行的方法，如你认为有可能，可由他去市内当面和你谈一谈。如无此可能，即作为罢论（也不必和其他人谈起此事）。

再者，美国早期发展史，我自己又重新审阅了一遍，内容需要修改的较少，不知你们可否考虑出版这本书（当然这本书是一本美国早期历史的学术著作，不是社会上一般读者所需要的），请予研究。此致

敬礼

申杏向你们好！

黄绍湘
73.2.25日

回信请寄：海淀·成府燕东园廿九号我收



00007

# 刘大年

（一九一五—一九九九）　时任中国科学院近代史研究所副所长。

这是刘大年关于《中国近代史诸问题》一书的来信。

子野同志：

送去的這一束稿子请您和编輯部同志先批評一番，看值不值得编成一本書的樣子。

上次和范用同志談过，使我想到重印這批稿件的唯一原因，是其中有幾篇需要做些修改，重印是最可行的办法。不然的話，根本不需要考慮這個問題。這里半点也没有敝帚自珍之意。

稿子前些時候就收集在一起了，原来我想搁一搁再説。最近决定要提前下鄉，所以还是给您们送去，請同志们先看看吧。

敬禮

刘大年　六月十三日

# 邓力群

（一九一五—二〇一五）时任中共中央办公厅副主任。

这是邓力群关于《中国共产党章程（修改草案）介绍》一书的来信。

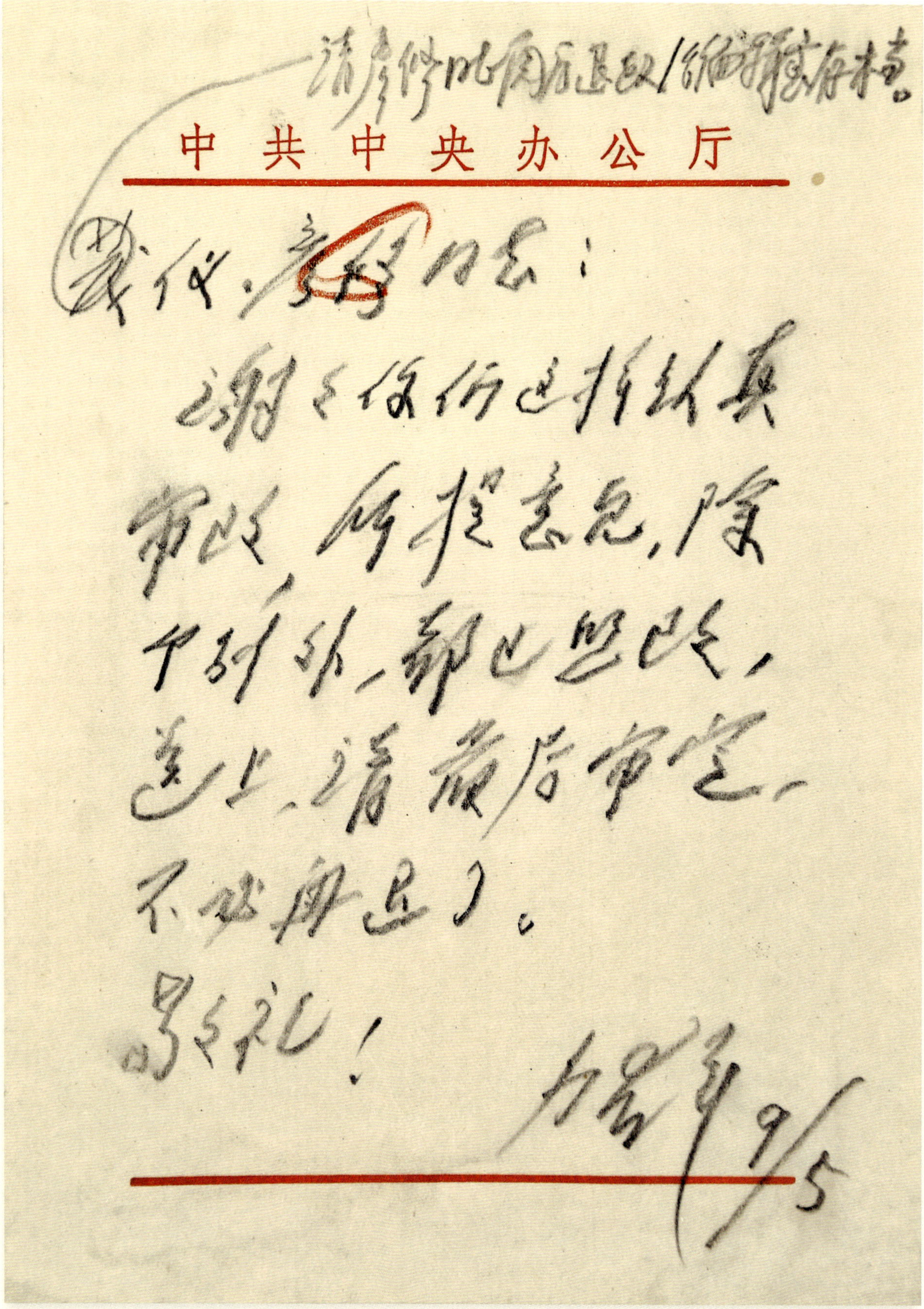
请彦修比同后送政研组存档。

中共中央办公厅

宋代、彦修同志：

谢谢你们这样认真审改，所提意见，除个别外，都已照改，送上，请最后审定，不必再退了。

即致礼！

力群 9/5

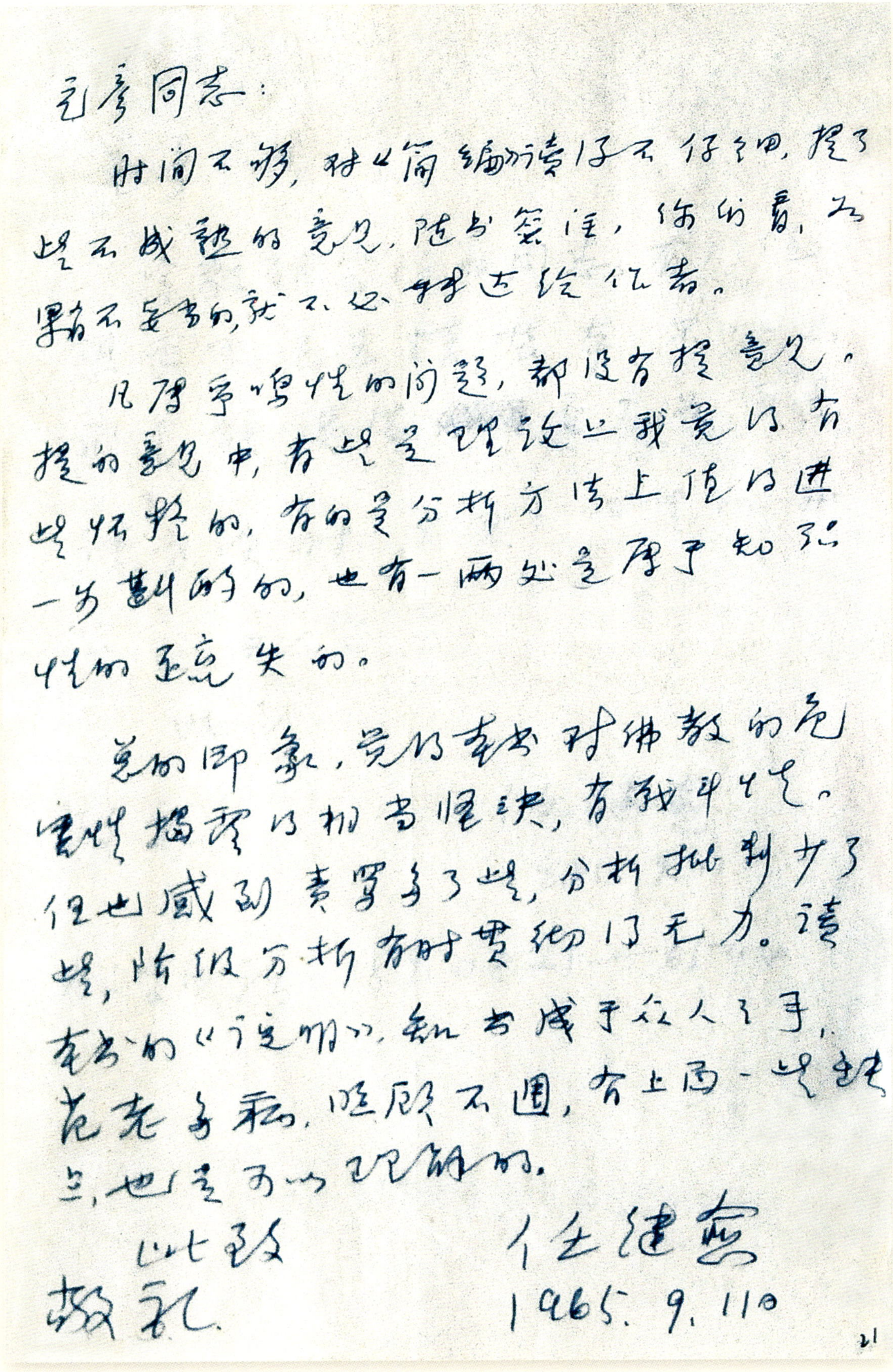

元秀同志：

时间不够，对《简编》读得不仔细，提了些不成熟的意见，随手签注，供你参考，如果有不妥当的就不必转达给作者。

凡属学术性的问题，都没有提意见。提的意见中，有些是理论上我觉得有些怀疑的，有的是分析方法上值得进一步斟酌的，也有一两处是属于知识性的遗漏失误的。

总的印象，觉得本书对佛教的危害性揭露得相当坚决，有战斗性。但也感到责骂多了些，分析批判少了些，阶级分析有时贯彻得无力。读本书的《说明》，知书成于众人之手，范老多病，照顾不周，有上面一些缺点，也是可以理解的。

此致

敬礼

任继愈

1965.9.11。

21

# 任继愈

（一九一六—二〇〇九）时任中国社会科学院世界宗教研究所所长。这是任继愈关于范文澜著《中国通史简编》一书的来信。

# 刘白羽

（一九一六—二〇〇五）时任中国人民解放军总政治部文化部部长。

这是刘白羽关于《战争年代的朱德同志》一书的来信。

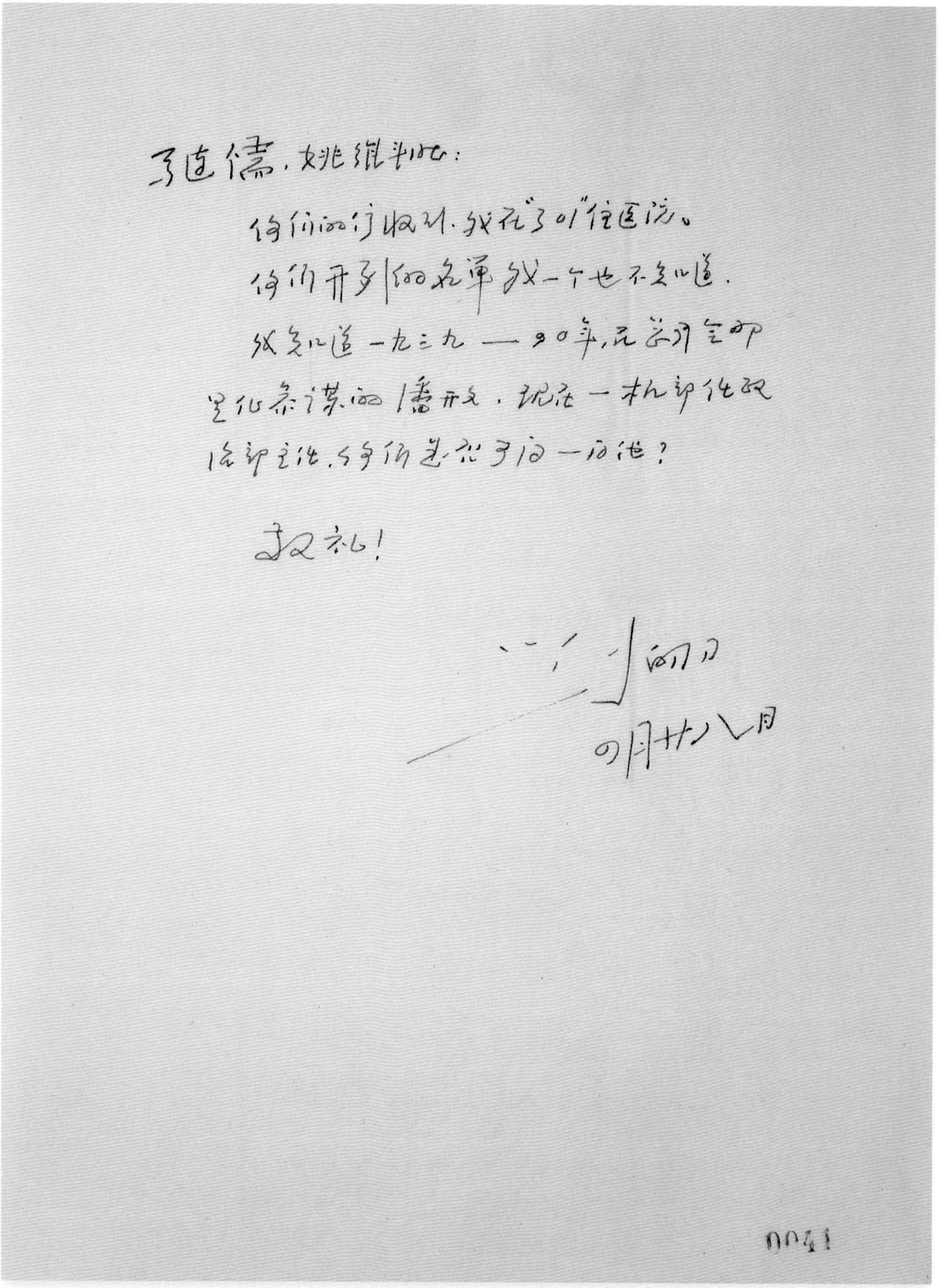

于连儒、姚维训同志：

你们的信收到。我在301住医院。

你们开列的名单我一个也不知道。

我知道一九三九—40年在总司令部任参谋的潘开文，现在一机部任政治部主任，你们是否可问一问他？

敬礼！

刘白羽

四月廿八日

0041

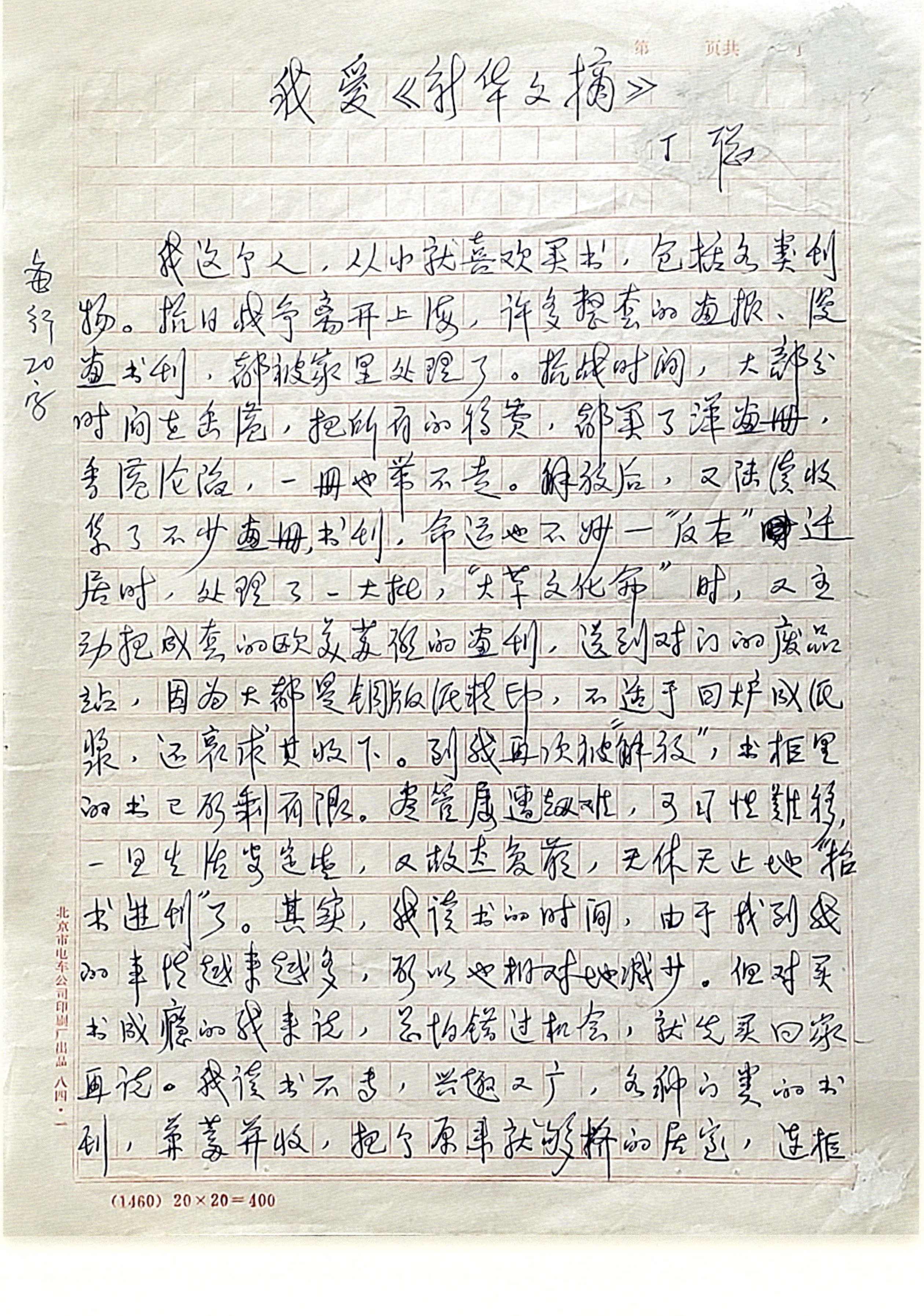

第　页共　页

我爱《新华文摘》

丁聪

每行20字

我这个人，从小就喜欢买书，包括各类刊物。抗日战争离开上海，许多搜集的画报、漫画书刊，都被家里处理了。抗战时期，大部分时间在西南，把所有的稿费，都买了洋画册，香港沦陷，一册也带不走。解放后，又陆续收集了不少画册、书刊，命运也不妙——"反右"时迁居时，处理了一大批，"文化大革命"时，又主动把收集的欧美杂志的画刊，送到对门的废品站，因为大都是铜版纸精印，不适于回炉成纸浆，还哀求其收下。到我再次被"解放"，书柜里的书已所剩有限。尽管屡遭劫难，可本性难移，一旦生活安定些，又故态复萌，无休无止地"拾书进刊"了。其实，我读书的时间，由于我到我的事情越来越多，所以也相对地减少。但对买书成瘾的我来说，总怕错过机会，就先买回家再说。我读书不专，兴趣又广，各种门类的书刊，兼蓄并收，把个原来就够窄的居室，连柜

北京市电车公司印刷厂出品　八四·一

(1460) 20×20=400

# 丁　聪

（一九一六—二〇〇九）　时任《人民画报》副总编辑。

这是丁聪关于《新华文摘》的来信。

子顶上，桌子床铺底下，都堆满了书刊，连来个客人都没地方站。近来年，市面上的书刊，越出越多，对原来已经是“买书不少，读书不多”的我来说，矛盾更显突出，到了不可招架的地步。

《新华文摘》的出版，缓和了我“买、读”之间的矛盾。我想读的文章，无非是有关文艺与社会科学方面的动态、论点。自己从报刊上东寻西找读到的，总是东鳞西爪。现在，通过编辑同志们细心搜集整理，系统地，有条理地，把重要的文章及论点，都摘编在《新华文摘》里，而且每篇都注明出处，令人读来，既省时，又省力，经济方面也节约。所以，它一出版，就成了我最心爱的、每期必备的读物之一。当然，我也不可能每篇都读，但丰富的资料已掌握在手，随时可翻阅，心里也就感到放心踏实了。今年起，出于种种情况的原因，篇幅更有所减少，但它仍然不可替代地起到了记录社会前进脚步的作用。因此，我爱《新华文摘》，由衷地向“做摘”的编辑同志们致谢！

北京市电车公司印刷厂出品 八四·一

(1460) 20×20=400

# 胡绳

（一九一八—二〇〇〇）　时任中共中央宣传部秘书长、人民出版社社长。

这是胡绳关于《帝国主义与中国政治》一书的来信。

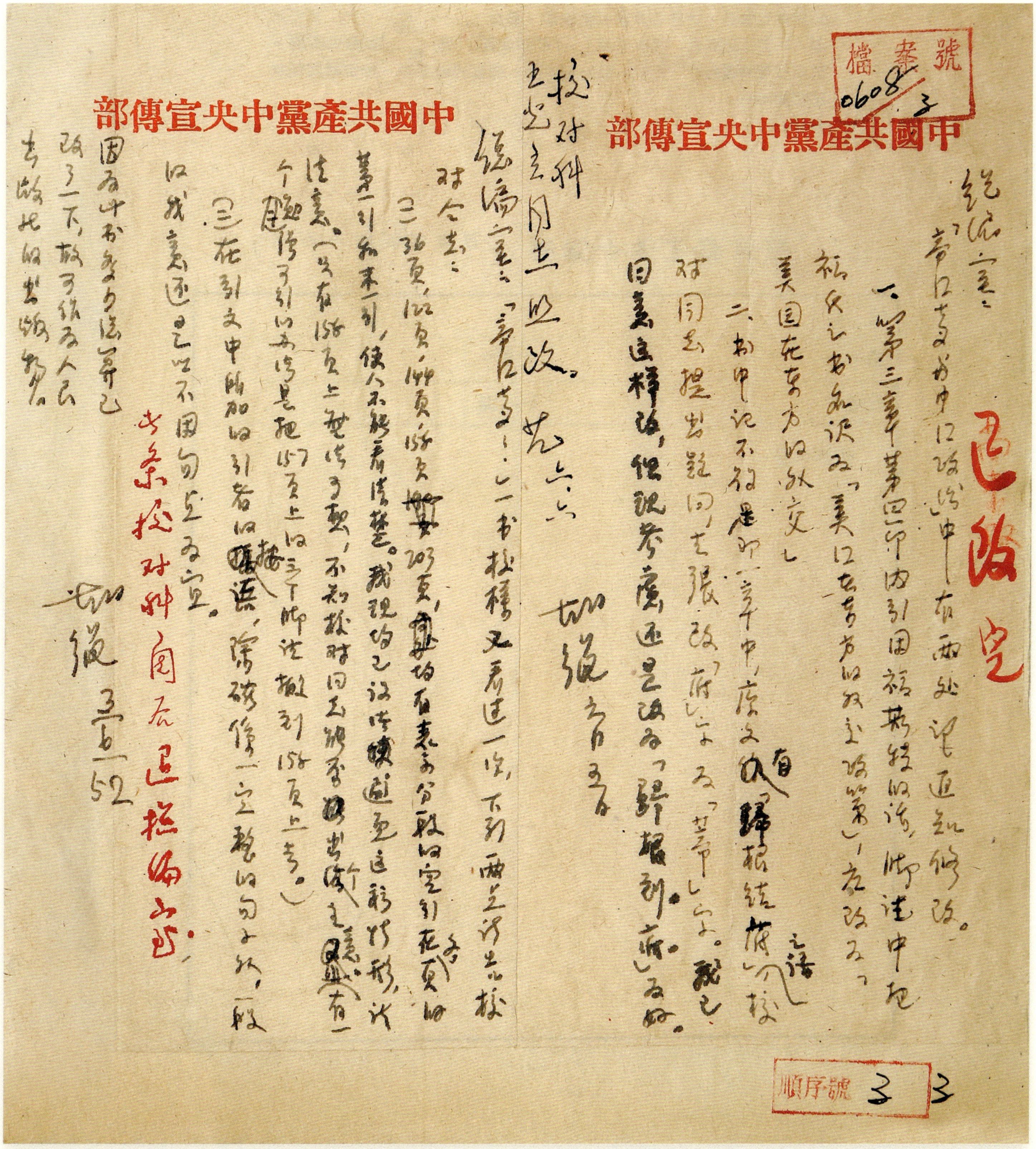

# 吴江

（一九一八—二〇一二）　时任职于中共中央书记处第四办公室。这是吴江关于《中国资本主义经济改造问题》一书的来信。

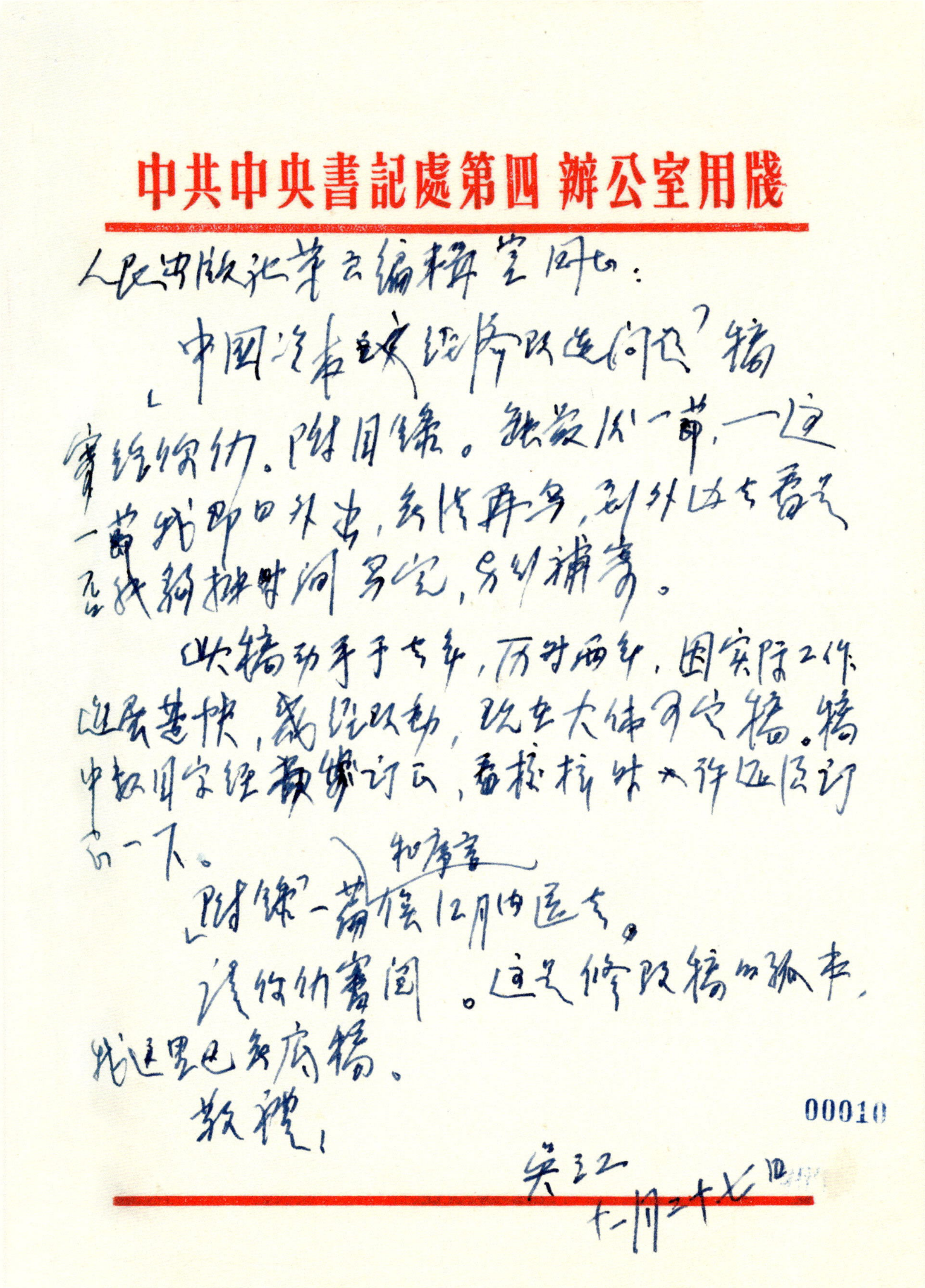

中共中央書記處第四辦公室用箋

人民出版社第三编辑室同志：

《中国资本主义经济改造问题》稿寄给你们，附目录。缺最后一节，一边一节我都曾外出，未能再写，到外边去看看再找材料进行写完，另行补寄。

此稿动手于去年，历时两年，因实际工作进展甚快，几经改动，现在大体可定稿。稿中数目字经我核订正，希校核时再作进一步订正一下。

附录一篇（和序言）俟12月内送去。

请你们审阅。这是修改稿的孤本，我这里已无底稿。

敬礼！

吴江

十一月二十七日

00010

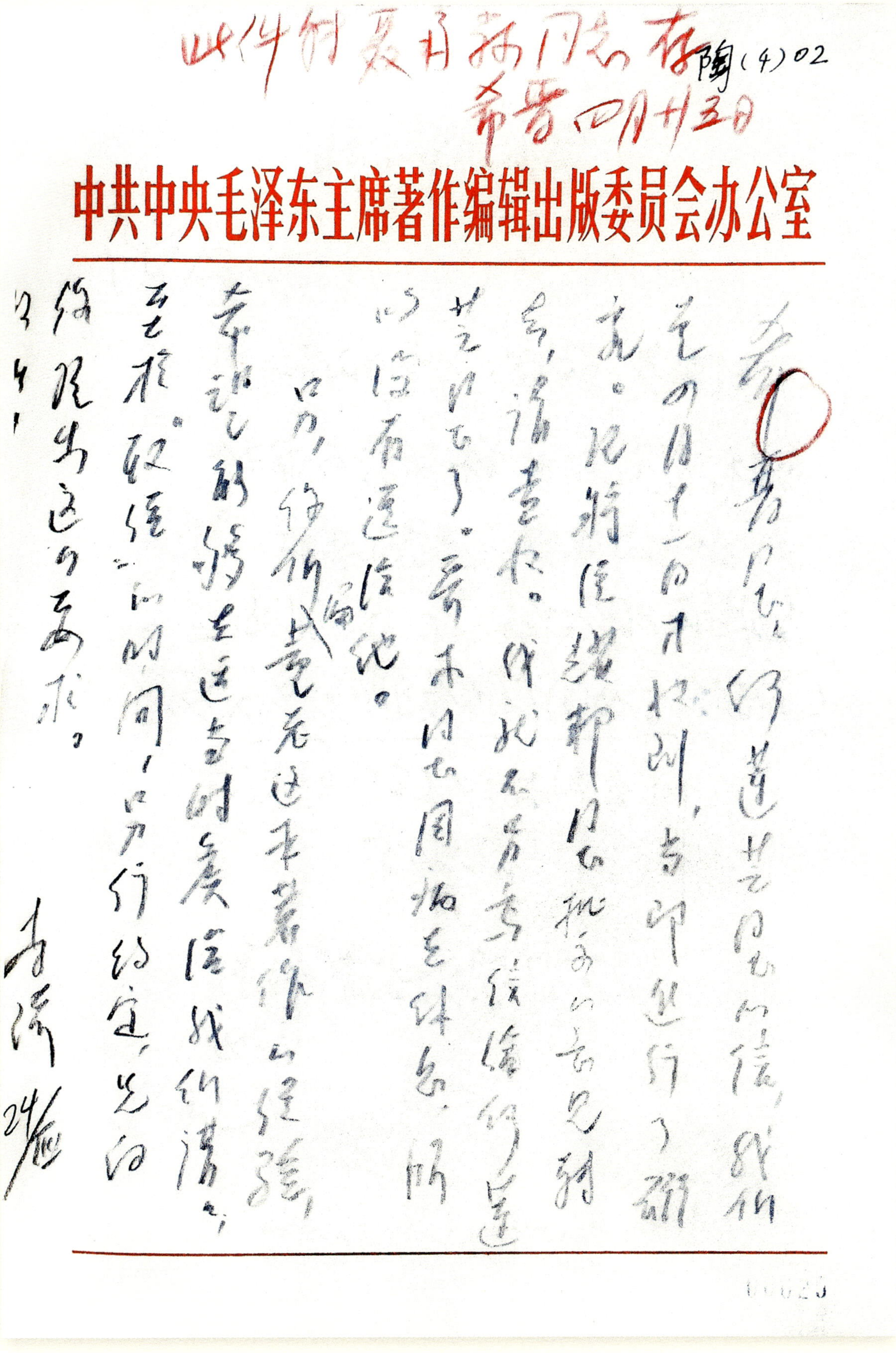
陶（4）02

中共中央毛泽东主席著作编辑出版委员会办公室

# 李　琦

（一九一八—二〇〇一）　时任中共中央毛泽东主席著作编辑出版委员会办公室第一副主任。

这是李琦关于《论社会主义民主和法制》一书写的信。

## 陈　原

（一九一八—二〇〇四）　时任三联书店编辑室主任。

这是陈原关于《太平天国史料考释集》一书的审稿意见。

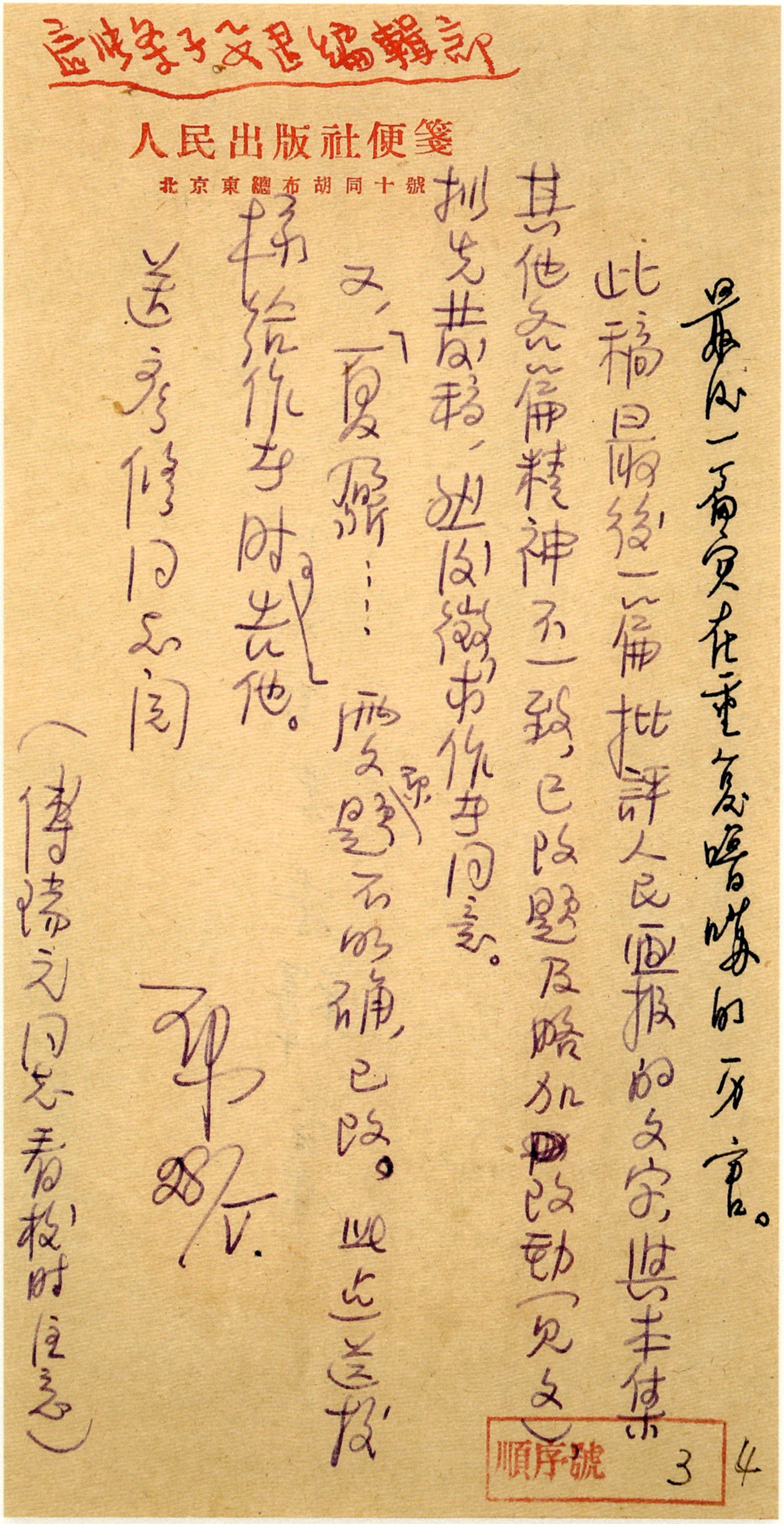

# 李 新

（一九一八—二〇〇四） 时任中国文字改革委员会秘书长。

这是李新关于《历史文集》一书的来信。

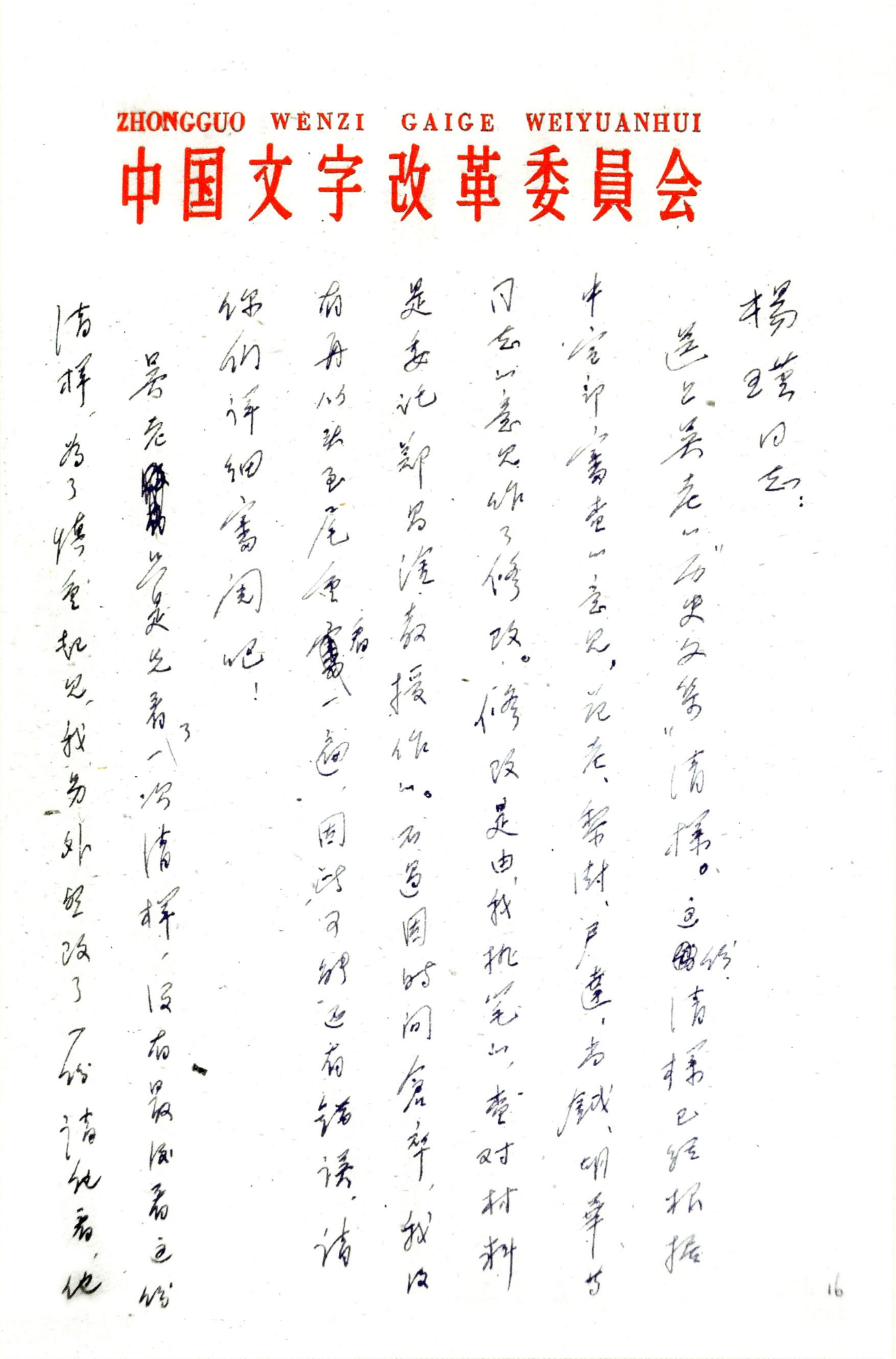

ZHONGGUO WENZI GAIGE WEIYUANHUI

中国文字改革委員会

杨堃同志：

送上吴老《历史文集》清样。这份清样已经根据中宣部的审查意见，范老、黎澍、尹达、李锐、胡华等同志的意见作了修改。修改是由我执笔的，查对材料是委托郑昌淦教授作的。为了争取时间，仓卒，我没有再从头到尾重看一遍，因此可能还有错误，请你们详细审阅吧！

吴老先看了一次清样，没有看最后这份清样，为了慎重起见，我另外改了几份，请你看看，他

16

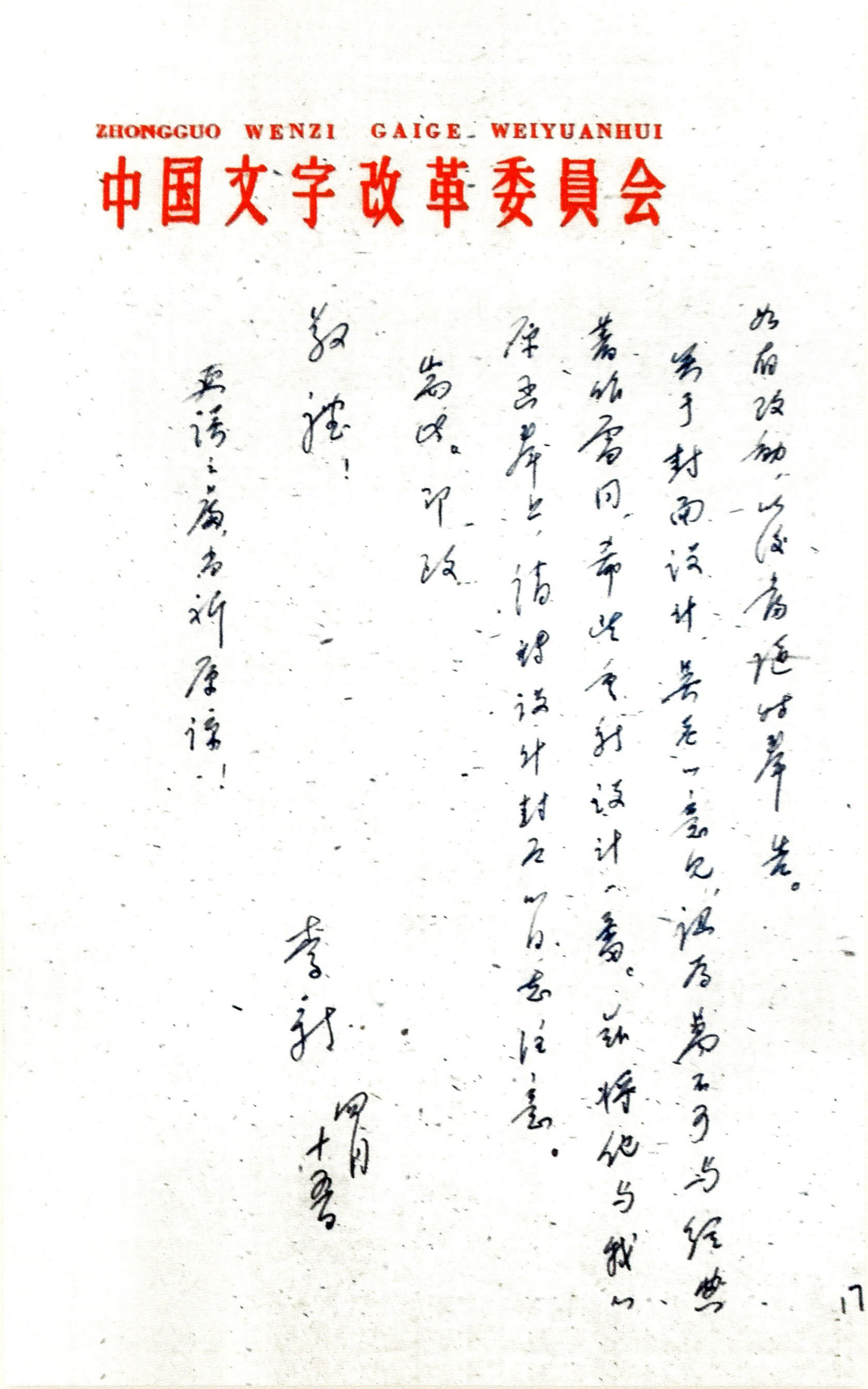

ZHONGGUO WENZI GAIGE WEIYUANHUI

中国文字改革委員会

如有改动，以后当随时奉告。

关于封面设计，要是一点儿，请原谅万不可与经典

著作雷同，希望另行设计一番。我将他与我的

原书寄上，请将设计封面的目录注意。

为此。即致

敬礼！

再请广告祈原谅！

李新

四月十五

17

# 方成

（一九一八—二〇一八）时任中国新闻漫画研究会名誉会长。这是方成关于《新华文摘》『漫画之页』的来信。

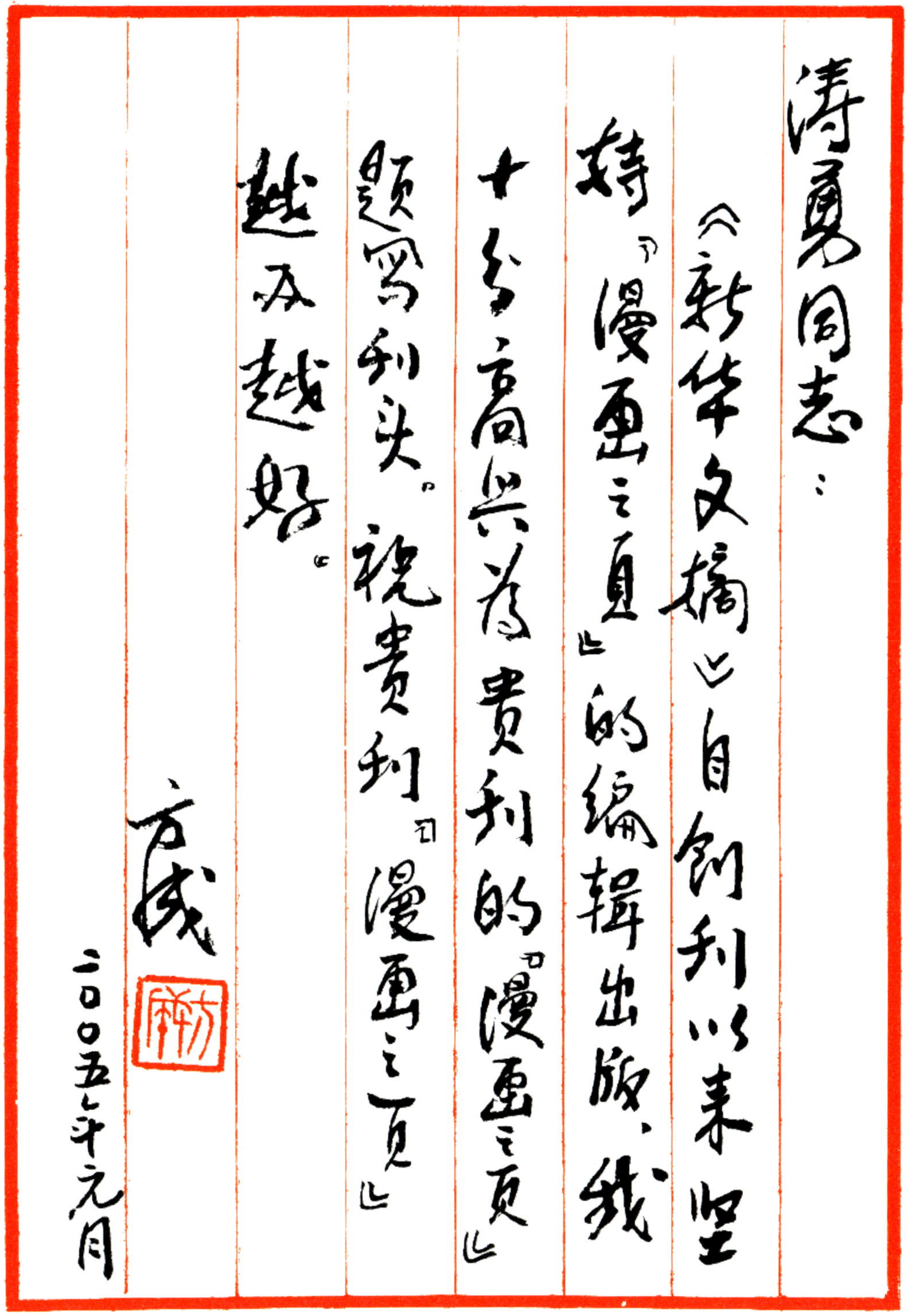
涛勇同志：

《新华文摘》自创刊以来坚持『漫画之页』的编辑出版，我十分高兴为贵刊的『漫画之页』题写刊头。祝贵刊『漫画之页』越办越好。

方成

二〇〇五年元月

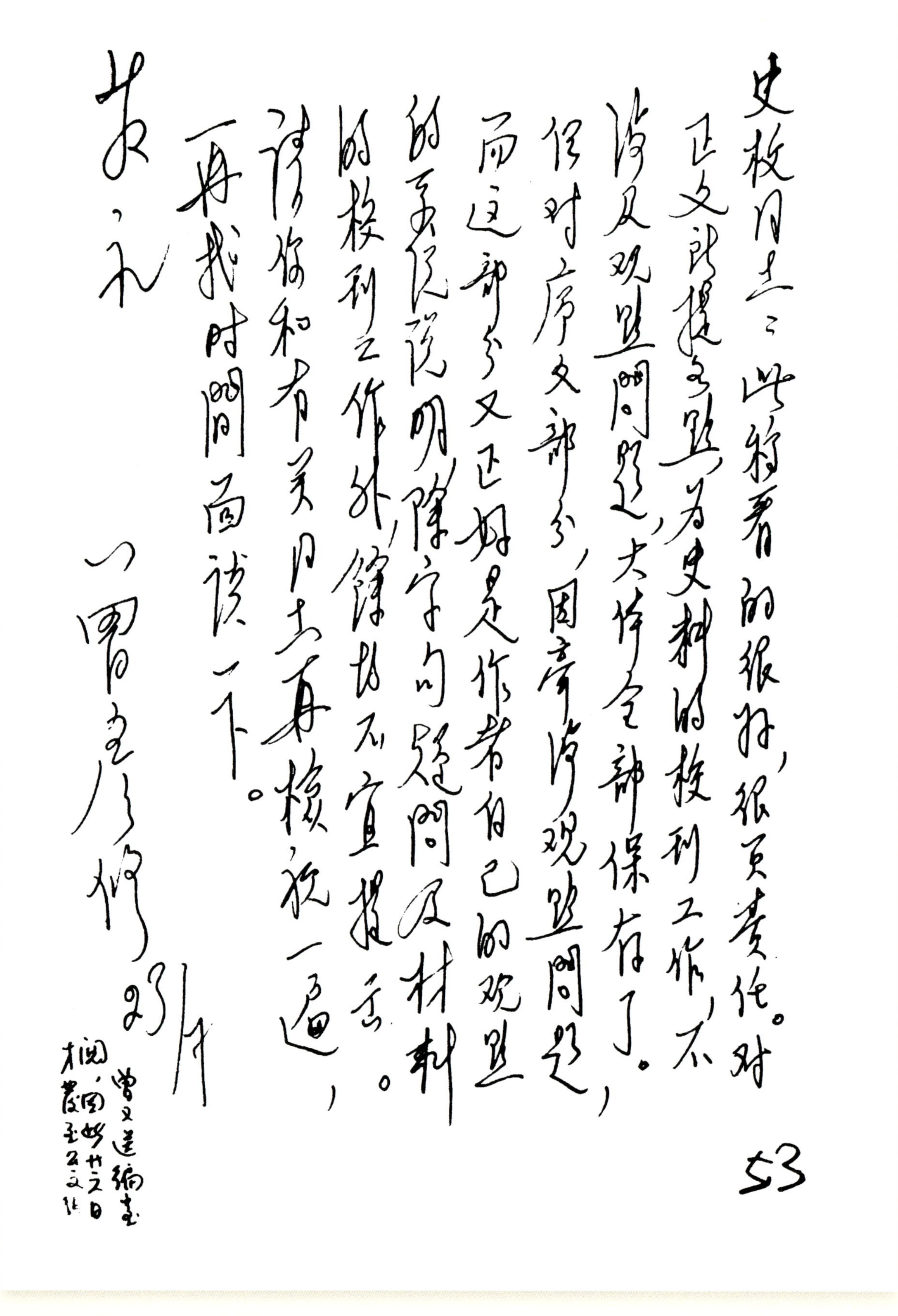

史校同志：

此稿看的很好，很负责任。对正文所提意见，为史料的校刊工作，不涉及观点问题，大体全部保存了。但对序文部分，因常涉观点问题，而这部分又正好是作者自己的观点的表现。说明，除字句疑问及材料的校刊工作外，余均不宜提出。请你和有关同志再核，校一遍，再找时间面谈一下。

此致

敬礼

曾彦修 23/IV

53

# 曾彦修

（一九一九—二〇一五）时任上海中华书局辞海编辑所编审。

这是曾彦修关于《中国通史简编》一书的来信。

# 穆　欣

（一九二〇—二〇一〇）　时任中共中央直属高级党校新闻教研室主任，《光明日报》总编辑。这是穆欣关于《韬奋文集》一书的来信。

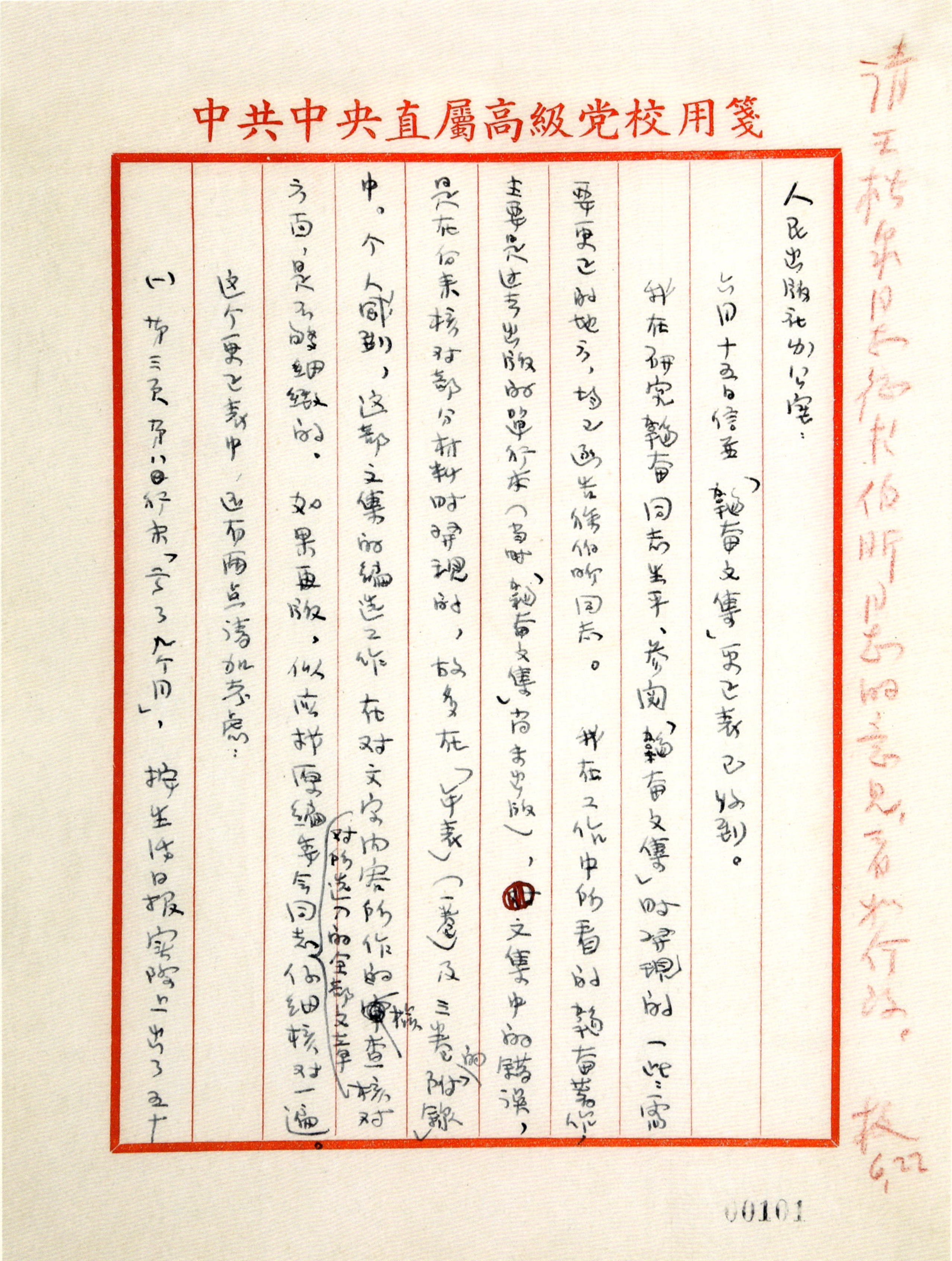
中共中央直屬高級党校用箋

人民出版社办公室：

六月十五日信悉，「韬奋文集」更正表已收到。

我在研究韬奋同志生平、参阅「韬奋文集」时发现的一些需要更正的地方，均已函告你们的同志。我在工作中所看的韬奋著作，主要是过去出版的单行本（当时「韬奋文集」尚未出版），因此文集中的错误，是在後来核对部分材料时发现的，故多在「年表」（一卷）及三卷的附录中。个人感到，这部文集的编选工作在对文字内容所作的审查核对方面，是不够细致的。如果再版，似应请原编审会同志对所选入的全部文章仔细核对一遍。

这个更正表中，还有两点请加考虑：

(一)第三页第八行末「写了九个月」，按生活日报实际上出了五十

请王[illegible]研究此信中所提的意见，看如何修改。[illegible] 6.22

00101

中共中央直屬高級党校用箋

五天（六月七日至七月三十日），不足二月，陈原记"于到四五个月"（因似不对），改为"几个月"，是否适当些？

（二）第四页第三行"社会科学与实际社会"的上面，关于这本书的初版本"出版者"，我看到的是"激流社"而非"光夏书店"（上海韬奋纪念馆筹备处有这本书），年份是"民国三十年"，时间当为"一九四一年十一月"，是否同时有"光夏书店"出版的版本？尚希查明。

现将你处寄来的原书随信寄回。

如来信，可寄"北京西郊车道沟高级党校新闻教研室"。

此致

敬礼

穆欣

六月廿一日

## 韩国磐

（一九二〇—二〇〇三）　时任厦门大学教授。

这是韩国磐关于《隋唐五代史纲》一书的来信和目次修改处（节选）。

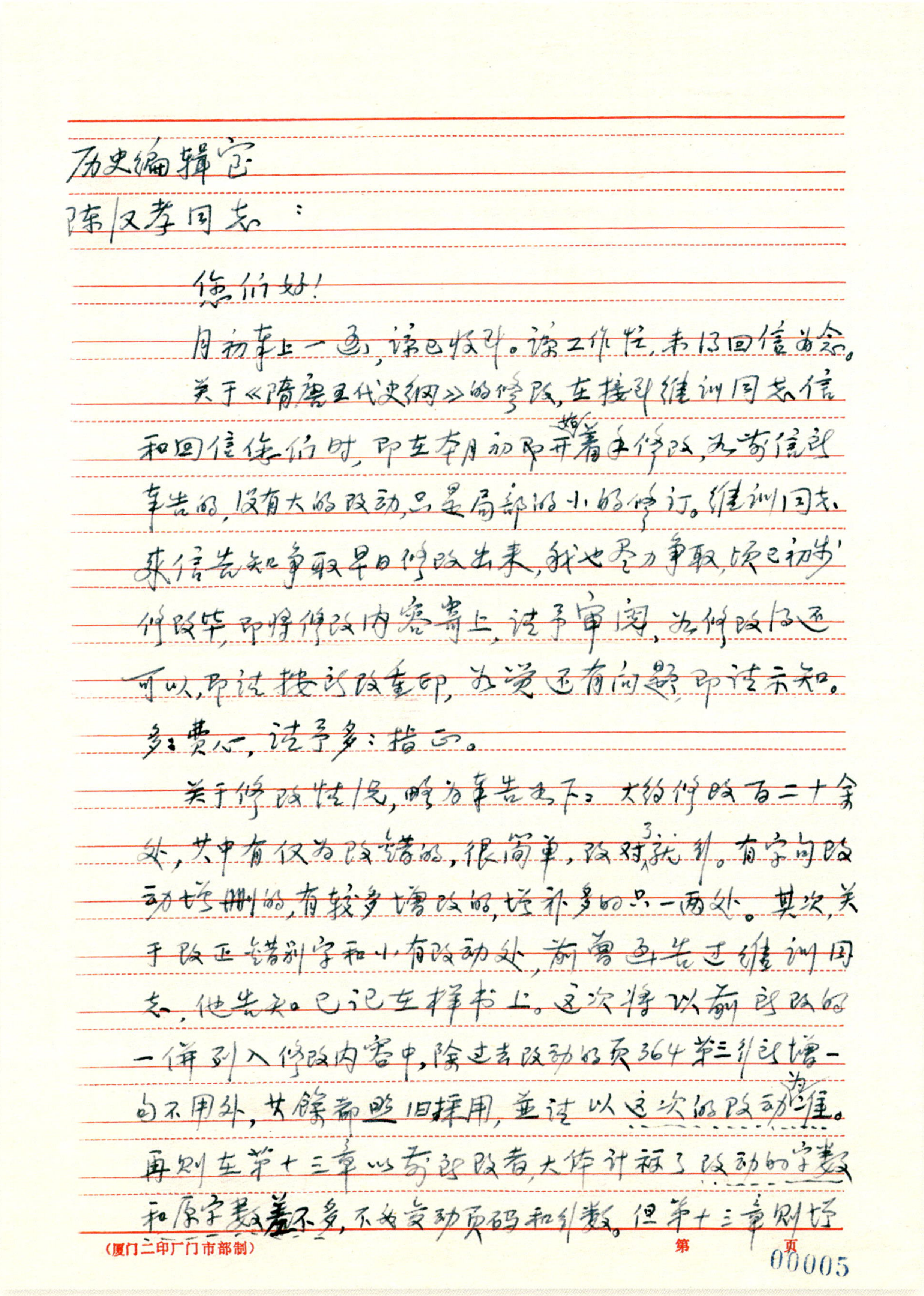

历史编辑室

陈汉孝同志：

您们好！

月初奉上一函，谅已收到。谅工作忙，未得回信为念。

关于《隋唐五代史纲》的修改，在接到维训同志信和回信您们时，即在本月初即开始着手修改，如前信所奉告的，没有大的改动，只是局部的小的修订。维训同志来信告知争取早日修改出来，我也尽力争取，现已初步修改毕，即将修改内容寄上，请予审阅，如修改得还可以，即请按所改重印，如觉还有问题，即请示知。多多费心，请予多多指正。

关于修改情况，略为奉告如下：大约修改有二十余处，其中有仅为改错的，很简单，改对了就行。有字句改动增删的，有较多增改的，增补多的只一两处。其次，关于改正错别字和小有改动处，前曾函告过维训同志，他告知已记在样书上。这次将以前所改的一併列入修改内容中，除过去改动的页364第三行所增一句不用外，其余都照旧採用，并请以这次的改动为准。再则在第十三章以前所改者，大体计标了改动的字数和原字数差不多，不会变动页码和行数。但第十三章则较

（厦门二印厂门市部制）　第　页

00005

补了三千字左右，故从这章起页码就需要改动了。关于第十三章中所增补的一段，在原三联版中原有的，修订本中删去，现觉还应补入，才能把问题说清楚些，故再补入，文字和三联版大致相同。关于第十五章中黄巢起义新增一段，因最近发现黄巢起义的唐人记事墨迹，杨新同志撰文刊于《文物》今年第五期，并承函告我此事，觉得必须增补到书中，解决了黄巢起义的确实时间问题。起义记事原件可否设法摄影插印入书中，或即按《文物》图版复制後排入书中（修改内容中引出，须此插图），多多劳神了。

此书过去修订时，正当所谓“评法批儒”时，自然受到错误影响，故提法有些不免偏颇和不当，现修改时尽量都改过来。希望这次修改後，内容能够稳定下来。兹即将修改内容寄上，收到後请赐知。

专此，并致

敬礼

韩国磐敬上

1978.8.22.

另在《後记》下补《又记》一小段。

请审阅可否？

厦门鼓浪屿

鹿礁路26号

（厦门二印厂门市部制） 第 页

00006

《隋唐五代史纲》目次修改处

目次页码：5

第十三章标题

原　为：唐中叶以来的朝政腐败和
封建地主阶级内部的改革活动

改　为：唐中叶以来的朝政腐败、
封建统治者的内争和改革活动

第十三章第二节

标题原为：封建地主阶级内部的改革活动

改为：地主阶级内部的党争和改革活动

第十三章第二节

原分二目：(一)永贞革新
(二)牛李之争

现增改为

三目　(一)士庶对立和党争
(二)永贞革新
(三)牛李之争

00007

《隋唐五代史纲》修改处　（按页码顺序列出）

页1：行文行12至13：

原文："皇，代表要求统一的新兴地主阶级，以法家思为指导，执行法家路线，击败了儒家分裂复古势力，……"

v 改为："皇，顺应社会历史发展，代表要求统一的新兴地主阶级，执行统一政策，击败了当时称雄割据势力，……"

页2：行11：

原文："……出现了一批有作为的人物，……"

v 改为："……出现了一批知名的历史人物，……"

页8：行8：

原文："……取得了十分重要的因素。"

v 改为："……取得了重要的决定因素。"

页50：附注①的末句"当在唐朝。"句下，增补下列一句：

v 补："当在唐朝。据洛阳市博物舘估计，仓城内应有大小四百余窖。"

v 又："①见《文物》一九七三年……"，应改为"见《文物》一九七二年……"

页77：行文行4：

原文："……封建统治者总是属于剥削阶级，总想扩大剥削，……"

v 改为："……封建统治者属于剥削阶级，不时想要扩大剥削，……"

页82：第二节的第二行：

原文："《有两千多年的……"

v 改为："有两千多年的……"　（去掉"有"字前的引号）

页83：行2：

原文："经济文化的交流更加繁荣……"

v 改为："经济文化的交流更加频繁……"

00008

页84：附注①：

原文："①……《赤土传》。"

增补："①……《赤土传》。《明史》说赤土即暹罗，今人考证非是。"

页89：行13：

原文："……缀纡枝条……"

改为："……缀于枝条……"

页103：行8：

原文："……接着，翟让在荥阳的大海寺，……"

改为："……接着瓦岗军在荥阳的大海寺，……"

页104：行7至8：

原文："探讨瓦岗军失败的具体过程，可以看出瓦岗军中存在着政治、思想和战略部署的矛盾与斗争。当李密参加到瓦岗军中后，企图"

改为："从瓦岗军的失败中，可以看出封建思想的危害性。李密固然积极进行了反隋斗争，但他希望"一朝时运会，千古传名谥"，企图"

页105：行18、19、20：

三行中原："陈棱"（计有四处）

都改为："陈稜"

页106 行5至7：

原文："……只是后来杜伏威受唐朝高官厚爵诱往長安，封为吴王、尚书令，因留于長安，背叛了起义军。辅公祏继续起义后，被唐朝时暗害。"

改为："……只是后来杜伏威接受唐朝的高官厚爵，受封为

00009

# 刘祚昌

（一九二一—二〇〇六）　时任山东师范学院历史系副教授。

这是刘祚昌关于《美国内战史》一书的来信。

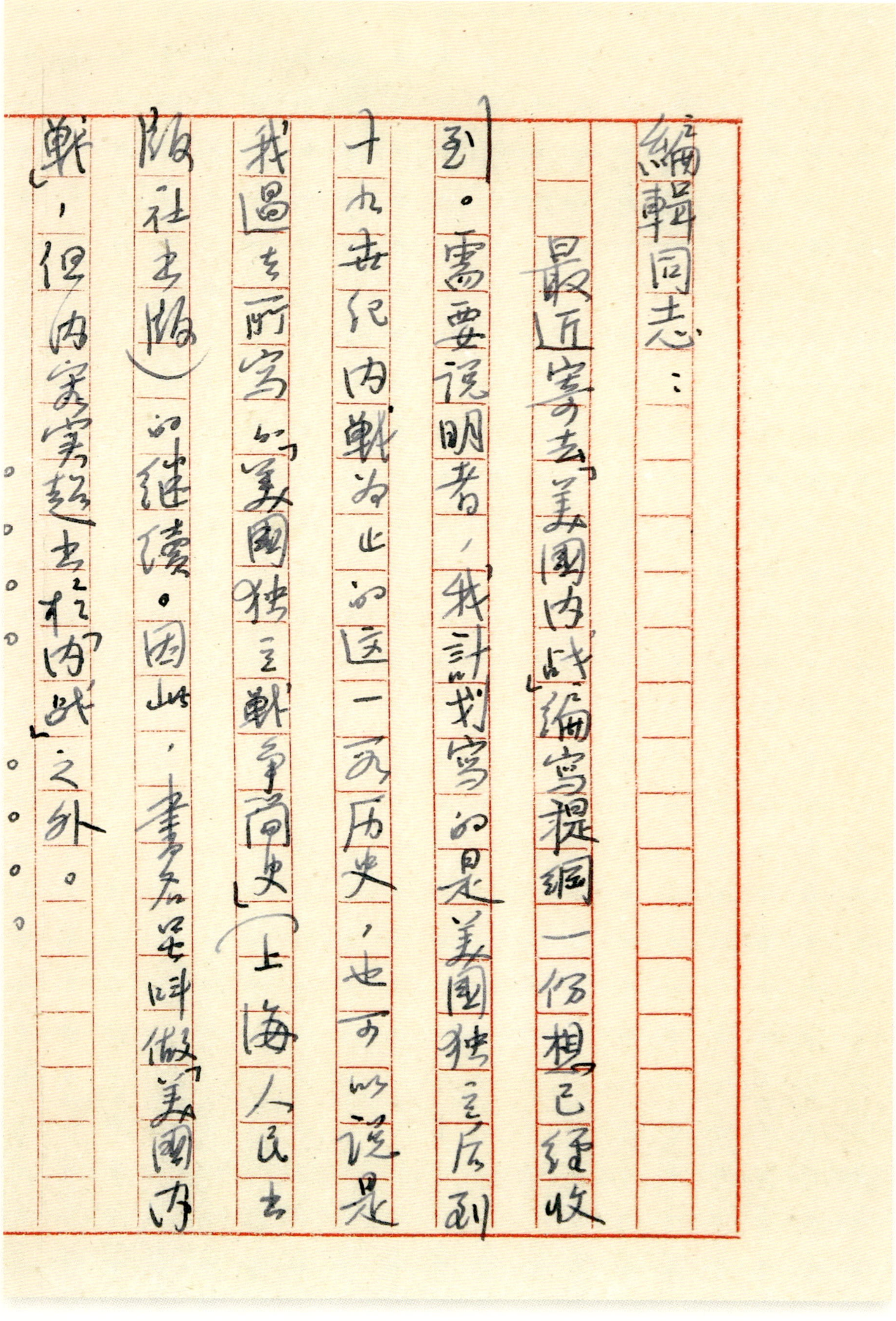

編輯同志：

最近寄去「美國內戰」編寫提綱一份想已經收到。需要說明者，我計劃寫的是美國獨立後到十九世紀內戰為止的這一段歷史，也可以說是我過去所寫的「美國獨立戰爭簡史」（上海人民出版社出版）的繼續。因此，書名叫做「美國內戰」，但內容實際超出於「內戰」之外。

我計劃寫二十五万—三十万字，内容比較丰富，涉及到許多方面，如經濟、政治、党派关係、階級斗爭、戰爭、各方面的政策措施、文化思想特别是政治社会思想及人物等等。我將尽最大力量寫这本書的，希望你們多加協助是荷。

致禮

劉祚昌上

一月二日

# 王光美

（一九二一—二〇〇六）刘少奇夫人。

这是王光美关于刘少奇所著《论党》一书的来信。

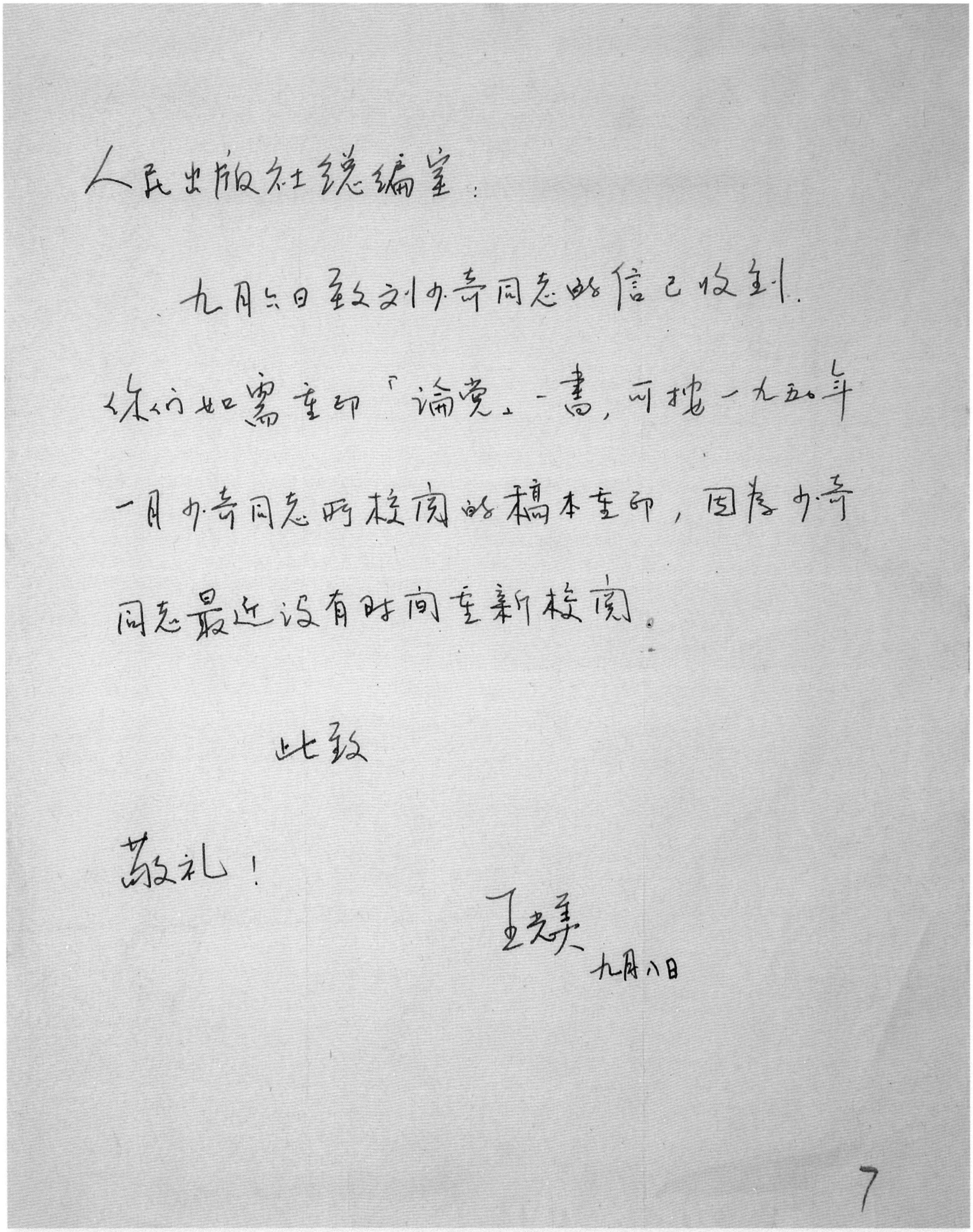

人民出版社總编室：

九月六日致刘少奇同志的信已收到。

你们如需重印「论党」一书，可按一九五〇年一月少奇同志所校阅的稿本重印，因为少奇同志最近没有时间重新校阅。

此致

敬礼！

王光美

九月八日

7

（一九二一—一九八七） 时任中国人民大学副教授。
这是胡华关于《中国历史概要》一书的来信。

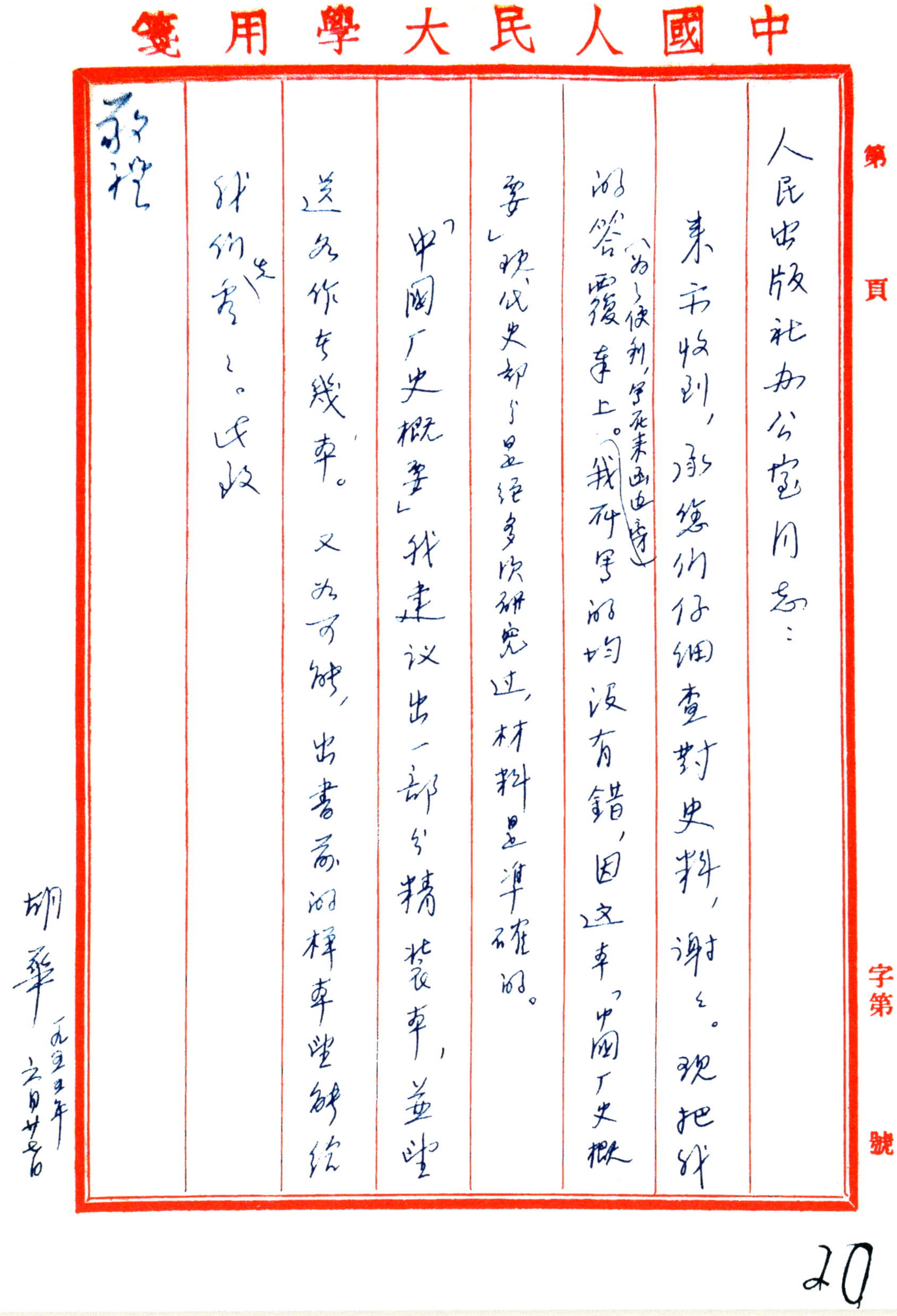
中國人民大學用箋

人民出版社办公室同志：

来示收到，承您们仔细查对史料，谢谢。现把我们的答覆奉上。（为了便利，写在来函边旁）我所写的均没有错，因这本「中国历史概要」现代史部分是经多次研究过，材料是准确的。

「中国历史概要」我建议出一部分精装本，并望送我们作者几本。又如可能，出书前的样本望能给我们先看看。此致

敬礼

胡華
一九五五年六月廿七日

20

## 田家英

（一九二二—一九六六） 时任中共中央办公厅秘书室主任。

这是田家英关于《毛泽东同志论抗日时期的整风运动和生产运动》一书的来信。

人民出版社办公室：

华字第一〇八八号来函敬悉。关于拙作《毛泽东同志论抗日战争时期的整风运动和生产运动》一书的处理，我同意你们的办法，别无意见。

此覆。即致

敬礼。

田家英

十一月七日

## 漆　侠

（一九二三—二〇〇一）　时任职于中国科学院近代史研究所。这是漆侠关于《中国通史简编》一书的来信。

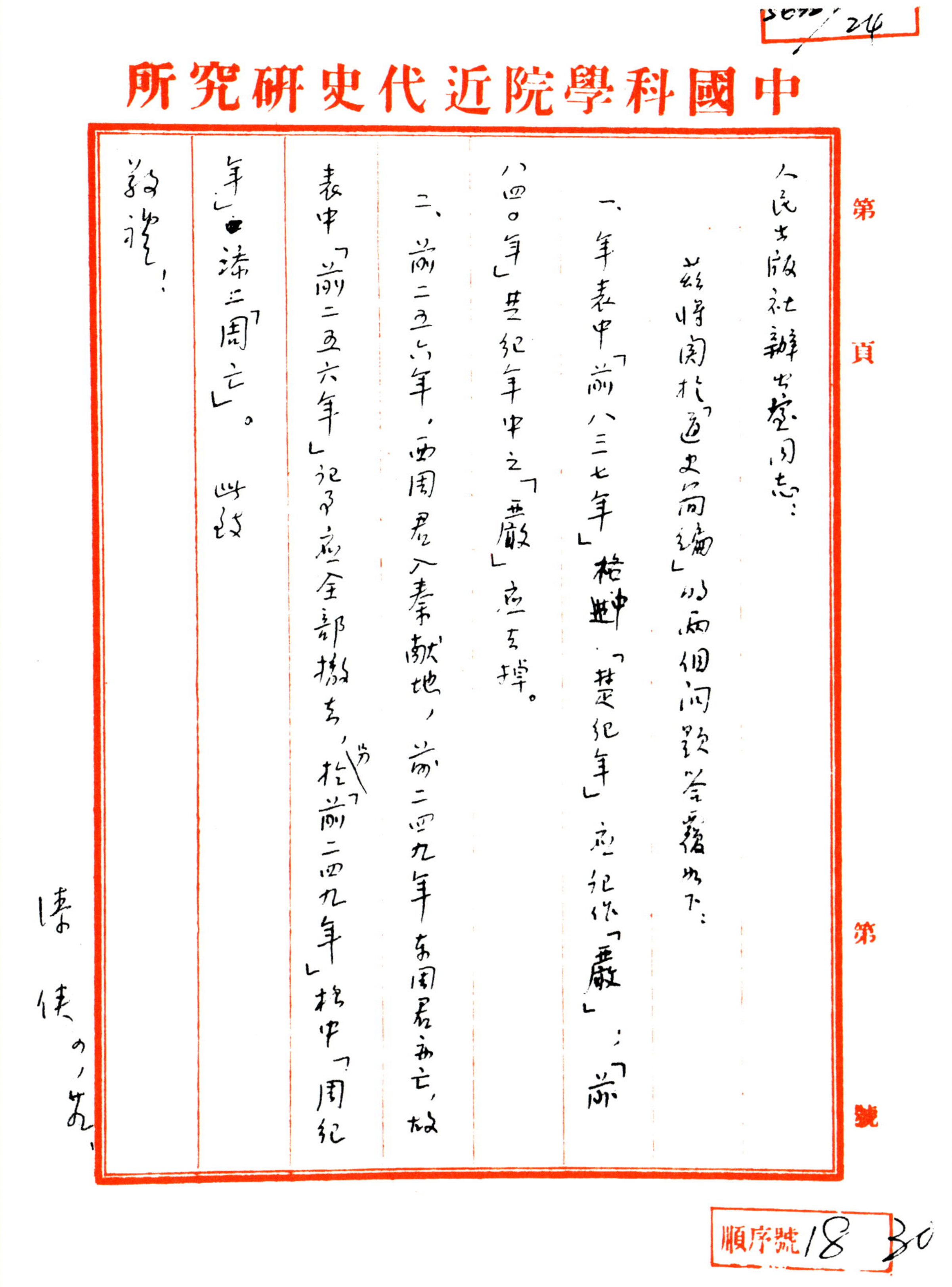

中國科學院近代史研究所

人民出版社辦公室同志：

茲將關於「通史簡編」的兩個問題答覆如下：

一、年表中「前八三七年」格中「楚紀年」應紀作「嚴」；「前八四〇年」楚紀年中之「嚴」應去掉。

二、前二五六年，西周君入秦獻地，前二四九年東周君亦亡，故表中「前二五六年」記事應全部撤去，另於「前二四九年」格中「周紀年」添注「周亡」。

此致

敬禮！

漆俠 6/1 夜

順序號 18 30

# 范用

（一九二三—二〇一〇） 时任人民出版社副社长、生活·读书·新知三联书店总经理。

这是范用关于《历史文集》一书的工作函。

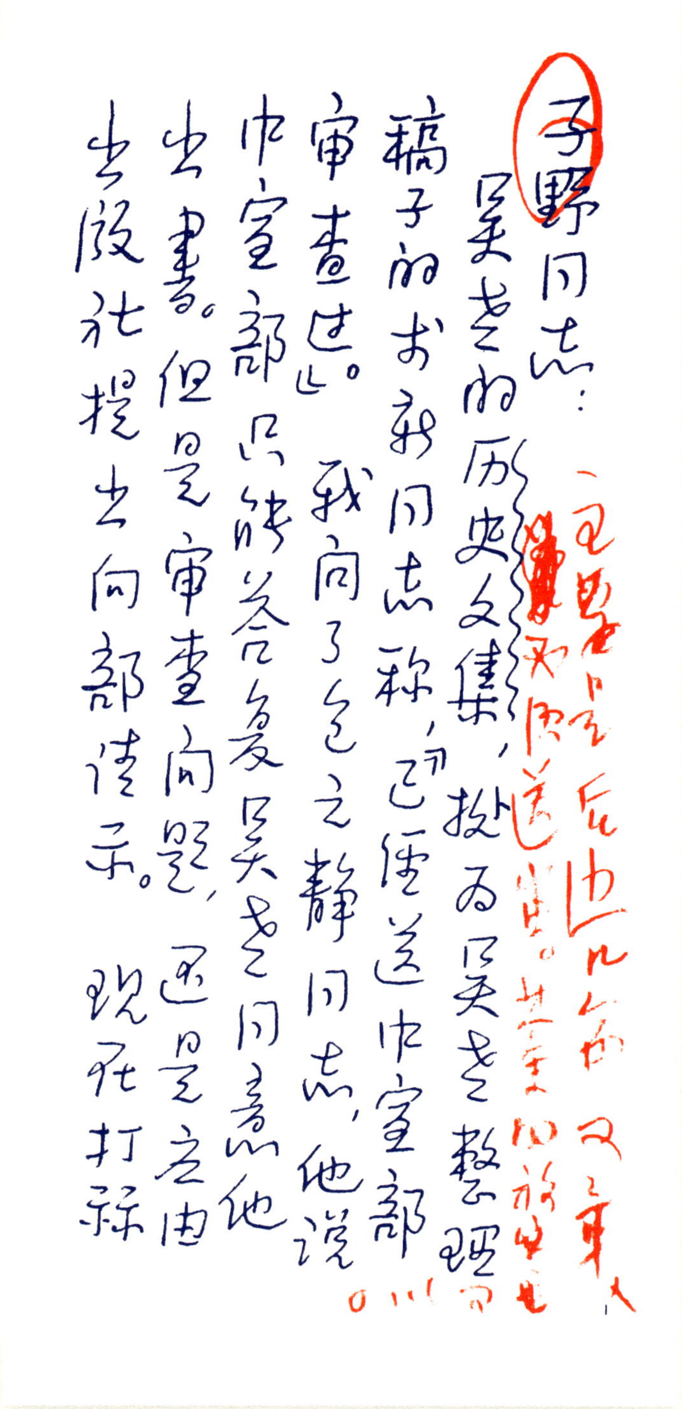

子野同志：

吴老的《历史文集》，拟为吴老整理稿子的黎澍同志称，已经送中宣部审查过。我问了邑之静同志，他说中宣部只能答复吴老同意他出书。但是审查问题，还是应由出版社提出向部请示。现在打算

把经过我们审查加工的校样送
部审查。
全稿我曾经读过三遍，是否
还有问题，没有把握，请您审
查，特别是末了的三篇。
有些文章实在没有多大意
思，如关于孙老民、武后的两篇。

我们曾经向出版社同志建议抽去，
未获同意。他说：这本文集就
是要读者看[illegible]出走过的道路。

范用 五·十六

# 董乐山

（一九二四—一九九九）时任北京第二外国语学院教师。

这是董乐山关于《第三帝国的兴亡——纳粹德国史》一书的来信。

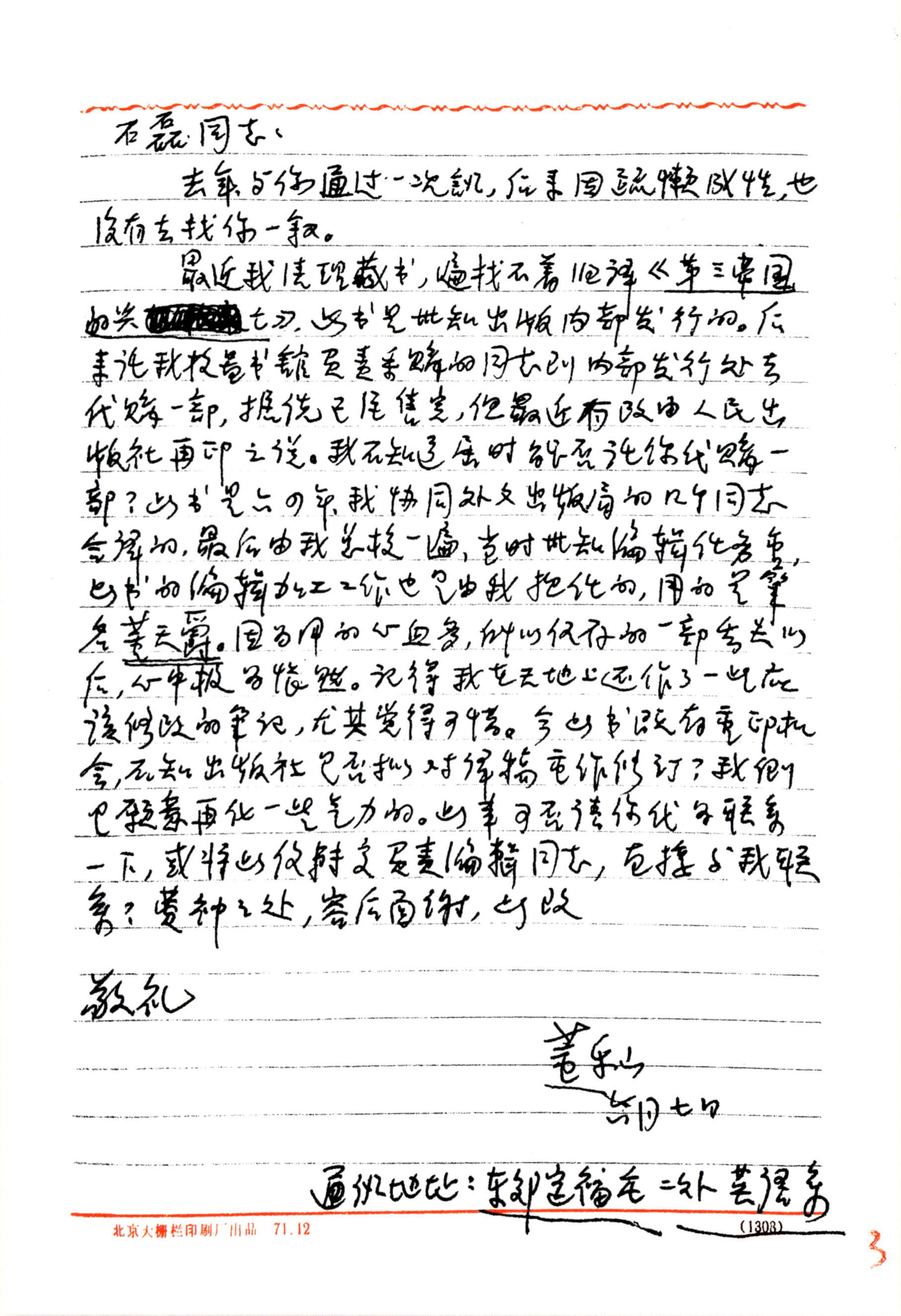

石磊同志：

去年与你通过一次电话，后来因疏懒成性，也没有去找你一叙。

最近我清理藏书，遍找不着旧译《第三帝国的兴[redacted]亡》。此书是世知出版内部发行的。后来托我校图书馆负责采购的同志到内部发行处去代购一部，据说已经售完，但最近有改由人民出版社再印之说。我不知道届时能否托你代购一部？此书是六〇年我协同外文出版局的几个同志合译的，最后由我总校一遍，当时世知编辑任务重，此书的编辑加工工作也是由我担任的，用的笔名董天爵。因为用的不是真名，所以保存的一部丢失以后，心中极为惋惜。记得我在天地上还作了一些应该修改的笔记，尤其觉得可惜。今此书既有重印机会，不知出版社是否拟对译稿作修订？我们也愿意再作一些努力的。此事可否请你代为联系一下，或将此信转交负责编辑同志，直接与我联系？费神之处，容后面谢。此致

敬礼

董乐山

六月七日

通讯地址：东郊定福庄 二外 英语系

北京大栅栏印刷厂出品 71.12 (1308)

3

# 丁守和

（一九二五—二〇〇八）　时任中共中央马克思恩格斯列宁斯大林著作编译局研究室主任。

这是丁守和关于《十月革命对中国革命的影响》一书的来信。

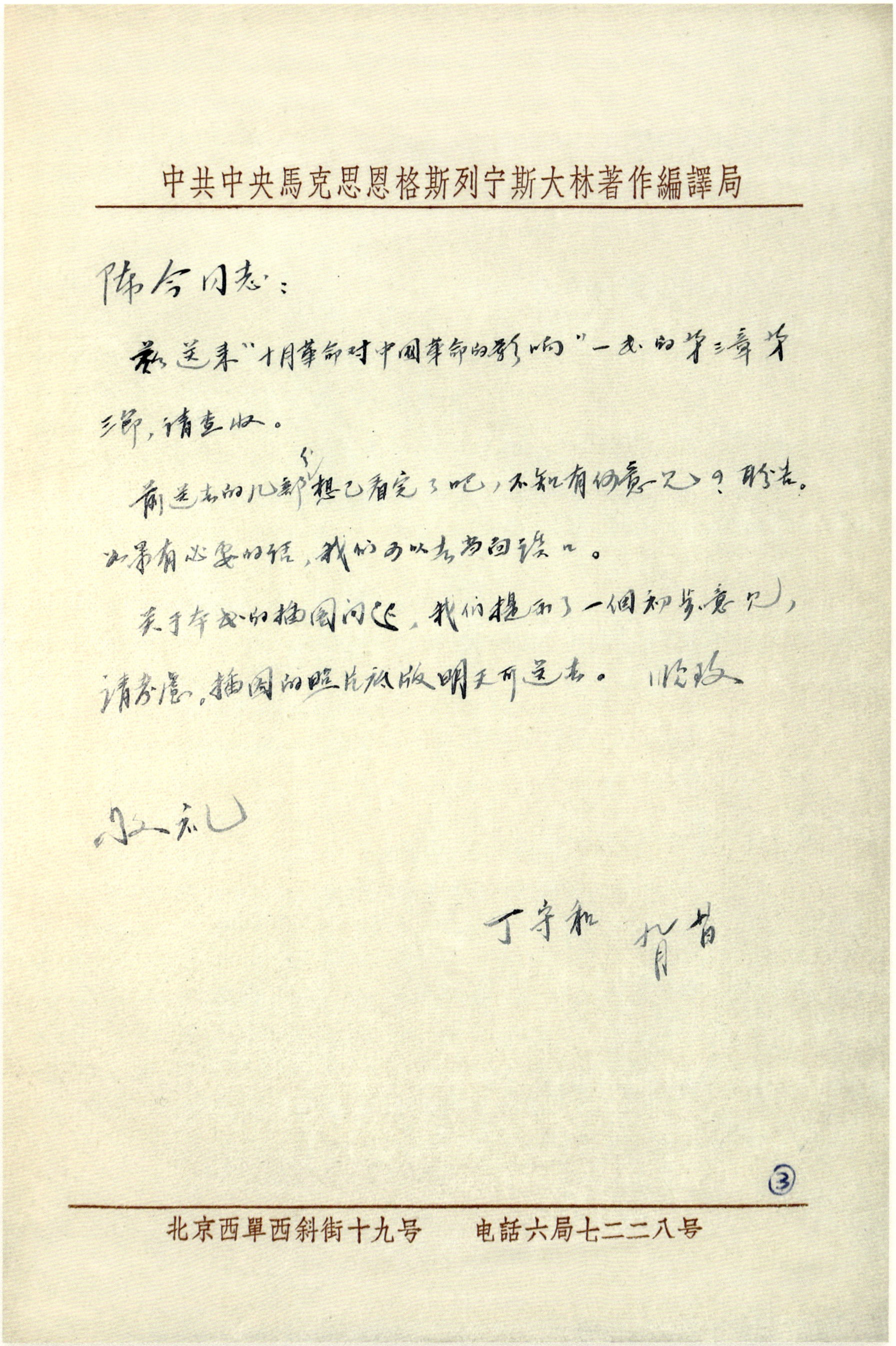

中共中央馬克思恩格斯列宁斯大林著作編譯局

陈今同志：

兹送来"十月革命对中国革命的影响"一书的第三章第三节，请查收。

前送去的几部分想已看完了吧，不知有何意见？盼告。如果有必要的话，我们可以去当面谈谈。

关于本书的插图问题，我们提出了一个初步意见，请考虑。插图的照片底版明天可送去。此致

敬礼

丁守和 [illegible]

③

北京西單西斜街十九号　电話六局七二二八号

# 李洪林

（一九二五—二〇一六）时任职于中共中央政治研究室。

这是李洪林关于《辩证唯物主义学习方法的几个问题》一书的来信。

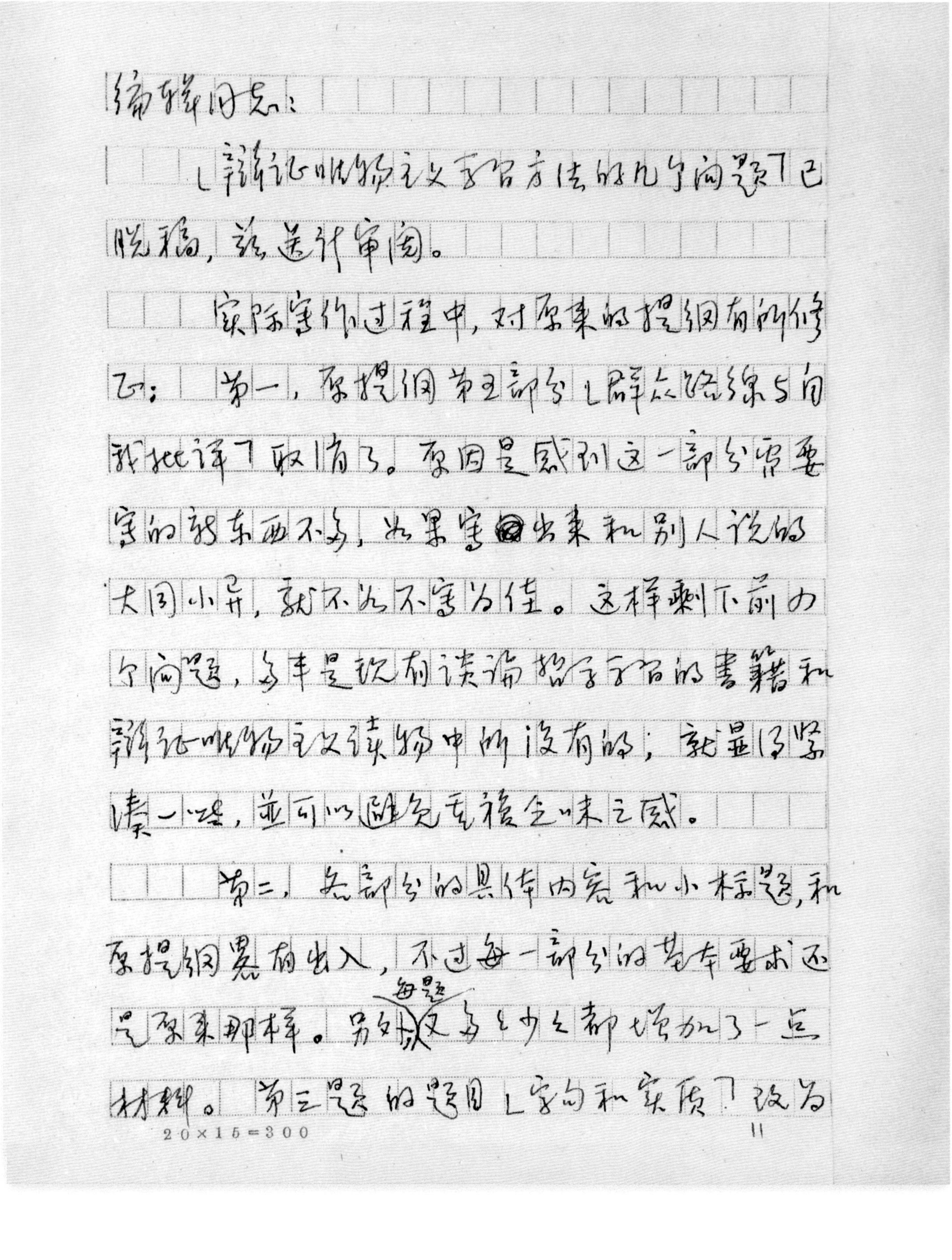

编辑同志：

《辩证唯物主义学习方法的几个问题》已脱稿，请送请审阅。

实际写作过程中，对原来的提纲有所修改：第一，原提纲第三部分《辩证路线与自我批评》取消了。原因是感到这一部分需要写的新东西不多，如果写出来和别人说的大同小异，就不如不写为佳。这样剩下前四个问题，基本是现有谈论哲学学习的书籍和辩证唯物主义读物中所没有的，就显得紧凑一些，并可以避免重复乏味之感。

第二，各部分的具体内容和小标题，和原提纲略有出入，不过每一部分的基本要求还是原来那样。另外每题文字多少都增加了一点材料。第三题的题目《字句和实质》改为

20×15=300　11

L立场，观点，方法了，内容是一样的。

这些改动你们的意见怎样？

审稿时，发现其中有不妥处，望即加修改。

此致

敬礼。

李洪林 六月廿日

20×15=300

12

尚明轩

（一九二五— ）时任职于中国社会科学院近代史研究所。

这是尚明轩关于《双清文集》一书的来信。

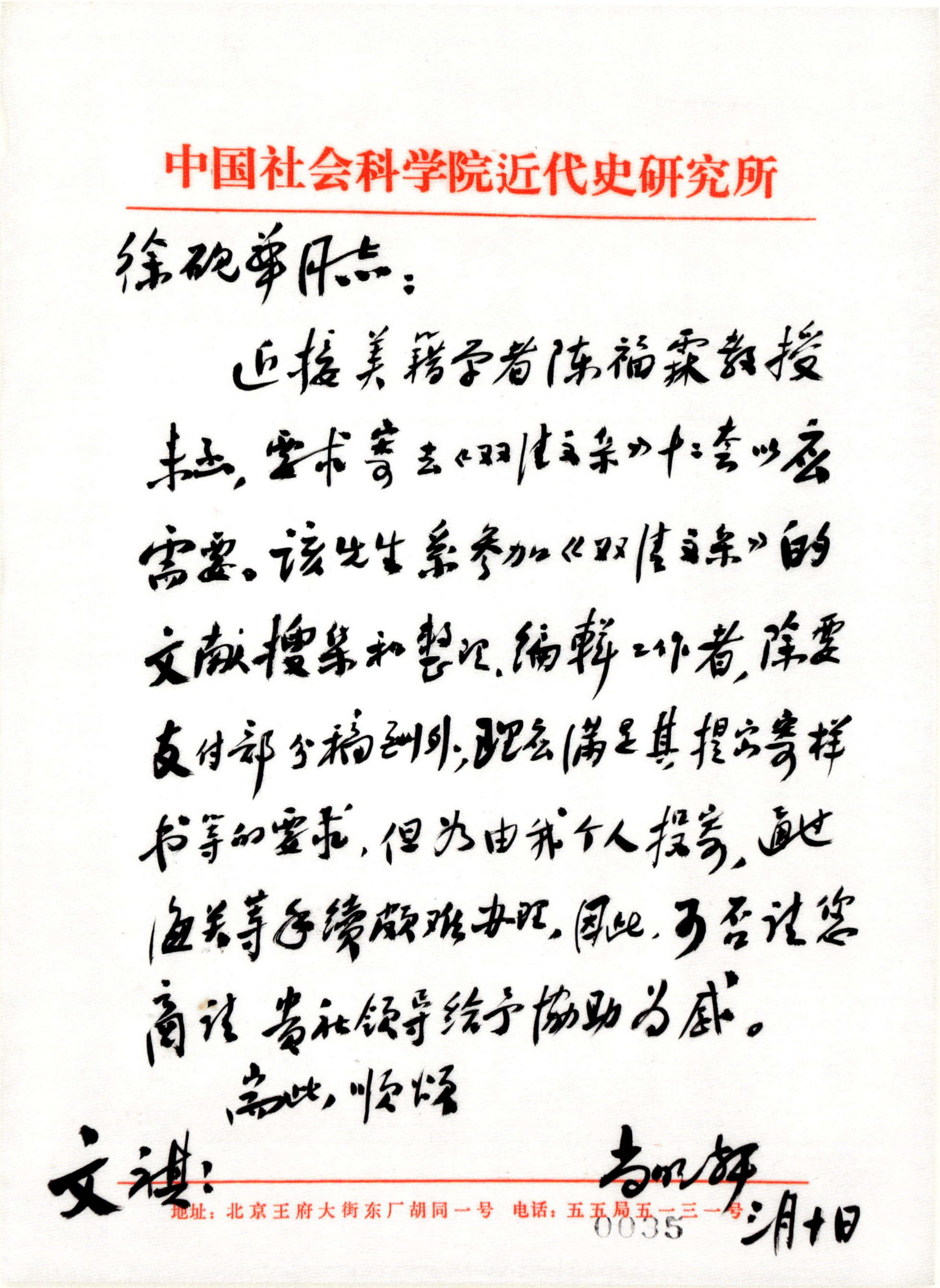

中国社会科学院近代史研究所

徐砚华同志：

近接美籍学者陈福霖教授来函，要求寄去《双清文集》十套以应需要。该先生系参加《双清文集》的文献搜集和整理、编辑工作者，除要支付部分稿酬外，理应满足其提出寄样书等的要求，但因由我个人投寄，通过海关等手续颇难办理，因此，可否请您商请贵社领导给予协助为感。

尚此，顺颂

文祺！

尚明轩

月十日

地址：北京王府大街东厂胡同一号　电话：五五局五一三一号

0035

# 胡如雷

（一九二六—一九九八）　时任河北师范学院副教授。

这是胡如雷关于《中国封建社会形态研究》一书的来信。

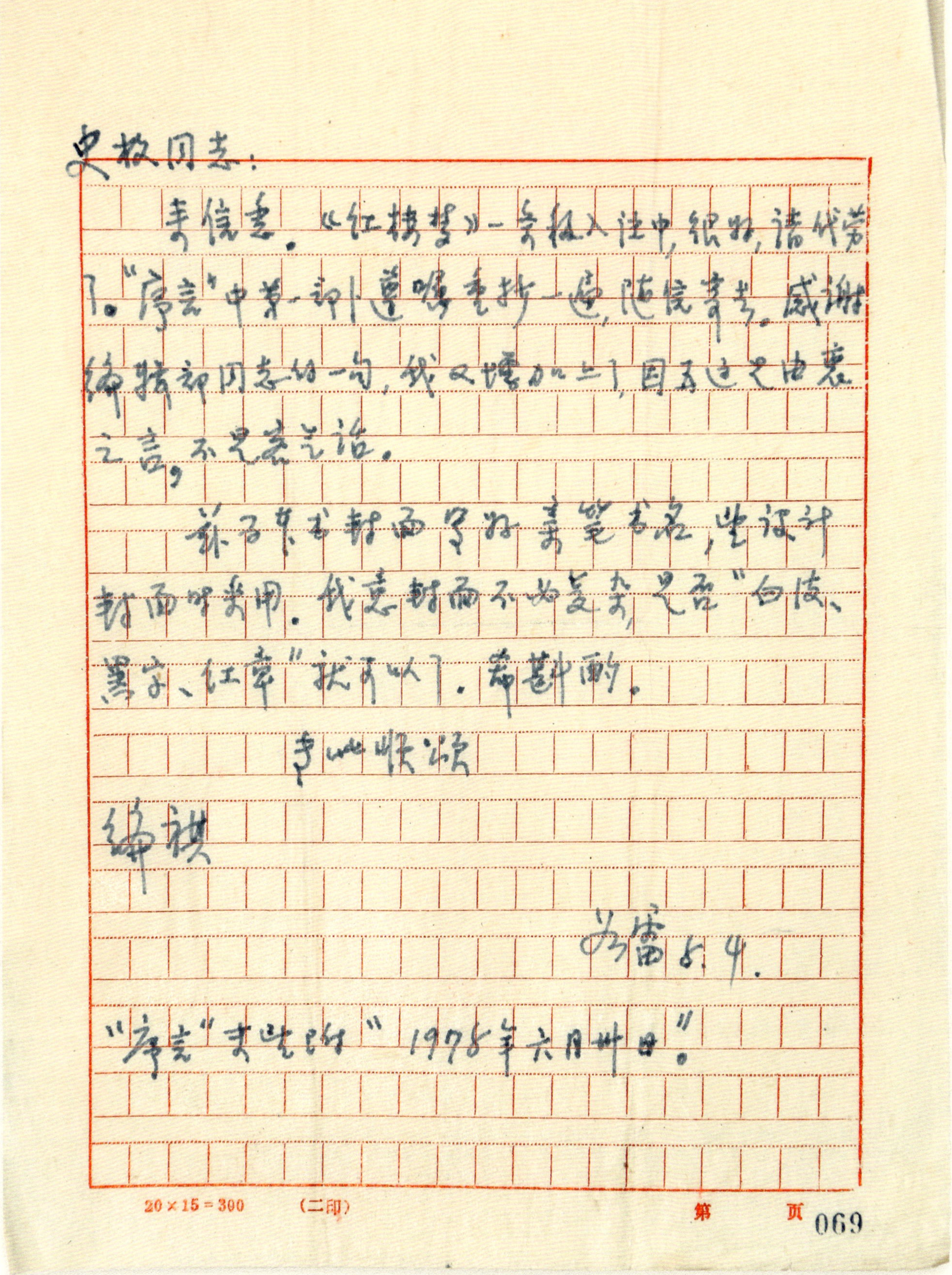

史枚同志：

来信悉。《红楼梦》一书插入注中，很好，请代劳了。"序言"中第一部分遵嘱重抄一遍，随信寄去。感谢编辑部同志的一句，我又增加了一句，因为这是由衷之言，不是客气话。

兹为本书封面写好毛笔书名，望设计封面时采用。我意封面不必复杂，只要"白底、黑字、红章"就可以了。希斟酌。

专此顺颂

编祺

如雷 5.4.

"序言"末尾附"1978年六月卅日"。

20×15=300　（二印）　第　页　069

# 苏星

（一九二六—二〇〇八） 时任红旗杂志社经济组组长。

这是苏星关于《政治经济学（资本主义部分）》一书的来信。

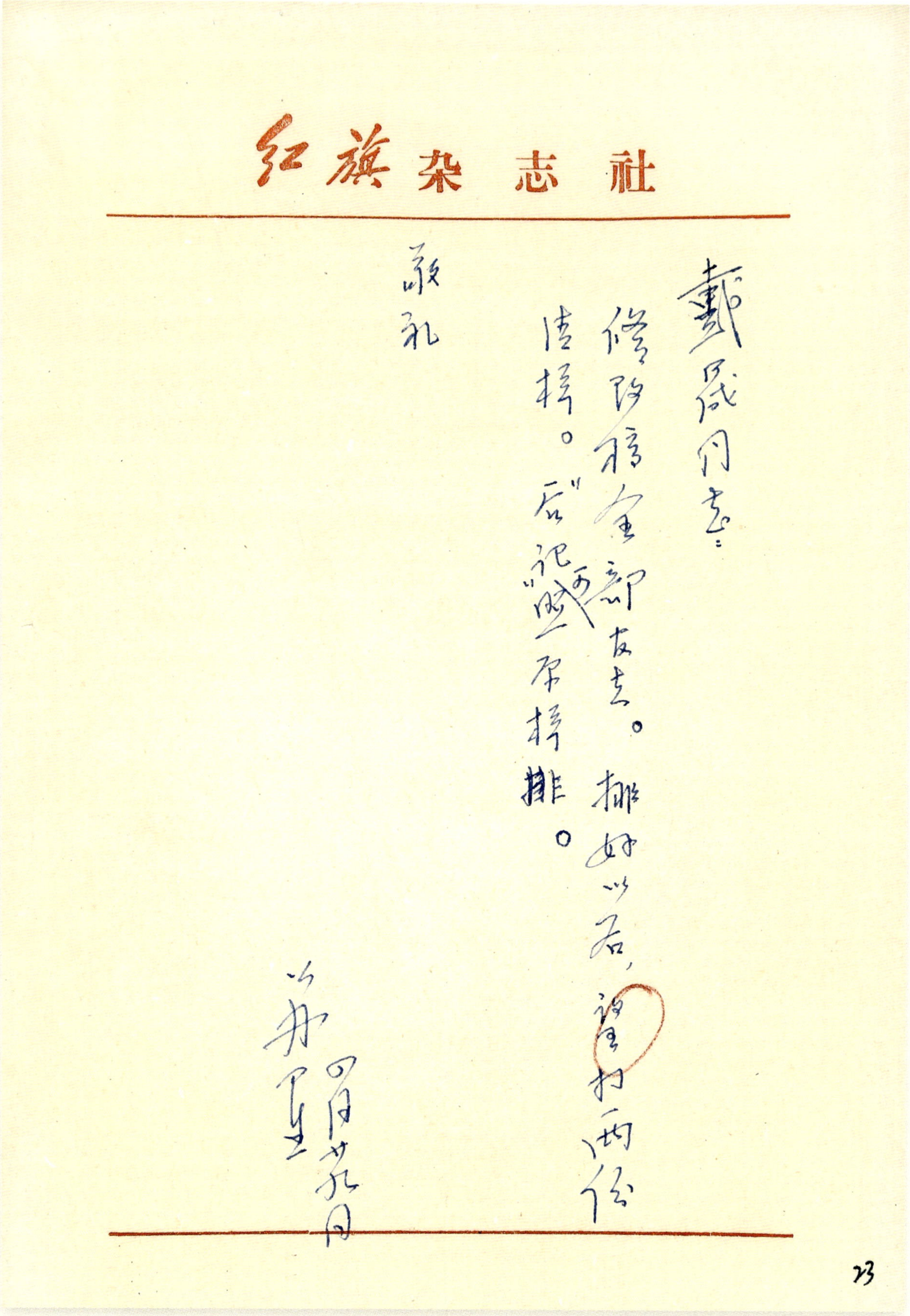

红旗杂志社

戴岚同志：

修改稿全部交去。排好以后，请打两份清样。“后记”一段照原样排。

敬礼

苏星

四月廿九日

23

## 章开沅

（一九二六—二〇二一） 时任华中师范学院教授。

这是章开沅关于《辛亥革命史》一书的来信。

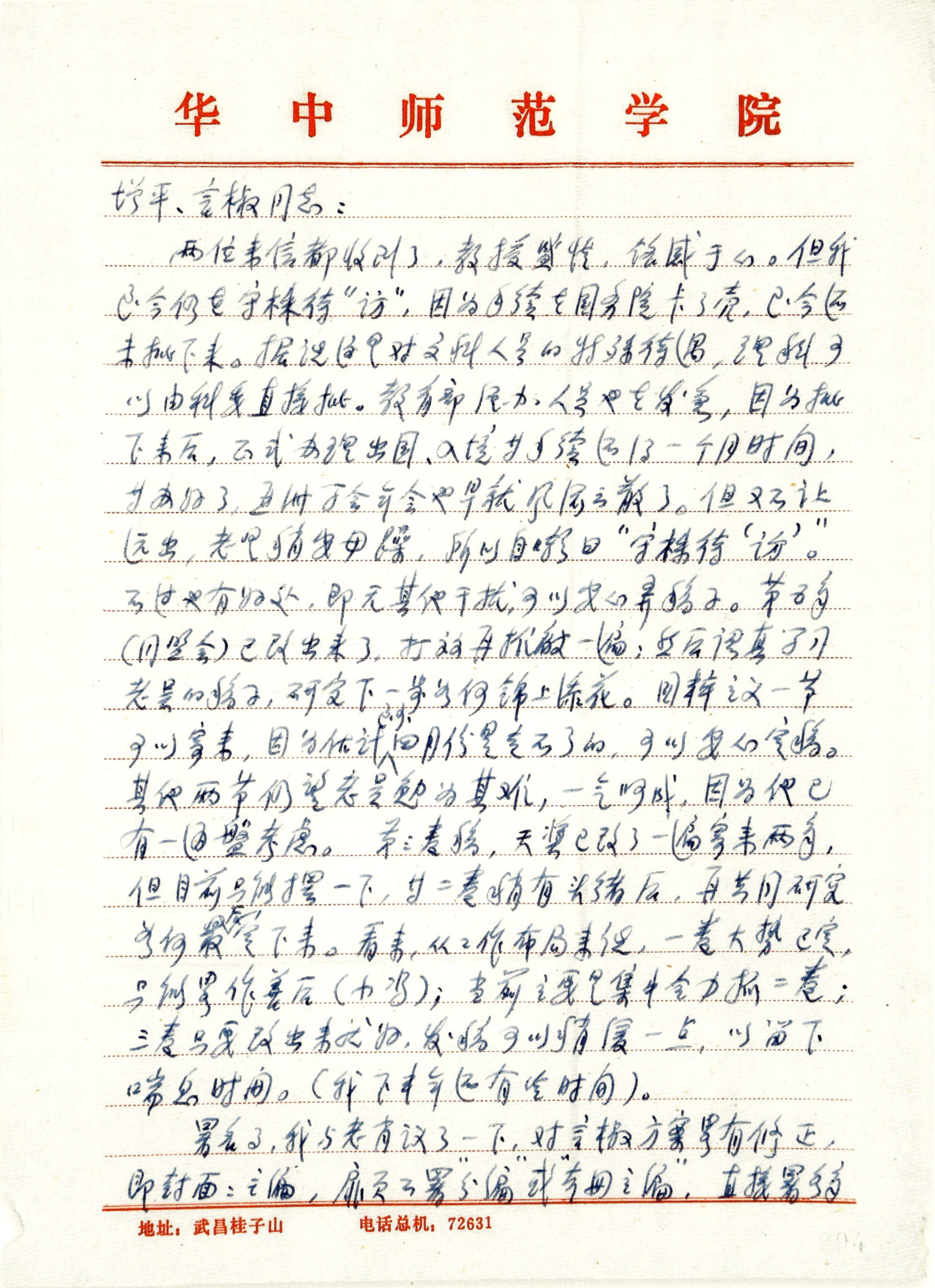
华中师范学院

增平、言楷同志：

两位来信都收到了，教授晋升，谨致于你。但我已今仍是"守株待'访'"，因为手续在国务院卡了壳，已今仍未批下来。据说过去对文科人员的出国手续偏严，理科可以由科委直接批。教育部压力大，人员也要审查，因为批下来后，正式办理出国、入境等手续还得一个月时间，等办好了，五六月间会开会也早就闭幕了。但又不让退出，老是悬着不放，所以自嘲曰"守株待'访'"。不过也有好处，即无其他干扰，可以集中精力搞稿子。第五章（同盟会）已改出来了，打算再抓紧一遍；然后读看了刀老等的稿子，研究下一步如何锦上添花。同样这一节可以寄来，因为估计四月份最后走不了的，可以集中定稿。其他两节则望老吴勉为其难，一气呵成，因为他已有一通盘考虑。第三卷稿，天翼已改了一遍寄来两章，但目前只能搁一下，等二卷稿有头绪后，再共同研究如何最后定下来。看来，从工作布局来说，一卷大势已定，只能略作善后（小改）；当前主要是集中全力搞二卷；三卷只要改出来就好，发稿可以稍后一点，以留下喘息时间。（我下半年还有些时间）。

署名问题，我与老肖议了一下，对言楷方案略有修正，即封面：主编，扉页：署"分编"或"考册主编"，直接署名

地址：武昌桂子山　　电话总机：72631

# 华中师范学院

定稿人名。（分编续于署名前面，主编除吴、徐根第一字外，不必署名）。这样例可减少层次，避免人名重复（这个问题第三册最突出，分编、编者都是两个人）。这个意见也仅供参考，还是大家商量着办，我一定遵从众意。

照著了，托直接与巴蜀、要请联系一下，那倒较为方便。不外是再写一信而已。

因为还有一段时间去校，我很想把这读书一编上册全部校样，这样或者可以再做一点零星的报告。不知是寄给我好，或是来京看好。如果能校样与我在一起看到更好，因为可以及时商量。当然，也不可能花很多时间（至多一周），因为中册定稿任务仍然很紧。

你回家途中如能过汉留一、两天，则可以面谈一切，或者我到北京看校样面谈亦可。因为一下子想不了那么周全，说也朦胧不清的问题实在太多了）。

问陈、吴、王以及其他所有老朋友好。屈指黄鹤楼再次聚叙、话会，重温京城之游，未想则孤坐江城，梦如图梦，遗憾，遗憾。 祝

会议成功

开□ 3.20.

地址：武昌桂子山 电话总机：72631

中國科學院近代史研究所

中國通史簡編修訂本第一編擬修改下列兩處，原稿未列入，請於排印時代為更正爲盼

(一)二〇九頁第五行第一字「用」改爲「要」。

(二)二二二頁「簡短的結論」第一行原文：「恩格斯說，封建戰爭在各國集權國家形成過程中乃是一種必然而合法的階段。」改爲：

恩格斯曾指出，封建戰爭在各國集權國家形成過程中乃是一種必然的合法的階段。

「說」字改爲「曾指出」，原稿字欠清。

此致

人民出版社三編室同志

近代史所 通史組 蔡美彪 謹 二、二十

第 頁 第 號

順序號 29 44

蔡美彪

（一九二八—二〇二一） 时任职于中国科学院近代史研究所。

这是蔡美彪关于《中国通史简编》一书的来信。

# 李时岳

（一九二八—一九九六）时任吉林大学教师。

这是李时岳关于《孙中山选集》一书的来信。

编辑同志：

10月30日来信收到了，知道《孙中山选集》将增订再版，很欣慰。写几点想到的意见如下，以供参考。

一、《伦敦被难记》篇幅较大而意义不大，似可抽去，或保留第一节，改题为《以和平之手段以强迫》之类。——（一人）

二、宣传"与保皇党大战"的《致黄宗仰望月山僧函》（见黄季陆主编《总理全集·函札》第99页）可选入。此外，似可酌选一些关于同盟会及历次起义的材料，如《致邓泽如及南洋同志书》之一、二、三、十五、四五等（见同上书）。

三、致"革命军兴，革命党消"和重申革命目标的《同盟会宣言》（见同上书·宣言第2页，该书认为是民国纪元前一年九月的文件，实误，当为1911年末或1912年初），可选入。

四、革命失败后表示"此身尚存，此心不死"的《致邓泽如及南洋同志书》之四八，解释中华革命党章程的《致吴稚晖函》（见高越辑《中山丛集·四》第35页）和《中华革命党宣言》可选入。

五、显示孙中山在实践中求进步的《国[illegible]手续》（黄编，演讲乙，第30页）和国民党改组前较完整地阐述革命观点的《三民主义之具体办法》（黄编，演讲甲，第8页）、《修改章程之说明》（黄编，演讲丙，第11页）和《中国国民党宣言》（黄编，宣言，第37页）亦可考虑选入。

此外，1912年孙中山的演讲可以再考虑一下选那些，列宁《中国的民主主义与民粹主义》所评的文章，真如《中国之第二步》（见黄编，论著，第113页）似有选入的必要。综述旧民主主义革命经验的《中国革命史》，也可考虑选入。而《建国方略》的《社会建设——民权初步》实无选入的价值，可抽去，《物质建设——实业计划》的意义也不大。《建国方略》保留《孙文学说》即可

以上为上册。（又，《[illegible]》、《[illegible]之通电》可抽去）

118

下册的《致蒋介石手札》第二札以下都可以抽去，另选入《北伐中之三帅令》之三（见第1编、宣言第92页）。

下册中以演讲辞的篇幅为最大，因为对原来的选辑标准、意图不大了解，不敢妄议得失。

如能从演讲辞中选辑一篇《关于十月革命》，再选辑一篇《打破帝国主义》（仿照辑毛主席《论帝国主义和一切反动派都是纸老虎》的体例），似颇有意义，也能将演讲辞中的精华都辑出，而免于冗长之累。

以上意见都未经深思熟虑，请酌裁。

致

敬礼

李时岳 11.6.

来信可逕寄 长春市柳条路23号。

（一九三〇— ）时任中国社会科学院哲学研究所副所长。

这是邢贲思关于《哲学和启蒙》一书的来信。

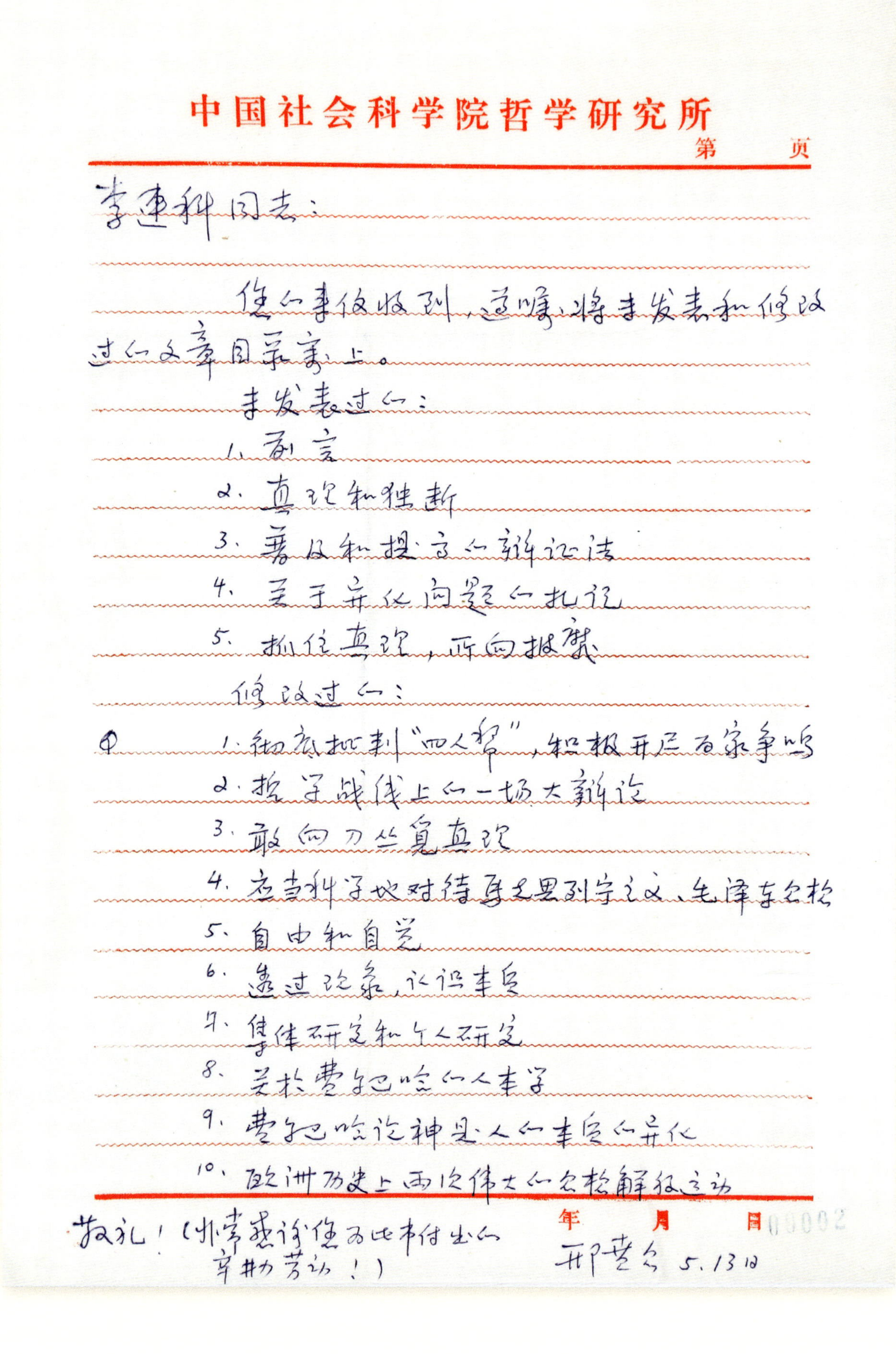

中国社会科学院哲学研究所
第　　页

李连科同志：

您的来信收到，这些将未发表和修改过的文章目录寄上。

未发表过的：

1、前言

2、真理和独断

3、普及和提高的辩证法

4、关于异化问题的札记

5、抓住真理，面向根据

修改过的：

1、彻底批判“四人帮”，积极开展百家争鸣

2、哲学战线上的一场大辩论

3、敢向刀丛觅真理

4、应当科学地对待马克思列宁主义、毛泽东思想

5、自由和自觉

6、透过现象，认识本质

7、集体研究和个人研究

8、关于费尔巴哈的人本学

9、费尔巴哈论神是人的本质的异化

10、欧洲历史上两次伟大的思想解放运动

年　月　日 00002

敬礼！（非常感谢您为此书付出的辛勤劳动！）

邢贲思 5.13日

（一九三〇— ）时任职于文化部政策研究室。这是金冲及关于《孙中山文集》一书的审稿意见。

# 金冲及同志对编《孙中山文集》的意见

一

《孙中山选集》原来的本子，这次把它翻了一遍，觉得还是编得好的，是可以作为这次修订的基础的。原来选文的标准看来是两条：一个是孙中山一生最有代表性的重要作品；一个是从中突出他反对帝国主义、主张耕者有其田、实行革命的三大政策等方面的作品。这样，既能看到他的生平和思想演变和发展过程，又突出了对今天有积极意义的东西。这个标准，我认为是正确的，也是这次修订时仍可采用的。

有几点具体意见供参考：

一、孙中山作品中还有些表现了他的反对帝国主义、反对改良主义和革命精神的作品，似可补入，如《北伐进行中之三民主义》之五、《三民主义是打破旧思想的主义》（又题《打破旧思想要用三民主义》）、《军人精神教育》（可用第一课《精神教育》）、《革命军的真精神》（又题《革命军不可想升官发财》）、《世界新道德之潮流》、《致保皇报》等。

二、原集中有几篇主要表现了他思想上的消极方面而意义又不很大的，可删，如《和平统一之通电》、《辞去总统职后对外宣言》。

三、如果《文集》需要把孙中山一生各历史时期最有代表性的作品收入，那就要补《中华革命党总章》、《中华革命党誓约》（《中国革命史》亦可考虑）。如果不需要，那么连《上李鸿章书》、《伦敦被难记》也可删去。在这两种考虑中，我是倾向于前者的。

四、对孙中山最重要的代表作似不宜更动。如《建国方略》中的《民权初步》虽内容琐碎，但还以保留为宜。

五、《选集》中图片第二幅《一九〇五年在日本与同盟会会员合影》，孙中山右侧为谭人凤，谭右为章炳麟。据：章、谭都是在一九〇六年到达日本的。如果我没有认错的话，这幅照片就不可能是一九〇五年拍摄的（当在〇六、〇七之交）。

因为翻得很潦草，许多文章没有细看，意见可能提得不恰当，仅供参考。

金冲及

1965.11.22

# 厉以宁

（一九三〇— ）时任北京大学经济系教师。

这是厉以宁关于《社会主义政治经济学》一书的来信。

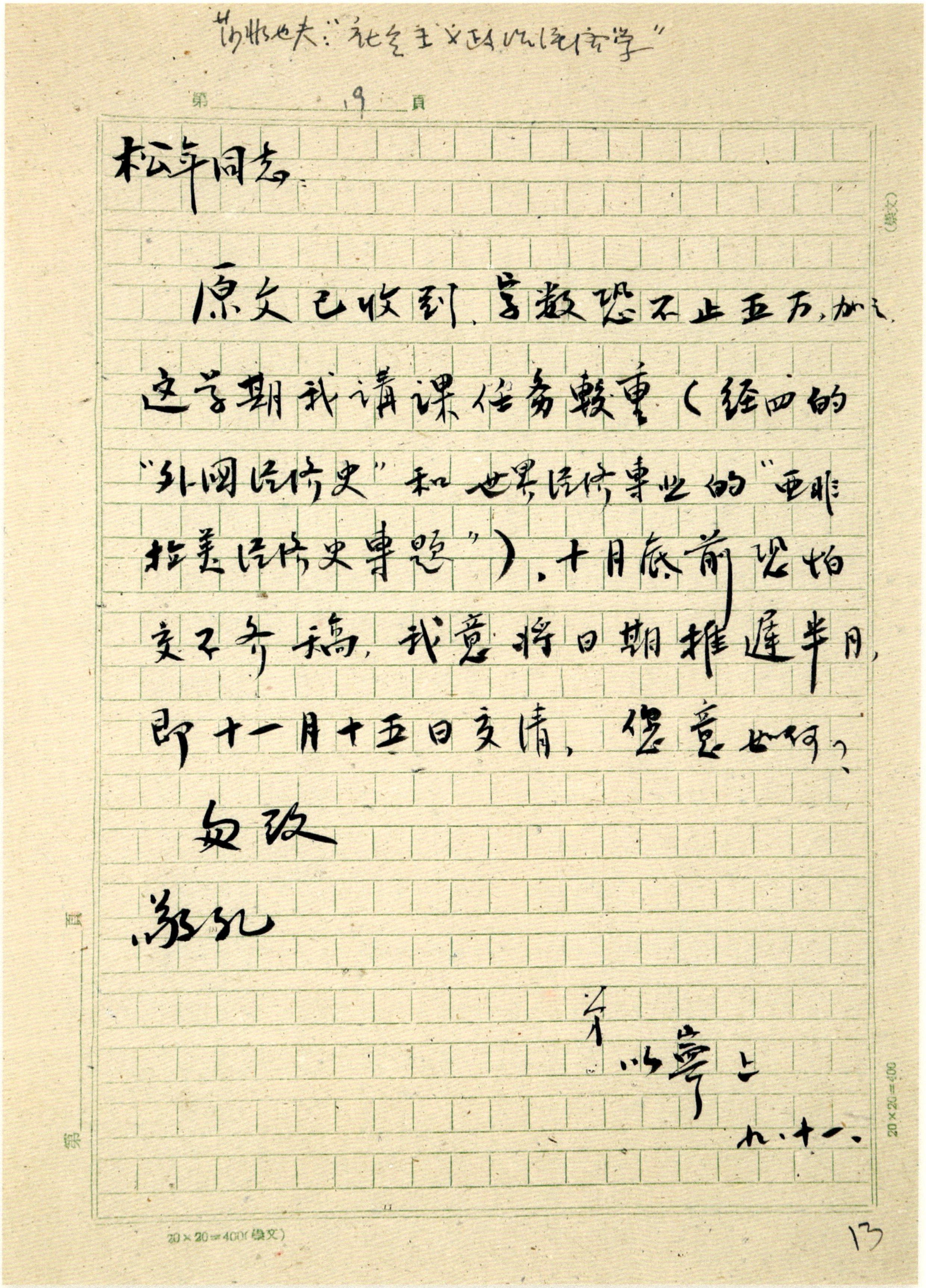

[illegible]彬也夫：“社会主义政治经济学”

第 19 頁

松年同志：

原文已收到，字数恐不止五万，加之这学期我讲课任务较重（经四的“外国经济史”和世界经济专业的“亚非拉美经济史专题”），十月底前恐怕交不齐稿，我意将日期推迟半月，即十一月十五日交清，您意如何？

匆致

敬礼

厉以宁上

九.十一.

20×20=400（綠文）

13

# 汝信

（一九三一— ）时任职于中国科学院干部培养局。

这是汝信关于《普列汉诺夫的哲学观点》一书的来信。

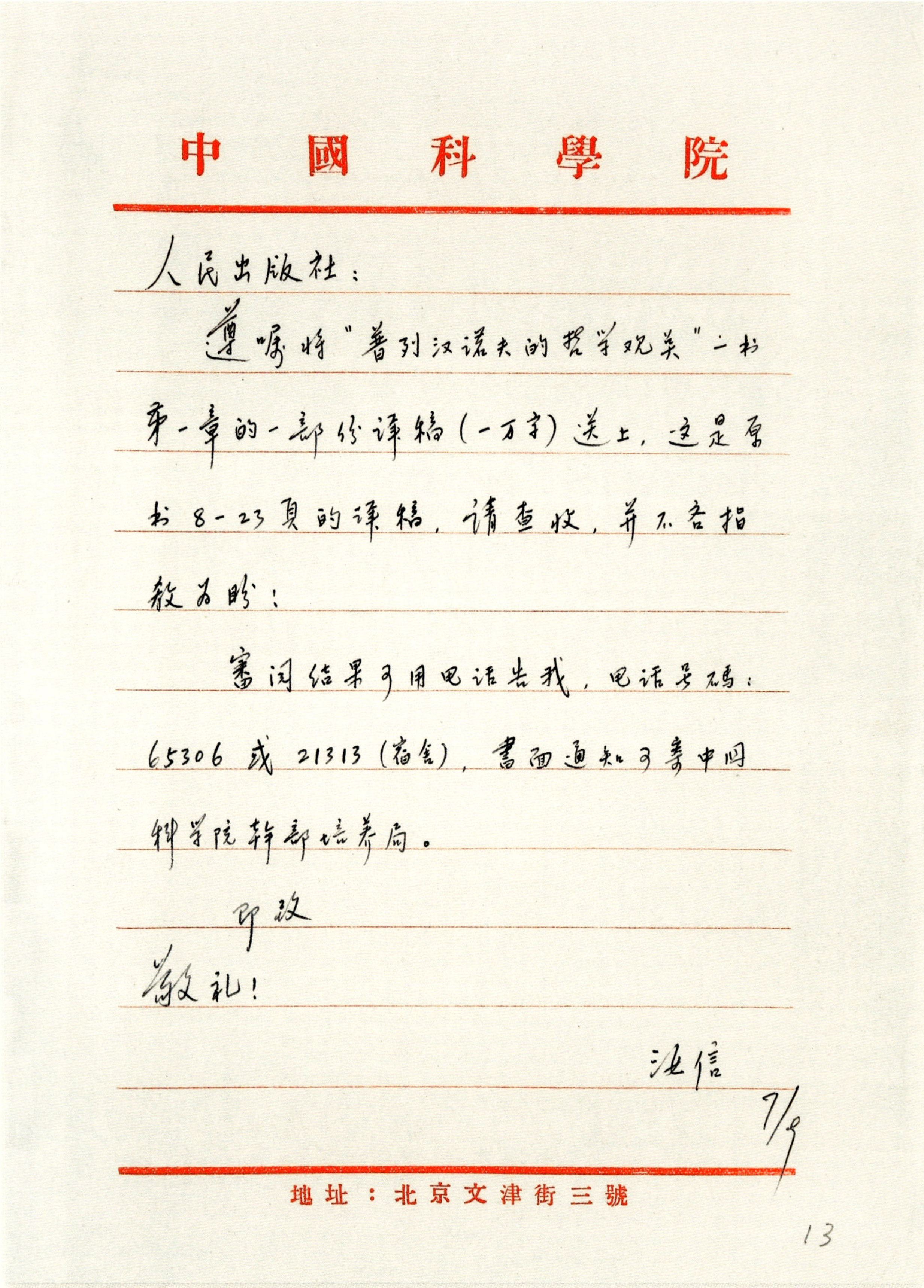

中國科學院

人民出版社：

遵嘱将"普列汉诺夫的哲学观点"一书第一章的一部份译稿（一万字）送上，这是原书8-23页的译稿，请查收，并不吝指教为盼！

审阅结果可用电话告我，电话号码：65306或21313（宿舍），書面通知可寄中国科学院干部培养局。

此致

敬礼！

汝信

7/9

地址：北京文津街三號

13

## 马克垚

（一九三二—　）时任北京大学教授。这是马克垚关于《西欧封建经济形态研究》一书的来信。



小杨同志：

6月28日的信，因几天未到系里，昨日才收到。兹将《西欧封建经济形态研究》的稿子进展情况如下：

过渡、庄园、农奴（这三章原稿已送给你们）土地制度、公社、城市（这三章打印稿未寄给你们，因考虑到你们没时间看原稿）都已重新改过。其中城市一章分为城市与商业两章。但第三章原拟写的前封建制国与西欧关系不大，决定取消，第二章封建化也已写好。现在只剩最后一章人口，写完后再通一下，计划在假期中完成。但因8月份要到青岛开会，可能误点时间。但无论如何十一前可以把全稿交你们审查。

你们提出的与《欧亚封建社会比较研究》合并一事，恐怕不行，因为这根本是两本书两回事，没有什么可能合并。

你们提出内容可能有重复问题，肯定不会

①我的书是从整个西欧写的，取材多在英、法、意、德，是从典型取材，朱寰的书，是四个国家四个人（朱写俄国，姜伯勤中国，孙义学日本，我英国）材料偏重在亚洲，英国占不到1/4。

②体例上，理论上，两本书绝不相同，一个是单一的典型解剖，另一个是四个典型的比较，例如，庄园在西欧是典型形态，我的书中单列一章，但在另一本书中，庄园能否占到一节都有问题，因为中国庄园已差不多是空论，日本的庄园、俄国的вотчина与英国的庄园也很不相同。

③这两本书，一本是我自己写的，一本是我参加的，如果内容重复，岂不成了一稿两用，或者改头换面以欺世盗名吗？这是常识。

是一个人的工作态度、工作道德问题，不能含糊的。

关于两书相隔时间问题。

我觉得要错开的。因为我的书已经完稿，而我们的那项国家任务连提纲还没有。朱寰同志和我口头谈过拟写土地制、农民、城市三方面，但如何写，问题还很多，计划8月份到长春四个人好好讨论，确定大纲。按六五规划，我们应于八五年送交手稿的。我准备今年暑假后动手认真做这项工作。如果上一本书未完，我也不敢接这个任务。既然这本书连提纲还未定，怕也不好谈出版的事吧！不知朱寰同志和你们谈那些？他未和我谈过。我以为一本书应该有个眉目，再谈出版问题。何况国家项目还有人层层审查呢？

你们出版工作的难处，我确也略知一二，但总的说来，世界史学科的书出的很少，通史、国别史还略有几本，专门性著述断代史数不出几本来，所以，从我这个角度看，世界史出书工作还应加强，不应削弱。

我的意见就是这些，不知你们那里还有什么问题，什么顾虑，希望直言不讳地告我，可把我的意见告陈世隆同志。如还有问题，信中不便说或说不清，也可约时间面谈。

匆复。

此致

敬礼

马克垚

1983.7.7.

北大附中二号楼203号





马克垚

# 苏双碧

（一九三三—二〇二一）时任《光明日报》高级编辑。

这是苏双碧关于《关于历史发展动力问题的讨论》一稿的来信。

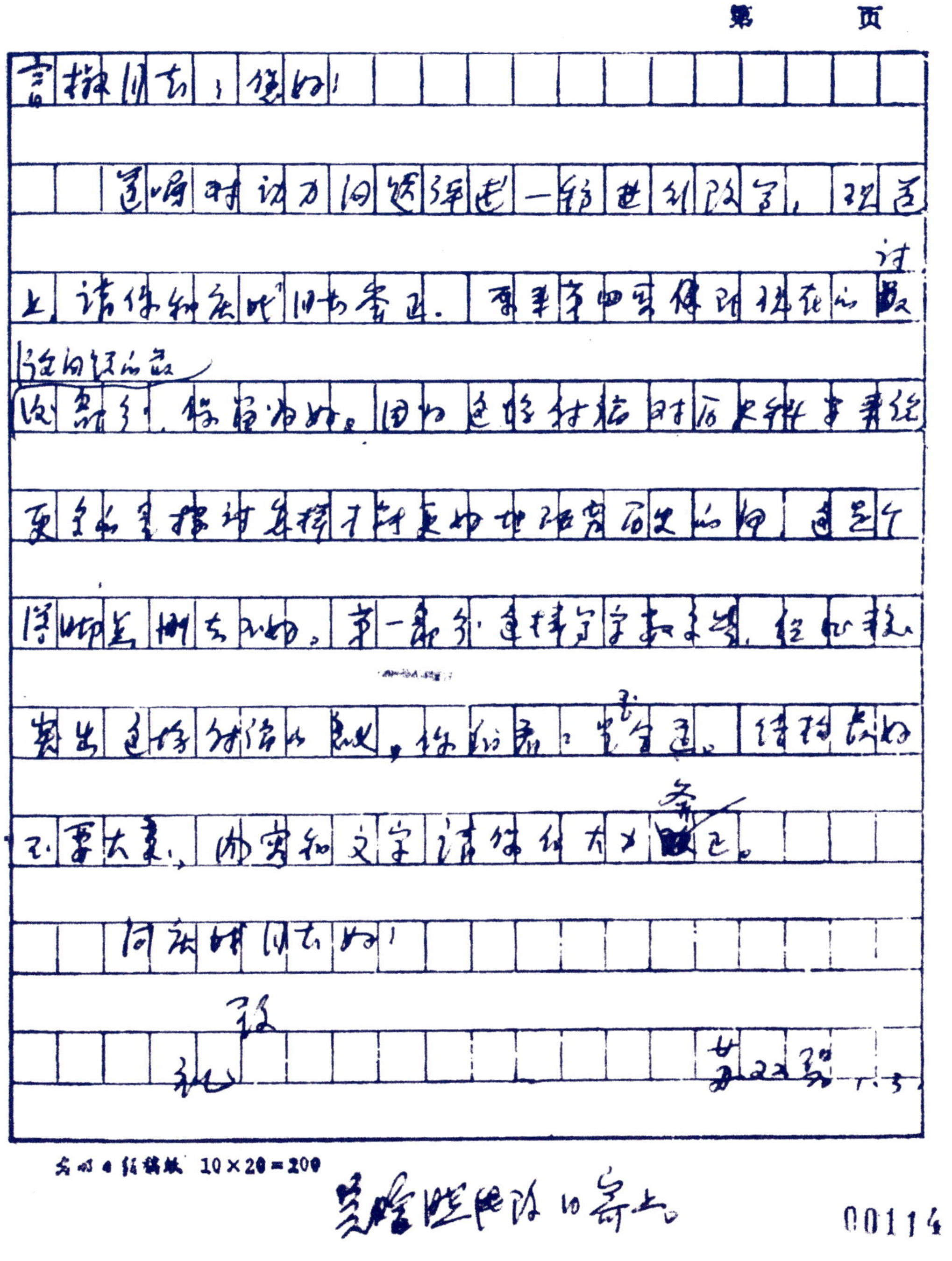

# 叶秀山

（一九三五—二〇一六）　时任职于中国社会科学院哲学研究所。

这是叶秀山关于《前苏格拉底哲学研究》一书的来信。

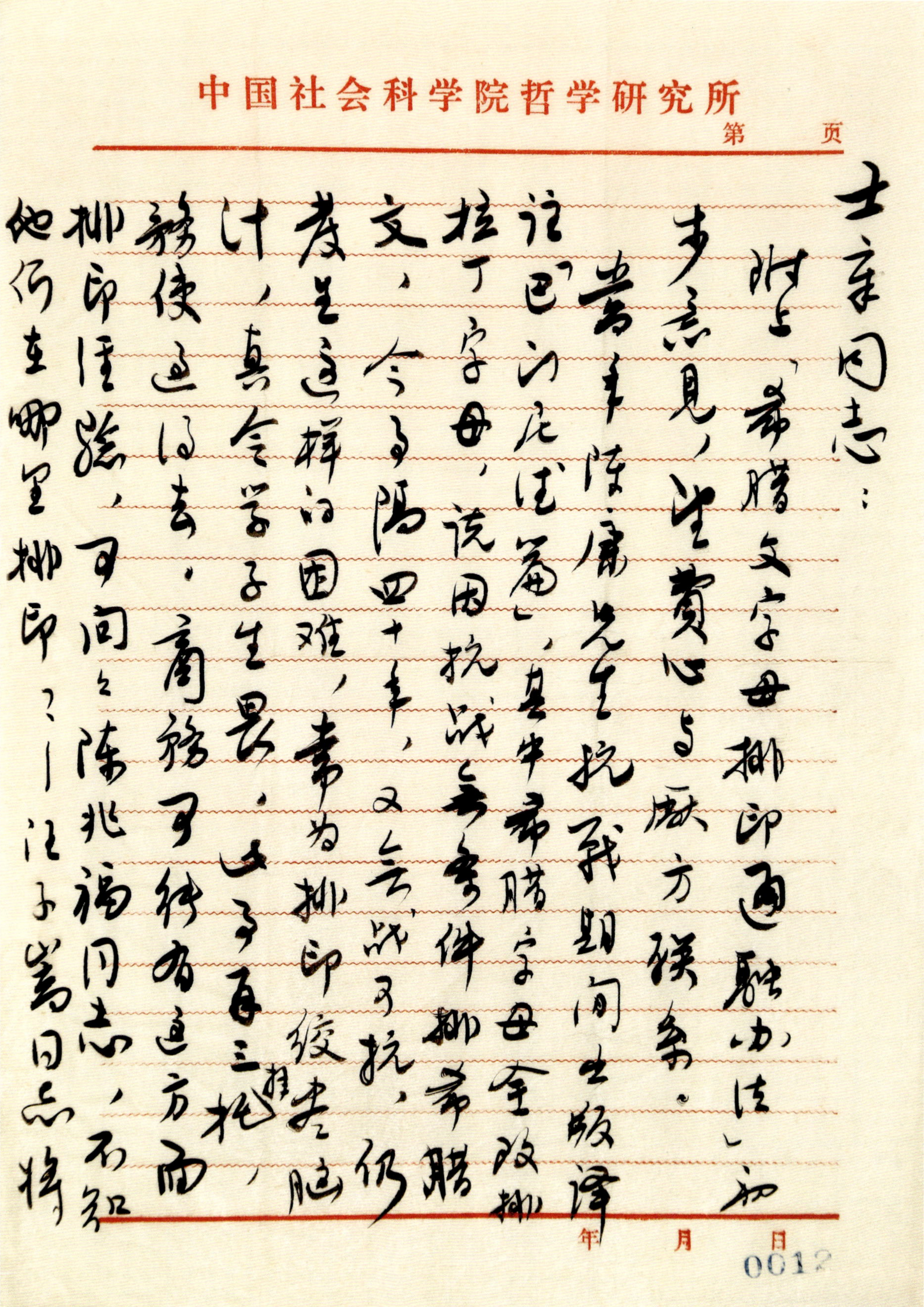

中国社会科学院哲学研究所

第　　页

士宗同志：

附上《希腊文字母排印通融办法》和步点见，望费心与厂方联系。

当年陈康先生抗战期间出版译注《巴门尼德篇》，其中希腊字母全改排拉丁字母，说因抗战无希腊排印文，今事隔四十年，又无战事，仍发生这样的困难，希为排印绞尽脑汁，真令学子生畏。此事再三拜托，务使通得去。商务可转有关方面排印经验，可问问陈兆福同志，不知他们在哪里排印？——汪子嵩同志将

年　　月　　日

0012

中国社会科学院哲学研究所

第　页

陈康书中拉丁文全恢复为希腊文，交商务了，不知他们预备怎样印；可以向他们打听一下。那本毛主席语录（现代希腊文——字母完全一样，符号也全）据说找不到了，也可能是上海外文出版社印的，因上海外语学院有现代希腊文这个专业，亦望打听一下。此事给你增添不少麻烦，只得等回来后好好谢谢你，一切费心。已去信蒋述正同志，请他注意署名责任编辑问题。专此 祝

好！并

小宋同志安好！

[illegible]

十一日

年　月　日

0013

# 方克立

（一九三八—二〇二〇）时任南开大学讲师。

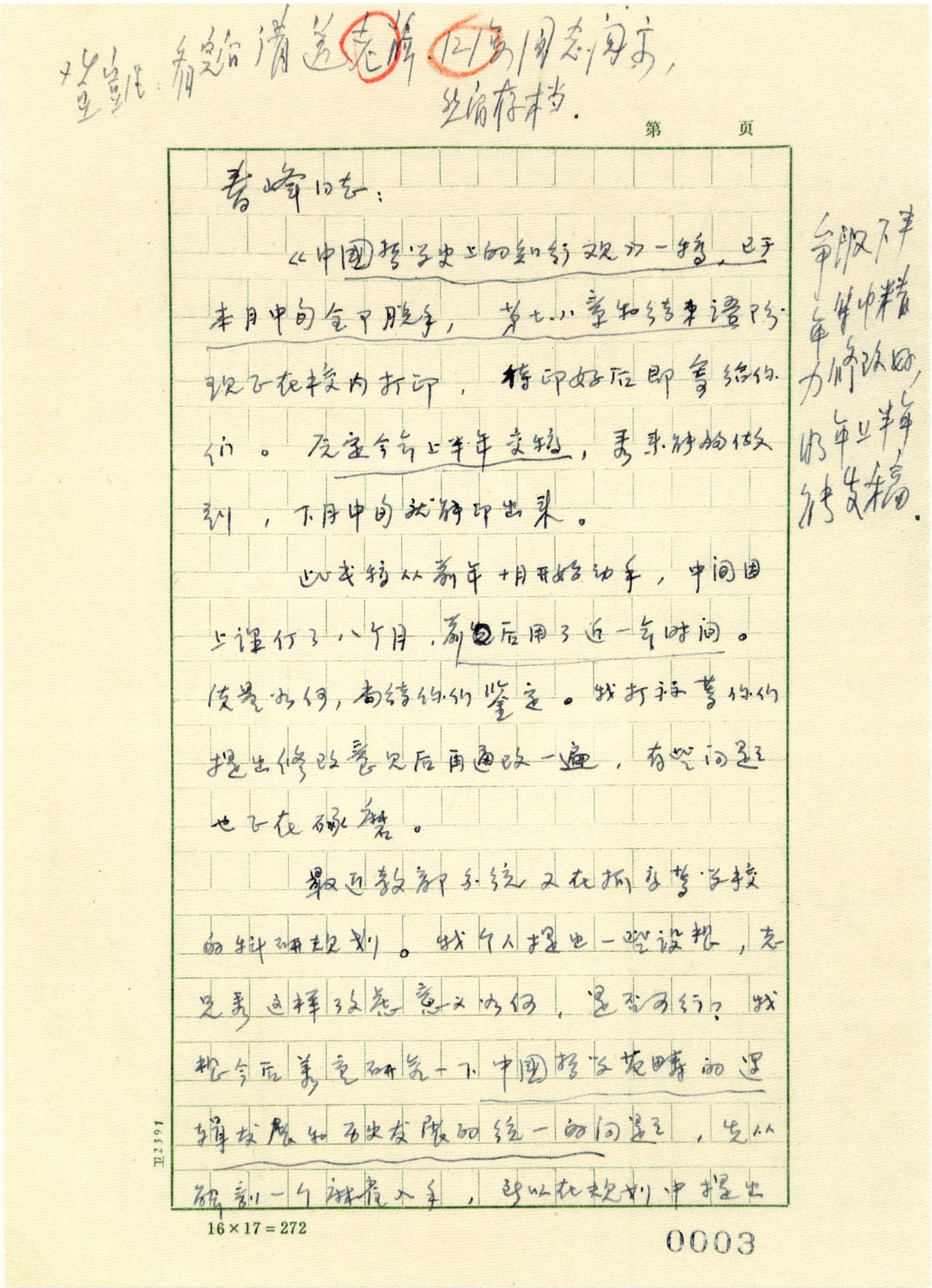

看完后请送克立（12/6）同志阅示，然后存档。

第　页

青峰同志：

《中国哲学史上的知行观》一稿，已于本月中旬全部脱手，第七、八章和结束语阴现正在校内打印，待印好后即寄给你们。定稿今年上半年交稿，要求能够做到，下月中旬就能印出来。

此书稿从前年十月开始动手，中间因上课停了八个月，前后用了近一年时间。质量如何，有待你们鉴定。我打算等你们提出修改意见后再通改一遍，有些问题也正在琢磨。

最近教部系统又在搞高等学校的科研规划。我个人提出一些设想，不知要这样改为意义如何，是否可行？我想今后著重研究一下中国哲学范畴的逻辑发展和历史发展的统一的问题，先从编写一个辞典入手，可以在规划中提出

争取下半年年中稍加修改好，明年上半年付发稿。

卫2391

16×17=272

0003

这是方克立关于《中国哲学史上的知行观》一书的来信。

的第一个题目是《王夫之哲学范畴研究》。我已初步整理了王夫之的三十多对哲学范畴的资料，他是一个总结性人物，对先秦以来的许多重要哲学范畴都有所批判继承和改造，而且能构成他的哲学范畴体系。从他入手，不会一开始就把自己的眼界限制得太狭窄。下一个题目就叫《中国哲学的逻辑发展和历史发展》，这就不知要到多少年以后才做得出来了。不过，有了个大目标，具体工作的每一步做起来方向都会明确些。

这两年来，因爱人在北京上学，我的家务较重，自带小孩子，所以极少外出。和朋友们接触少了，思想闭塞，闭门造车，未必能符合要求。上述想法是否有意义？是否可行？望不吝指教。你的工作岗位，较能通观全局，咱们又是数十年的老朋友，

不要以篇幅为虑，是否可以扩大，包括张载等宋明时期的重要唯物论哲学家，以便从多方面剖析宋明唯物主义哲学的发展。单独王夫之的不够系统，且难以充分地体现历史与逻辑统一的思想。

这样的题目是有意义的，可以鼓励他写好。着列入他们的科研规划，和他们可以保持联系，有条件就组稿。

你的来信将对我的决心起决定性作用。

方华于四月份又来南开一次，谈谈我的问题。目前的结果不太美好，南开党委的答复是"暂不考虑"。折腾了一年多，我个人真是感到一点办法也没有，不能回北京工作，将是终生憾事。当然，在南开也不是呆不下去，目前也只能如此，工作还是得做。

顺问江海、德惠均好。

即请

夏安

克立　五月三十日

卫2391

16×17=272　　0005

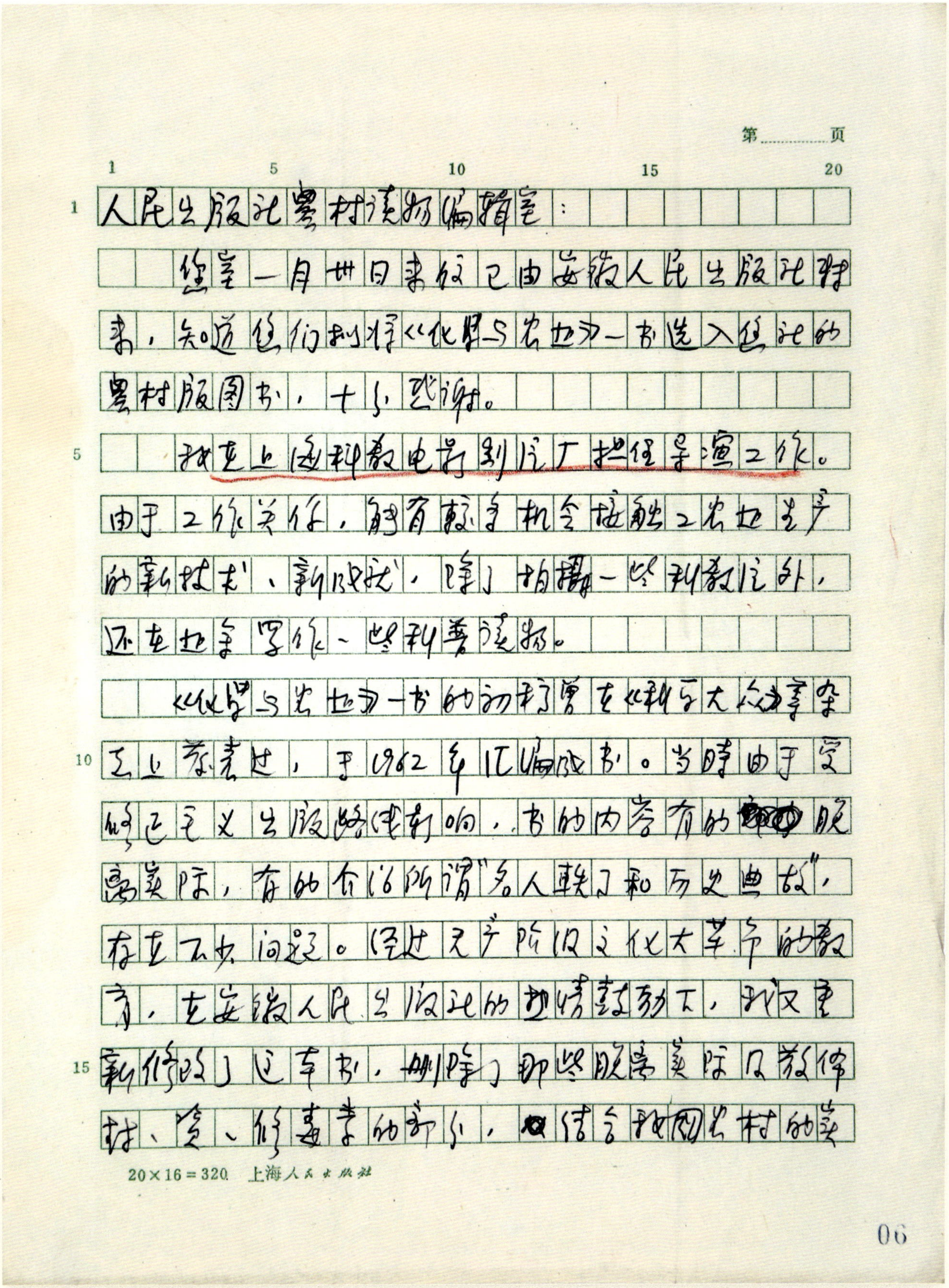

第　　页

人民出版社农村读物编辑室：

您室一月卅日来信已由安徽人民出版社转来，知道您们拟将《化学与农业》一书选入您社的农村版图书，十分感谢。

我在上海科教电影制片厂担任导演工作。由于工作关系，能有较多机会接触工农业生产的新技术、新成就，除了拍摄一些科教片外，还在业余写作一些科普读物。

《化学与农业》一书的初稿曾在《科学大众》杂志上发表过，于1962年汇编成书。当时由于受修正主义出版路线影响，书的内容有的脱离实际，有的介绍所谓"名人轶事和历史典故"，存在不少问题。经过无产阶级文化大革命的教育，在安徽人民出版社的热情鼓励下，我又重新修改了这本书，删除了那些脱离实际及散佈封、资、修毒素的部分，结合我国农村的实

20×16=320　上海人民出版社

06

叶永烈

（一九四〇—二〇二〇）　时任上海科教电影制片厂导演。

这是叶永烈关于《化学与农业》一书的来信。

第　　页

时，结合我国化学工业的新成就，补充了一些新内容。该书出版后，受安徽人民出版社的鼓励，又写了《写作科普读物的几点体会》一文（“安徽出版发行简报”75年第2期），谈了修订《化学与农业》一书的几点体会。

《化学与农业》一书虽然几经修改，但限于自己的思想水平，还存在不少缺点。该书是在1974年修改的，离现在已有两年了，不少数据已显得过时，又有不少新内容需待补入。我想待收到您们的宝贵意见后，对该书再作一次全面的修改，以进一步提高书籍的质量，更好地为“农业学大寨”运动服务，为广大贫下中农、社员和知识青年服务。

我在文化大革命前，主要是参加编写《十万个为什么》等少儿科普读物工作。文化大革命以后，除参加新版《十万个为什么》的部分修订工

此外，新写了科学童话集《烟囱剪辫子》（上海人民出版社，1975年1版）、《化学元素漫话》（科学出版社，1974年1版）、《化学纤维的一家》、《塑料的世界》（安徽人民出版社，1973、1974年1版）。最近，还即将由上海人民出版社出版科学童话《来历不明的"病人"》，及再版少年科技读物《碳的一家》（1960年初版）一书。

《化学与农业》一书，望予指正，以作修改。该书的插图是我先画草图，然后请安徽人民出版社有关同志重画的，有些图还不很理想。您社重版时，新插图若能请有关同志再画画一下，那就更好。

由于常在外拍摄，工作流动性很大，来信请寄：上海市漕溪新邨567号。家中会代转的。

谢谢您们的鼓励和帮助。此

礼！

叶永烈
76.2.14.
上海

（我已另信安徽人民出版社等单位，告知他们您社的编选工作。他们会再与您社联系的。）

08

# 后记

本书的出版工作由人民出版社社长蒋茂凝、副总编辑陈鹏鸣组织实施，编选和作者简介由侯俊智、刘畅负责，装帧设计由肖辉、王欢欢负责，书信拍摄工作由汪阳负责，张双子、冯瑶担任责任编辑，汪莹、杜维伟负责电脑制作和修图工作，在此一并表示感谢。

因我们水平有限，差错和疏漏之处在所难免，敬请广大读者批评指正。

本书编辑组

2021 年 8 月

责任编辑：侯俊智　张双子　冯　瑶
装帧设计：肖　辉　王欢欢

**图书在版编目（CIP）数据**

人民出版社藏名家书信 / 人民出版社编 . — 北京：人民出版社，2021
ISBN 978 – 7 – 01 – 023640 – 7

I. ①人…　II. ①人…　III. ①书信集 – 中国 – 现代②书信集 – 中国 – 当代　IV. ① I266.5

中国版本图书馆 CIP 数据核字（2021）第 151575 号

**人民出版社藏名家书信**
RENMIN CHUBANSHE CANG MINGJIA SHUXIN

人民出版社编

出版发行　人民出版社（北京市东城区隆福寺街 99 号）

| | | | |
|---|---|---|---|
| 经　销 | 新华书店 | 印　刷 | 北京雅昌艺术印刷有限公司 |
| 印　次 | 2021 年 8 月第 1 版 | 版　次 | 2021 年 8 月北京第 1 次印刷 |
| 开　本 | 889 毫米 ×1194 毫米 1/12 | 印　张 | 14.5 |
| 字　数 | 60 千字 | 书　号 | ISBN 978 – 7 – 01 – 023640 – 7 |
| 定　价 | 299.00 元 | | |

邮购地址　100706　北京市东城区隆福寺街 99 号　人民东方图书销售中心
电　话　（010）65250042　65289539